KB236696

미드란 중앙 대륙

- 각 나라의 수도
- 각 나라의 주요 영지

번개의 숲, 바람의 숲, 참회의 벽, 절망의 고원, 불의 대지, 물의 대지는 신화나 고대의 전설과 관련이 있는 지명이다.

성국 헤븐과 마법사들의 나라 퀴넨은 협약에 따라 대륙에 직접적인 간섭을 하지 못한다.

헬레오네와 아이난 왕국의 남쪽 바다 어딘가에는 어둠이 넘실거리는 바다가 있다고 한다.

헤본
성스러운 섬
홀로나
셰로빌
쉬르반
비이라
보네크
가이안
이반 강
카이넬 강
카안 산맥
기안
레바
라이넬
불의 대지
이든
에케아
카에라 강
오코라
노바츠
에일란
아멜 강
잘회의 벽
오카 사막
치다 산맥
카이론
다빈치
카하
다브론
카이사르
퀴넨
치난
마법의 섬
차데크
번개의 숲
카인강
세오르
메카 산맥
바람의 숲
절망의 대지
샤이반 산맥
라인하르트
알케인 산맥
샤르피오
반도르
바오 강
메르딘
미로스
소이렌
베이카
헤르난 강
아이난
헬레오네
에롬
물의 대지
르네 강
하이네
메롬 강

태제 판타지 장편소설
FANTASYSTORY & ADVENTURE

파천의 군주 1 신생(新生)

초판 1쇄 인쇄 / 2011년 4월 28일
초판 1쇄 발행 / 2011년 5월 9일

지은이 / 태제

발행인 / 오영배
편집장 / 허경란
편집 / 신동철, 문보람, 오미정, 윤상현
본문 디자인 / 신경선
펴낸 곳 / (주)삼양출판사 · 드림북스

주소 / 서울특별시 강북구 송천동 322-10호
대표 전화 / 02-980-2112 팩스 / 02-983-0660
편집부 전화 / 02-980-2116 팩스 / 02-983-8201
블로그 / blog.naver.com/dreambookss

등록번호 / 제9-00046호
등록일자 / 1999년 3월 11일

ⓒ 태제, 2011

값 8,000원

ISBN 978-89-542-4207-3 (04810) / 978-89-542-4206-6 (세트)

* 지은이와 협의하에 인지는 생략합니다.
* 잘못된 책은 구입한 곳에서 바꾸어 드립니다.

ROYAL DOOM
파천의 군주
1
태제 판타지 장편소설
FANTASYSTORY & ADVENTURE
신생(新生)
dream books
드림북스

Contents

서문

 전작 〈역천의 황제〉를 쓰면서 초심으로 돌아가겠다는 다짐을 했습니다. 지금까지 쌓아놓았던 것은 전부 잊고 신인이 지세에서 처음부터 다시 시작하자고 결의를 다졌지요. 그렇게 아홉 권의 거창한 이야기가 탄생했습니다.

 결론부터 말씀드리자면 아직도 더 깨지고 부서져야 한다는 것을 느꼈습니다. 계획된 권수와 한정된 지면을 통해 너무 많은 것을 보여주려 하다 보니 결과적으로는 일방적인 이야기 전달에 치중할 수밖에 없었다는 사실이 무척이나 안타까웠습니다.

 욕심을 버리고! 어깨에 힘을 빼고!

 물 흐르듯 자연스럽게 이야기를 전개해나가야 했는데 역시나 실천으로 옮기기란 쉽지가 않네요. 그나마 소득이라면 〈역천의 황제〉를 통해 여러분들께 좀 더 노력하는 모습을 보여줄 수 있었던 것 정도랄까요. 하지만 그것만으로는 아직 초심으로 돌아갔다고 말하기 어려울 것 같습니다.

그 반성과 아쉬움을 담아 열 번째 소설 〈파천의 군주〉를 준비했습니다.

〈파천의 군주〉는 과거 회귀형 군주물입니다. 〈역천의 황제〉를 쓰며 아쉬웠던 점을 만회하기 위해 구상한 만큼 전작과 기본적인 틀은 같습니다. 최종 목표 또한 비슷합니다. 다만 전체적인 이야기는 다른 방식으로 풀어갈 계획입니다. 〈역천의 황제〉에서 보여드렸던 전쟁과 정치, 권력에 좀 더 다양한 양념들을 첨가해서 말이지요.

거창한 출사표는 여기까지입니다. 나머지는 지면을 통해 차근차근 보여드리도록 하겠습니다.

아무쪼록 이번 소설도 재미있게 읽어주시기를 바랍니다. 저 또한 〈파천의 군주〉를 통해 한 걸음 나아갈 수 있도록 끝까지 최선의 노력을 다하겠습니다.

마지막으로 부족한 소설을 예쁘게 포장해 책으로 펴낼 수 있도록 도움을 주신 본부장님과 드림북스 편집진에게 감사의 마음을 전합니다.

파천의 군주 설정

1. 〈파천의 군주〉는 전작인 〈역천의 황제〉와 일부 설정을 공유합니다. 단, 세계관적인 공유나 교류는 없습니다.
2. 단위는 편의상 현재의 도량형(미터, 초)을 사용했습니다.
3. 소설 속 1년은 16개월입니다. 한 달은 36일이며 하루는 24시간입니다. 현실의 시간보다 소설 속 시간이 1.5배 느리게 흐른다고 생각하시면 편하게 이해가 되실 겁니다.
4. 소설의 배경은 중세 유럽에 기초한 작가의 상상으로 만들어졌습니다.
5. 소설 고유의 설정인 둠과 영력, 익스핀에 관한 부분은 먼저 설정집(가이안 백과사전)을 살피시는 게 이해에 도움이 되실 것입니다.
6. 〈역천의 황제〉와는 달리 〈파천의 군주〉에서는 다양한 이종족들이 등장합니다. 소설 속 이종족들 역시 기본적인 인식에 기초한 작가의 상상으로 표현되었습니다.

Prologue

1

아브케의 별.

500년마다 한 번씩 나타나 대륙을 발칵 뒤집어놓는다는 파천의 별.

그 별을 타고 태어난 이는 역사의 한 면을 강렬하게 장식한다. 때론 거대한 나라를 세운 황제로, 때론 혼란을 수습한 영웅으로, 때론 기존 질서를 무너뜨린 파괴자로. 그들 중 누구도 평범한 인생을 산 적이 없다.

내가 태어나던 날.

하늘에 문제의 붉은 별이 떴다.

그것으로 내 운명은 결정됐다.

2

가이안 왕국의 1왕자라는 신분은 야망을 이루기에 좋았다.

제국을 둘러싸고 있는 십여 개의 나라들 중 가이안 왕국처럼 강성한 나라는 없었다. 직접적으로 제국에 위협이 되는 나라도 없었다.

1,000년 가까이 대륙을 영도해온 제국은 지는 태양이었다. 반면 같은 시간 동안 분열과 독립, 화합과 통일을 거치며 성장한 가이안 왕국은 향후 대륙을 이끌 새로운 태양이었다.

"가이안 왕국을 이대로 놔둘 수는 없소."

운명을 두려워하던 제국은 여러 차례 가이안 왕국에 시비를 걸었다. 가이안 왕국을 전쟁의 소용돌이로 끌어들이기 위해 갖은 명분을 만들려고 노력했다.

그때마다 현명한 부왕은 제국의 마수로부터 나를 지켜주었다. 너만이 가이안 왕국을 제국의 반열에 올려놓을 수 있다며 핍박과 굴욕을 마다하지 않으셨다.

열여덟 살. 성년이 된 직후 왕세자의 신분으로 국정에 참여했다. 그로부터 7년 뒤, 제국의 염원을 이루기 위해 부왕으로부터 왕위를 넘겨받았다.

더 이상 제국의 오만함을 두고 보지 않겠다.

왕위에 오른 직후 나는 뜻을 세웠다. 가이안의 미래에 제국은 없을 것이라고 단언했다.

이후 5년간은 거침이 없었다. 전국의 장병들을 뽑아 훈련시키고 전쟁에 대비했다. 물자를 준비하고 두려워하는 백성들에게 이제는 대륙으로 나아갈 때임을 알렸다.

뜻이 있어도 길이 없다면 답답한 법이다. 반대로 길은 있으나 뜻이 없다면 허무할 뿐이다.

다행히도 하늘은 나의 편을 들어주었다. 서른 살에 출정해 3년간의 전쟁을 끝내고 돌아왔을 때 대륙 북부를 제패한 가이안 왕국은 제국으로 불려도 충분할 만큼 성장해 있었다.

"이제는 제국이오."

나는 숨 돌릴 틈도 없이 다음번 목표를 정했다.

카이사르 제국.

지난 세월 동안 진절머리가 날 만큼 귀찮게 굴었던 그들을 응징할 때가 온 것이다.

"앞으로 10년. 그때 대륙에서 제국으로 불릴 수 있는 건 오직 이 가이안뿐일 것이오."

5년간 준비를 한 후 5년 안에 제국을 무릎 꿇릴 생각이었다. 하늘을 찌를 듯한 병사들의 기세와 주변국들을 병합하며 얻은 경험과 자신감이라면 제국도 문제없을 것이라 여겼다.

그때 제국에서 사신이 찾아왔다.

"폐하께서는 양국의 관계가 돈독해지길 바라십니다."

"돈독해지다니? 나더러 다시 제국의 밑으로 들어가란 말이냐?"

"북부의 대군주이신 카빌론 전하께 어찌 그런 청을 올리겠습니까. 폐하께서는 다만 한동안만이라도 백성들이 맘 놓고 편히 살 수 있기를 원하십니다."

사신은 10년간의 불가침 조약을 원했다. 아울러 그 조건으로 제국의 별이라 불리는 하이페이라 황녀를 내게 시집보내겠다고 제안했다.

"황녀를 빌미로 시간을 벌어보겠다는 말인가?"

나는 보란 듯이 코웃음을 쳤다. 나이 많은 황제가 내게 겁을 먹었다는 사실은 들어 알고 있었지만 고작 이 정도였다니. 치미는 실망감을 감출 수가 없었다.

그러자 사신이 한 걸음 다가서며 말을 이었다.

"국혼을 원하신 것은 황녀님이십니다."

"황녀가?"

"그렇습니다. 폐하께서 크게 분노하셨지만 하이페이라 황녀님께서 고집을 부리셨습니다."

황녀의 말을 전해 들은 나는 더욱 기가 막혔다. 제국의 시대는 이제 끝이 났다며, 10년의 시간을 벌어줄 테니 마지막 자존심이라도 지켜보라 했다는 그녀의 말에 쓴웃음이 났다.

운명의 수순대로 가이안의 깃발 아래 제국이 멸망한다면 하이페이라 황녀는 내 후비가 될 것이다. 굳이 이런 식이 아니더라도 품에 안을 방법은 많았다.

하지만 하이페이라 황녀는 자신의 가치를 높이려 했다. 일개 후비가 아니라 가이안의 국모로서, 장차 제국을 이끌어나갈 황제들의 어머니로서 말이다.

"내가 거절하면 어떻게 되지?"

"황실을 모독한 죄로 황녀께서는 국법에 따라 처벌받으실 것입니다."

"그렇다면 받아들여야겠군. 모두가 우러러본다는 제국의 별을 이대로 지게 할 수는 없으니까."

귀족들의 반대를 뿌리치고 나는 하이페이라 황녀를 받아들였다. 솔직히 10년의 불가침 조약은 큰 의미가 없었다. 그저 제국에게 5년의 시간을 더 안겨준 것에 지나지 않았다.

그만큼 자신도 있었다. 세상 사람들에게 달라진 가이안의 위상을 똑똑히 보여주고 싶었다.

"나와 결혼한 이상 당신은 가이안의 사람이오."

곱게 치장하고 온 하이페이라 황녀에게 손을 내밀며 나는 냉정한 말을 전했다. 현실을 받아들일 수 없다면 그대로 돌려보낼 생각이었다.

그러나 하이페이라 황녀도 여간내기가 아니었다.

"물론이에요, 전하. 부족하지만 저도 가이안 왕국이 대륙의 새로운 주인이 될 수 있도록 돕게 해주세요."

"그대가 원한다면."

나는 망설이지 않고 하이페이라 황녀의 가시 돋친 손을 붙잡았다. 적어도 그때는 그 무엇도 내 운명을 바꿀 수는 없을 것이라 여겼다.

그 확신이 흔들리기 시작한 건 5년이 지난 후였다.

"전하, 이걸 보세요."

결혼 후 해마다 한 번씩 제국을 다녀왔던 하이페이라 황녀가 정체 모를 책을 내밀었다.

"이게 뭐요?"

"황실의 비밀 서고에서 발견한 거예요. 그게 무엇인지는 저도 잘 모르겠어요."

"제국에서 가장 아름답고 현명한 그대가 모른다면 내가 볼 필요도 없겠군."

"비밀 서고에 있는 것들은 오직 황제를 위한 것이에요. 보고 싶어도 볼 수 있는 물건이 아니랍니다."

오직 황제를 위한 것.

그 한마디에 쓸데없이 호기심이 동했다.

"이걸 왜 가져온 거요?"

"장차 황제가 되실 분이니까요."

"황제가 시킨 것이오?"

"두려우신 거예요? 아니면 황제가 될 자신이 없으신 거예요?"

하이페이라 황녀의 당돌한 한마디가 내 자존심을 긁었다.

"흥! 이깟 책이 뭐라고."

난 망설이지 않고 책장을 넘겼다. 그 순간, 놀라운 힘이 몸 속으로 빨려 들어왔다.

3

카퓌안 전기.

수천 년 전 미계 마물들의 친공으로부터 대륙을 지키고 최초의 통일 왕국을 세웠다는 카퓌안 대제의 일대기를 다룬 이야기.

통일 대륙을 꿈꾸는 군왕들이라면 카퓌안 전기를 지침서처럼 읽고 자란다. 나 역시도 그랬다. 실제로 가이안의 왕실 서고에 꽂힌 카퓌안 대제와 관련된 수백 종의 책들을 모조리 읽고 또 읽었다.

하지만 하이페리아 황녀가 가져온 카퓌안 전기는 다른 책들과는 달랐다. 기본적인 궤를 달리했다.

왕실 서고의 카퓌안 전기는 각색되고 구전되어진 역사의 흔적에 불과했다. 반면 이것은 카퓌안 대제의 모든 것이 생생하게 기록된 살아 있는 이야기였다.

카퓌안 대제의 삶을 좇는 것만으로도 모든 것이 전해졌다.

기쁨과 슬픔은 물론 절망과 환희, 그리고 깨달음까지!

정체불명의 책 하나가 내 모든 것을 바꾸기 시작했다.

“전하, 하마터면 제 목이 달아날 뻔했습니다.”

오랜만의 검술 대련이 끝나기가 무섭게 왕국의 3대 마스터 중 하나인 이에로 백작이 혀를 내두르며 말했다. 지금껏 수많은 대련을 해왔으나 언제나 막기에 급급했던 노련한 마스터의 간담을, 카퓌안 대제가 이루었다는 검술의 간접 체험만으로 서늘하게 만든 것이다.

그뿐만이 아니었다.

“허허, 전하. 신의 생각이 짧았습니다.”

“제 생각도 같습니다. 전하의 말씀이 옳으십니다.”

정치에 있어서만큼은 호락호락 물러서지 않았던 공작들의 입에서 항복 선언도 받아내었다. 오랜 전쟁으로 황폐해진 땅에 나라를 세우고 통치의 기틀을 다지던 카퓌안 대제의 삶이 부족했던 정치 감각을 메워준 것이다.

시간이 지날수록 나는 카퓌안 전기에 점점 빠져들었다. 역사에 알려진 그의 일대기가 끝나고 비밀의 이면을 들출 때까지 정신을 차리지 못했다.

카퓌안 대제의 마지막 삶.

그것은 역사에 기록된 것처럼 노환에 의한 게 아니었다.

우습게도 카퓌안 대제는 신이 되고 싶어 했다. 누구나 한 번쯤 가져보는 망상이 아니라 신처럼 완전해지길 바랐다.

왕위를 자식에게 물려준 뒤 카퓌안 대제는 혼자의 힘으로 아홉 층의 제단을 쌓았다. 이후 하루가 멀다 하고 제단에 올라

하늘에 청했다. 신이 되는 걸 허락해달라고 간절히 기도했다.

무려 10년간의 노력 끝에 하늘에서는 천족을 보냈고 그를 통해 하나의 책을 건네주었다.

"이것이 무엇입니까?"

카퓌안 대제의 물음에 천족이 무표정한 얼굴로 답했다.

"이 책을 보아라. 그 안에 신이 될 수 있는 길이 있다."

카퓌안 대제는 망설이지 않고 책을 펼쳤다. 책 속에 숨겨진 비밀을 찾기 위해 남은 삶을 포기했다.

그쯤에서 난 책을 덮어야 했다. 카퓌안 대제의 역사는 끝났다. 이후의 이야기는 신이 되기 위해 발광한 미치광이의 이야기에 지나지 않았다.

하지만 호기심 때문일까.

도저히 손을 멈출 수가 없었다.

그리고…….

후아아앗!

빌어먹을 책 속에 갇혀버리고 말았다.

4

끝없는 환생을 통해 완전에 가까워지리라.

　카퓌안 대제가 남긴 목소리에 정신이 들었을 때는 이미 첫 번째 환생이 시작되었다.

　이에로 백작가의 장자.

　우습게도 군왕이었던 내가 일개 백작가의 사람이 되어 있었다.

　꿈이라며 부정하던 것도 잠시, 난 이내 현실을 받아들였다. 이것이 하늘의 시험이라면 피할 마음이 없었다.

　수많은 마스터를 배출한 이에로 백작가의 가전검술과 왕실의 검술을 교합해 난 성년이 되던 해에 마스터의 경지를 이뤄냈다. 또 다른 나로부터 백작의 작위를 받고 왕실 근위 기사단장이 되어 가이안의 제국화를 위해 노력했다.

　그러나 가이안의 국왕은 더 이상 내가 아니었다. 나를 닮은 가죽만 있을 뿐 꿈과 야망은 없었다.

　국왕은 제국을 응징하기는커녕 주변국들의 도발에도 쉽게 휘둘렸다. 내가 북부를 제패했던 시간 동안 현상 유지에 급급했다.

　결국 시기를 놓친 가이안 왕국은 주변 왕국들과 제국의 합공으로 무너지고 말았다. 국왕을 지키며 마지막까지 항쟁해봤지만 내게 돌아오는 건 허무한 죽음뿐이었다.

　두 번째 환생도 크게 다르지 않았다.

　다시 눈을 떴을 때 나는 에스테른 공작가의 사람이 되어 있었다.

가이안의 셋뿐인 공작가의 후예라는 사실만으로도 상당한 영향력을 행사할 수 있었지만 불행히도 난 여섯 번째 아들로 태어났다. 공작위 계승은커녕 이렇다 할 영지조차 물려받기 어려운 처지였다.

형제가 많다 보니 검술을 익히기도 어려웠다. 내가 검만 잡았다 하면 사방에서 압력이 밀려들어 왔다. 차기 계승 구도를 무너뜨릴 만한 그 어떤 행위도 해서는 안 된다며 단단히 주의를 받아야 했다.

결국 내가 할 수 있는 건 누구도 찾지 않는 도서관에서 책에 파묻혀 지내는 것뿐이었다.

왕실 서고에 비견될 만큼 거대한 공작가의 도서관을 오가며 난 수많은 지식들을 섭렵했다. 아울러 내가 갇혀버린 이 저주스러운 책의 비밀을 밝히려 노력했다.

그렇게 30년간 책만 읽다 보니 불현듯 다른 세상이 보였다. 대학자들이 말하는 현자로서의 눈이 뜨인 것이다.

도서관의 모든 책을 독파한 뒤 나는 에스테른 공작을 찾았다. 그에게 또 다른 나를 만나게 해달라고 청했다.

내 능력을 확인한 에스테른 공작은 흔쾌히 국왕과의 자리를 마련해주었다. 운명적인 이끌림 때문인지 국왕은 나를 곁에 두고 국정에 관한 많은 조언을 구했다.

하지만 여전히 꿈이 없는 국왕에게 야망을 불러일으키기에는 시간이 부족했다. 오히려 국왕을 현혹시킨다는 이유로 보수적인 귀족들의 견제를 받아 5년 만에 왕실에서 쫓겨나고 말았다.

그로부터 3년 뒤, 가이안 왕국은 전쟁에 휩싸였다.

전화가 가이안을 완전히 삼켜버렸을 때 두 번째 삶도 허무하게 끝이 났다.

이후로 일곱 번의 생을 더 체험했다. 그때마다 가이안의 국왕이 아닌 다른 존재로 태어났다. 그리고 단 한 번도 가이안의 멸망을 막지 못했다.

여섯 번째 삶이 끝나면서 나는 가이안 왕국에 대한 집착을 버렸다. 대신 거듭 연구해왔던 카뛰안 전기의 비밀을 파헤쳐나갔다.

어렵게 찾은 고대의 문헌을 통해 알게 된 카뛰안 전기의 실체는 영생의 서. 신들의 말로는 '라이나프'라 불리는, 천계에서 죄를 지은 천족들을 벌하기 위해 만들어진 형벌의 일종이었다.

라이나프를 거친 천족은 총 아홉 번의 다른 생을 산다. 그 과정에서 깨어지고 부서지며 자신의 죄를 반성하고 천족으로서 본연의 모습을 찾는다고 한다.

신들에게 있어서 9는 오묘한 숫자. 하나를 채워 완전해지지 못한다면 결국 모든 걸 잃고 마는 시험의 수였다.

대부분의 천족들은 잃어버린 하나를 채워 다시 완전한 존재가 되었다. 그러나 애당초 완전하지 못한 인간은 달랐다. 카뛰안 대제를 포함해 지금껏 이 책에 손을 댔던 수많은 절대자들 중 누구도 라이나프의 시험을 통과하지 못했다.

만일 내가 가이안 왕국을 제국으로 만들기 위해 끝까지 욕심을 부렸다면 카퓌안 대제와 같은 운명을 맞았을 것이다. 평생 라이나프 속에 갇혀서 살았을 것이다.

하지만 난 어렵지 않게 가이안 제국에 대한 염원을 버렸다. 일곱 번째 삶부터는 가이안 왕국이 어찌 되든 신경도 쓰지 않았다.

내가 원하는 것은 조역으로서 제국을 세우는 밑거름이 되는 게 아니었다. 주어진 운명을 따라 나 스스로 새로윤 제국의 주인이 되는 것이었다.

그 바람을 실현시키기 위해 나는 새로운 계획을 세웠다.

아홉 번의 환생을 통해 체험한 제국의 힘은 상상 이상이었다. 수백만이 넘는 병사들은 물론 수많은 인재들이 나라를 떠받들고 있었다.

반면 가이안 왕국은 나 혼자였다. 다시 군주로 돌아간다 하더라도 이대로는 승산이 없었다.

마지막 생을 흑마법사로 지내면서 나는 라이나프를 빠져나갈 준비를 했다.

아홉 번의 환생을 통해 얻은 힘을 집약해 아공간 속에 가두었다. 라이나프에서 벗어난 순간 그 힘들을 이용해서 나를 이런 곳에 가둔 제국에게 멋지게 복수할 생각이었다.

아직도 신이 되고 싶은가.

아홉 번째 환생이 끝났을 때 낯선 목소리가 들렸다.
"아니, 신 따위는 되고 싶지 않아."
나는 당당히 소리쳤다.
처음부터 신이 될 마음은 없었다. 그저 호기심에 이끌렸을
뿐이다.
하지만 라이나프는 내 모든 걸 꿰뚫어 보고 있었다.

아직 욕심을 버리지 못했구나.

눈부신 빛과 함께 날 집어삼켰던 책이 쫙 하고 찢어졌다.
'됐다!'
아득해지는 의식 너머로 한가득 웃음이 번졌다. 그러나 다
시 눈을 떴을 때는 예상치 못한 삶이 기다리고 있었다.

제1장
틀어진 계획

1

　무척이나 더운 날이었다. 아침부터 내리쬐던 햇볕은 좀처럼 사그라질 기미를 보이지 않고 있었다.

　이런 날은 기사들도 보통 오후 훈련을 쉬곤 했다. 강철 체력을 자랑한답시고 검을 휘두르다 일사병에라도 걸리면 그만한 망신이 없었다.

　하지만 기사도 기사 나름이다. 모든 기사들에게 공평한 휴식이 주어지지는 않았다.

　라인하르트 공작가를 대표하는 제1기사단이나 오랫동안 영지를 지켜온 제2기사단과는 달리, 의욕만 가득한 정규 기사들과 풋내기 수련 기사들로 이루어진 제4기사단은 이른 아침부터 중무장을 한 채 걸음을 옮겨야 했다. 엘프들과의 협상을 위해 바람의 숲에 들었던 대공자를 마중하기 위해서였다.

보통 가주인 라인하르트 공작과 대공자를 보호하는 건 제1기사단의 몫이었다. 그 임무가 뜻밖에도 정규 기사들의 결원이나 채우던 제4기사단에게 주어진 것이다.

"맡겨만 주십시오."

제4기사단을 이끌고 있는 파르판 남작은 절호의 기회를 잡았다고 여겼다. 왠지 불안하다는 부기사단장들의 조언도 뿌리치고 냉큼 이번 임무를 받아들였다.

대공자는 라인하르트 공작가를 이끌 인재다. 그의 눈에 든다는 것만으로도 불투명한 미래가 달라질 수 있었다.

그러나 무려 사흘째 제대로 쉬지 못하고 무거운 갑옷을 걸친 채 보행하는 100명의 수련 기사들은 그야말로 죽을 맛이었다. 정규 기사들처럼 말이라도 타고 간다면 편하련만 산길이 좁고 힘해서 그럴 수도 없었다.

"크윽."

수련 기사들의 입에서 절로 신음이 흘러나왔다. 그럴 때마다 편하게 말을 타고 움직이는 정규 기사들이 눈총을 줬다. 하지만 수련 기사들의 앓는 소리는 끊이질 않았다. 제아무리 기사들이라 하더라도 평소에 경험해보지 못한 괴로움은 생각처럼 쉽게 참아지는 게 아니었다.

그렇게 바람의 숲 입구에 도착할 무렵,

"파르판 남작."

뜻밖의 목소리가 수련 기사들을 고통 속에서 구원했다.

수련 기사들의 후미를 느긋하게 따라오던 금발의 소년이 가볍게 손을 든 것이다.

하지만 그 모습이 선두에 서서 의욕적으로 기사들을 이끌던 파르판 남작의 눈에 보일 리 없었다. 솔직히 그에게 있어 소년은 보인다 해도 내심 못 본 척 외면하고 싶은 상대였다.

"파르판 남작!"

결국 소년이 몇 차례 악다구니를 쓰고 나서야 문제의 파르판 남작이 모습을 드러냈다.

"부르셨습니까."

마지못해 고개를 숙이는 파르판 남작의 얼굴에는 불쾌함이 역력했다. 이번 임무의 총책임자는 자신이다. 제아무리 2공자라 하더라도 기사단을 이끌고 있는 자신을 함부로 오라 가라 명할 수는 없는 일이었다.

그러나 소년의 표정도 파르판 남작만큼이나 짜증스럽게 일그러져 있었다.

"지금 뭐하는 거지?"

"무슨…… 말씀이십니까."

"몰라서 물어? 지금 저들을 보고 라인하르트 가문의 기사들이라고 할 수 있겠어?"

소년이 수련 기사들을 가리키며 소리쳤다. 파르판 남작이 지나치게 서두른 탓에 기사단 후미의 대열이 엉망진창으로 꼬여 있었다.

"이, 이게……!"

당황한 파르판 남작의 얼굴이 벌겋게 달아올랐다. 명색이 기사가 고작 이깟 행군 하나 버티지 못하고 흐트러지다니! 도저히 용납할 수가 없었다.

하지만 용납이 되지 않는 건 파르판 남작도 마찬가지였다.

"남 탓하지 마. 이건 전부 남작 때문에 벌어진 일이니까."

"그게 무슨 말씀이십니까!"

"기사들을 이끈다는 게 뒤는 신경 쓰지 않고 말 타고 혼자 내달리는 거였어? 그렇다면 나도 하겠네."

"크으윽……!"

소년의 질책에 파르판 남작의 얼굴이 더욱 벌게졌다. 수련 기사들이 보는 앞에서, 그것도 소년에게 망신을 당하는 게 어지간히도 창피한 모양이었다.

하지만 소년은 고작 창피나 주려고 파르판 남작을 부른 게 아니었다.

"바람의 숲에는 내가 먼저 들어가겠어."

"……예?"

"귀 먹었어? 내가 먼저 들어간다고."

소년이 바람의 숲을 가리키며 말했다. 엘프를 비롯한 이종족들이 득실거리는 곳을 말이다.

"카, 칼릭스 님!"

파르판 남작의 입에서 다급성이 터졌다. 말도 안 되는 소리였다. 평화 협약을 위해 바람의 숲에 들어간 대공자를 따라 하고 싶은 마음은 잘 알겠지만 상황이 달랐다. 자칫 잘못했다간 목숨이 위험해질 수 있다.

그러나 소년도 쉽게 고집을 꺾지 않았다.

"기사단장이면 기사들부터 잘 챙기라고. 이런 꼴로 형님을 만나 봐. 무슨 소릴 듣겠어?"

파르판 남작을 인내의 한계까지 몰아붙이고서야 소년은 그의 동의를 받아냈다. 애석하게도 그에게는 공작가 핏줄의 말을 거스를 만한 힘이 없었다.

"곧바로 뒤쫓아가겠습니다. 조금이라도 위험한 낌새가 보이시면 움직이지 마시고 저희를 기다려주십시오."

파르판 남작이 최소한의 타협을 제안했다.

"내 뒤에 있는 기사들 보이지? 숙부님께서 날 보호하라고 보내주신 자들이야. 형님밖에 모르는 그대들과는 달리 날 최우선적으로 생각하니까 괜히 걱정해주는 척하지 말라고."

소년은 그마저도 듣기 싫은 듯 말머리를 틀어버렸다.

다가닥! 다가닥!

거친 말발굽 소리와 함께 소년이 옆길로 내달렸다. 그 뒤로 소년을 호위하듯 열 명의 기사들이 재빨리 따라붙었다.

그 모습들이 어찌나 날쌔던지 파르판 남작은 조심하라는 당부의 말조차 전하지 못했다.

"제길!"

멀어지는 기사들을 바라보며 파르판 남작이 입술을 질근 깨물었다. 저들의 실력이 오러 나이트에 다다랐다고 하니 별일은 없겠지만…… 왠지 모르게 불길한 기분이 들었다.

2

"하하!"

숲을 빠르게 내달리는 소년은 신이 났다. 라인하르트 공작이나 대공자 앞에서는 끔뻑 죽는 척을 하면서도 유독 자신에게만 고개를 빳빳이 세우던 기사들의 자존심을 꺾어버린 게 속이 시원한 모양이었다.

남들이 본다면 배부른 투정이라고 흉볼지도 몰랐다. 메르딘 왕국의 4대 공작가 중에서도 가장 강성하다는 라인하르트 공작가의 2공자가 신세타령이라니. 성년도 되지 않은 소년의 치기라고 혀를 찼을 것이다.

그러나 정작 당사자인 소년은 심각했다. 솔직히 말하자면 은연중에 가문에서 배척받는 자신의 상황을 도저히 이해할 수가 없었다.

소년의 어머니가 공작부인이 된 것은 라인하르트 공작가를 차지하겠다는 음모나 계략 때문이 아니었다. 친구처럼 지내던 전 공작부인이 난산 끝에 죽자 홀로 남겨진 대공자를 보살피고, 실의에 빠진 라인하르트 공작을 달래기 위해 무척이나 어려운 결단을 내린 것이다.

실제로 현 공작부인이 소년을 낳은 것도 대공자가 후계자 수업을 받기 시작한 일곱 살이 되고 나서다. 명망 높은 라인하르트 공작가에서 괜한 후계 문제를 일으키고 싶지 않다는 바람 때문이었다.

그렇다고 공작부인 가문의 이름값이 떨어지는 것은 아니었다. 오히려 그 반대였다. 전 공작부인은 변방의 자작가 출신이었다. 반면 현 공작부인의 부친은 왕국 남부를 좌지우지하는 베르나크 후작이었다.

라인하르트 공작가가 밝은 미래를 원한다면 소년을 우대하는 게 당연했다. 장자 승계의 원칙상 공작위는 물려주지 못하더라도 최소한 적당히 영지를 떼어주어 베르나크 후작가와의 정치적인 상생을 도모해야 옳았다.

하지만 지금의 라인하르트 공작가는 어떠한가? 가신들부터 시작해 일개 하인들에 이르기까지 하나같이 대공자 대공자 노래를 부르지 않던가.

"머리카락도 새까만 녀석이!"

소년은 빠득 이를 갈았다. 라인하르트 공작의 풍성한 금발을 빼닮은 건 자신이었다. 그러나 정작 부친의 사랑은 온전히 대공자에게 쏠려 있었다.

"제길!"

그렇게 한참 동안 울분을 터트리던 소년이 다급히 말고삐를 잡아챘다. 정신없이 내달린 탓에 숲 안으로 너무 깊숙이 들어온 것 같았다.

"후우……."

분을 삭이며 소년은 말을 멈춰 세웠다. 그렇게 십여 분이 지나고서야 소년을 뒤쫓아왔던 기사들이 모습을 드러냈다.

"어디까지 가야 하지?"

주변을 살피던 소년이 인상을 찌푸렸다. 조금 전과는 숲의 분위기가 확 달라진 게 아무래도 이종족들의 영역 안에 들어온 것 같았다.

그러자 기사 스니키가 대수롭지 않다는 듯 말했다.

"조금만 더 가시면 입구가 나올 것입니다."

"뭐? 여기서 더 들어가야 한단 말이야?"

"바람의 숲이 전부 이종족들의 터전은 아니니까요."

스니키의 말처럼 바람의 숲의 이종족들은 각기 독자적인 영역을 나누어 생활해왔다. 그들의 경계 대상에는 인간도 당연히 포함되어 있었다.

만에 하나 이종족들이 라인하르트 공작령의 북동부 경계인 바람의 숲 입구까지 세력을 확장한다면 인간들과의 충돌은 불가피해진다. 인간들을 혐오하는 것만큼이나 두려워하는 저들이 그런 무리수를 둘 리 없었다.

"그렇다면 다행이고."

소년은 태연히 말고삐를 잡아당겼다. 껄끄러운 마음은 여전했지만 기사들에게 겁쟁이로 보이고 싶지 않았다.

푸르르르.

거하게 투레질을 하던 말이 마지못해 숲 안쪽으로 걸음을 움직였다.

터벅, 터벅.

소년을 따라 기사들도 느긋하게 말을 몰기 시작했다.

"공자님, 긴장되십니까?"

소년의 얼굴을 힐끔거리던 스니키가 피식 웃으며 달라붙었다.

"긴장이라니? 누가?"

소년이 괜히 정색을 하며 눈을 치떴다.

"불쾌하셨다면 죄송합니다. 그저 공자님의 안색이 좀 어두워 보이셔서 말입니다."

스니키가 냉큼 고개를 숙였다. 그러나 그의 입가에 맺힌 웃음만큼은 좀처럼 사라지지 않았다.

"길이 낯선 것뿐이야."

그런 스니키의 태도가 못마땅한 듯 잔뜩 이맛살을 찌푸리던 소년이 괜히 환경을 탓했다. 말로만 듣던 이종족들의 영역에 접근하는 상황이었다. 솔직히 아무런 긴장조차 되지 않는다는 건 거짓말일 것이다.

하지만 스니키를 비롯한 기사들의 표정은 더없이 여유로웠다. 마치 바람의 숲을 꿰뚫어 보기라도 하는 것 같았다.

그럴수록 소년은 더욱 신경이 쓰였다. 숙부의 기사들에게 경험과 실력이 부족하다는 사실을 들키지 않기 위해 부단히도 노력했다.

"약속은 확실히 지키시는 거지?"

애써 크게 숨을 들이켠 소년이 화제를 돌렸다.

"물론입니다, 공자님. 이번 일만 잘 끝난다면 백작님께서는 분명 공자님을 후계자로 밀어주실 것입니다."

스니키가 이죽거리는 얼굴로 소년의 비위를 맞췄다.

라인하르트 공작가의 후계자 논쟁은 이미 끝난 지 오래였다. 소년이 제대로 욕심을 내보기도 전에 대공자의 주인이 정해진 것이다.

하지만 최근 들어 상황이 묘하게 변했다.

전쟁이 끝난 이후에도 한동안 왕도에 머무르던 게오르 백작이 병을 핑계로 영지로 돌아오면서 후계 문제가 다시 거론되기 시작했다.

게오르 백작의 주장은 간단했다. 라인하르트 공작가의 주인이 되기 위해서는 그만한 능력을 갖춰야 한다는 것이다.

가주로서의 능력을 확인하기 위해 대공자는 2년 전에 바람의 숲에 들었다. 그 틈을 노려 게오르 백작이 소년을 충동질한 것이다.

"좋아, 기대하겠어."

소년의 얼굴에 웃음이 번졌다. 이번 기회만 잘 살린다면 더이상 다른 이들도 자신을 무시하지 못할 것 같았다.

그러나 본디 기회란 위기와 함께 찾아오는 법이다.

파아앗!

갑작스런 파공성이 귓가를 울렸다. 동시에 날아든 무언가가 방심하던 소년의 얼굴 옆을 스쳐 지났다.

'엘프!'

소년의 눈이 부릅떠졌다. 바람의 숲에서 인간에게 겁도 없이 화살을 날릴 수 있는 건 엘프뿐이었다.

"으아앗!"

소년이 다급히 말고삐를 잡아챘다. 엘프의 다음번 화살이 심장을 노리기 전에 말머리를 돌려야 했다.

하지만 그보다 먼저 스니키가 움직였다.

푹!

그가 휘두른 단검이 그대로 소년이 타고 있는 말의 엉덩이를 찔렀다. 동시에 뒤로 물러나려던 말이 미친 듯이 앞으로 내달리기 시작했다.

"멈춰! 멈추라고!"

갑작스럽게 발광하는 말을 진정시키기 위해 소년은 안간힘을 썼다. 하지만 소용없었다. 잔뜩 겁을 먹은 말은 뒤도 돌아보지 않고 엘프의 영역권 안으로 소년을 끌어들였다.

“됐다.”

그 모습을 빤히 지켜보던 스니키기 비릿한 웃음을 흘리며 뒤로 물러섰다.

이로써 자신들의 임무는 끝났다. 이제는 적당히 흔적들을 정리하고 이 세상에 아예 존재하지 않았던 것처럼 사라질 차례였다.

3

소년이 경계 안쪽으로 들어왔다는 사실은 엘프들에게 빠르게 전해졌다.

“바르퀴스 님, 침입자가 발생했습니다.”

“침입자라니?”

“어린 인간 하나가 남쪽 길로 들어왔다고 합니다.”

“어린 인간…… 하나?”

“예, 몇 차례 경고를 무시하고 무작정 안으로 들어온 모양입니다. 어찌할까요?”

녹색 머리카락의 엘프가 바르퀴스의 눈치를 살폈다. 인간들의 영지와 맞닿은 이곳에서 벌어지는 모든 일들은 바르퀴스가 총괄하고 있었다.

그동안의 원칙대로라면 죽이라는 명령을 내려야 옳았다. 허락을 받지 않고 엘프의 영역에 들어온 자들은 결코 숲의 환영을 받을 수가 없었다.

하지만 바르퀴스는 쉽게 답을 내리지 못했다. 겁 없이 혼자 들어온 어린 인간이, 그들이 꾸민 음모의 희생양이라는 사실을 알고 있기 때문이다.

그들과 손을 잡은 건 분명 엘프들의 미래를 위한 선택이었다. 적어도 아직까지 그 결정은 틀리지 않았다. 그렇다고 무작정 그들의 욕심에 휘둘리고 싶지는 않았다.

그들이 어린 인간을 직접 제거하지 못한다는 건 신분이 높다는 의미일 터. 어린 인간을 죽이고 그 책임을 엘프들이 뒤집어쓸 수는 없는 일이다.

"어린 인간을 제르가 동굴 쪽으로 보내라."

"제르가 동굴이요? 하지만……."

"시키는 대로 해. 그편이 놈에게도 좋을 테니까."

"아, 알겠습니다."

어리둥절한 표정을 짓던 녹색 머리카락의 엘프가 다시 숲 쪽으로 뛰어갔다.

잠시 후, 바르퀴스의 명령이 길목을 지키는 모든 엘프들에게 전달되었다.

팟! 파앗!

소년을 향해 서슬 퍼런 화살촉을 겨냥했던 엘프들이 목표를 바꿨다. 말의 이동 경로에 화살을 날려 조금씩 진로를 바꾸기 시작했다.

"으아앗!"

그럴 때마다 소년은 말 등에 바짝 몸을 엎드린 채로 악을 지르기에 바빴다. 자신도 모르게 거대한 사건에 휘말려버린 소년으로서는 어찌 대처할 방법이 없었다. 그저 이 끔찍한 악몽에서 깨어나길 바라고 또 바랄 뿐이었다.

다가닥! 다가닥!

겁에 질린 말은 소년을 매단 채 정신없이 달렸다. 소년도 언제 어디서 화살이 날아들지 몰라 두 눈을 질끈 감고 말고삐만 움켜쥐었다.

그렇게 한참이 지나서야 소년과 말은 엘프들의 위협으로부터 벗어날 수 있었다. 그러나 아직 안심하기엔 일렀다. 그들을 둘러싸고 있는 건 여전히 낯선 숲이었다.

"으아악!"

겨우 숨을 돌린 소년이 돌연 악을 질렀다. 이렇게라도 하지 않으면 심장이 터져서 죽어버릴 것만 같았다.

하지만 되돌아오는 건 겁에 질린 자신의 목소리뿐이었다. 오히려 숲의 고요함을 깨운 탓에 음산한 기운이 사방에서 밀려들어 왔다.

"으윽!"

소년이 몸을 부르르 떨었다. 숲이 주는 압박감이 온몸을 강하게 억눌렀다.

그렇다고 이대로 머뭇거릴 수도 없었다. 화살을 날리던 엘프들이 먼저 자신을 뒤쫓기라도 한다면……! 그 다음 상황은 생각하고 싶지도 않았다.

"돌아가자! 어서!"

쿵쾅거리는 심장을 달랜 소년이 태연하게 말고삐를 흔들었다. 자신만큼이나 겁에 질려 있는 말을 독촉했다.

책에서 읽기로 잘 기른 말은 스스로 집을 찾아갈 수 있다고 했다. 자신의 애마도 회귀본능이 되살아나 공작성으로 가주길 바랐다.

그러나 지치고 상처 입은 말은 회귀본능보다는 생존본능이 먼저 발동했다. 위협적인 숲보다는 조금이나마 몸을 피할 수 있는 곳을 찾아야 했다.

푸르르.

힘겹게 투레질을 하던 말이 동쪽으로 방향을 잡았다. 그곳에서 왠지 모를 편안한 기운이 느껴졌다.

터벅, 터벅.

무거운 말발굽 소리를 따라 숲이 움직였다.

"이쪽이 맞을 거야. 곧 기사들이 나올 거야."

소년은 말고삐를 움켜쥔 채 스스로를 다독였다. 자신을 보호해줄 기사들마저 놓쳐버린 상황에서 믿을 것이라고는 말뿐이었다.

하지만 말은 그런 소년의 기대에 부응하지 못했다. 아니, 완전히 배신해버렸다.

수풀 너머로 갑작스럽게 나타난 동굴, 그 앞에서 사투를 벌이는 인간과 정체불명의 괴물!

"크윽!"

소년이 자신도 모르게 몸을 바들바들 떨었다. 주인을 또다시 위험 속에 끌어들이다니! 정말 검을 뽑을 힘만 있다면 당장이라도 말의 목을 치고 싶은 심정이었다.

그런 줄도 모르고 말은 계속해서 앞으로 걸어나갔다. 뭔가에 홀린 듯 서로를 노려보며 대치 중인 인간과 괴물 사이를 유유히 지나 동굴 안으로 향하려 했다.

그러나 그것이 말처럼 쉬울 리 없었다.

"쿠아아아!"

큰 눈알을 천천히 움직이던 괴물이 돌연 거대한 손을 휘둘러 말의 엉덩이를 후려쳐버렸다.

쿠웅!

말이 비명 소리와 함께 앞으로 고꾸라졌다. 소년도 그 충격으로 허공을 가르며 동굴 입구 쪽에 떨어졌다.

그와 동시에 괴물과 대치하던 인간의 입에서 비명이 터졌다.

"칼릭스!"

본래라면 엘프의 숲을 빠져나와 지금쯤 기사들과 만나야 했을 대공자 카일, 바로 그의 목소리였다.

"빌……어먹을!"

소년은 억지로 몸을 일으켰다. 다른 사람도 아니고 대공자에게 이런 모습을 보이다니. 온몸의 고통보다는 치미는 굴욕감을 참을 수가 없었다.

하지만 지금은 자존심을 챙길 때가 아니었다. 새로운 먹잇감을 발견한 괴물이 큼지막한 눈알을 움직이고 있었다.

"어서 동굴 안으로 피해! 어서!"

카일이 있는 힘껏 소리쳤다. 괴물의 시야에서 벗어날 수 없는 자신은 어쩔 수 없다 하더라도 소년만큼은 살려야 했다.

"이놈! 날 봐라!"

카일은 악을 지르며 괴물의 시선을 잡아끌었다. 소년이 무사히 동굴 안으로 숨어 들어갈 때까지 어떻게든 시간을 벌려 노력했다.

그러나 괴물은 영악했다. 오러를 사용해 자신을 귀찮게 한 카일보다 소년이 더 약하다는 사실을 알고는 지체 없이 동굴 쪽으로 몸을 돌려버렸다.

"안 돼!"

다급해진 카일이 괴물을 향해 몸을 날렸다. 마지막 남은 마나를 쥐어짜 내어 검날에 실었다. 괴물의 피부가 오크 가죽보다도 단단하다는 걸 알지만 등을 보인 이상 최소한의 타격이라도 입힐 생각이었다.

하지만 처음부터 괴물이 노렸던 건 소년이 아니라 평정심을 잃은 카일이었다.

도약한 카일이 막 검을 내리치려는 순간,

"크아아!"

괴물이 빠르게 몸을 돌리더니 카일을 향해 주먹을 휘둘렀다.

"커억!"

미처 괴물의 공격을 피하지 못한 카일이 피를 토하며 튕겨 나갔다. 그를 쫓아 괴물이 거대한 몸을 움직였다.

뒤이어 들리는 외마디 비명 소리!

"크윽!"

소년은 자신도 모르게 귀를 틀어막았다. 그토록 얄밉던 카일이 이렇게 허무하게 죽다니. 눈앞에서 벌어지는 악몽을 도저히 받아들일 수가 없었다.

잠시 후, 수풀 너머로 사라졌던 괴물이 다시 쿵쾅거리며 되돌아왔다. 왼손에는 형체를 알 수 없는 누군가를, 오른손에는 쓰러진 말을 움켜쥔 채로.

"크르르."

한껏 으르렁거리던 괴물이 말을 내려놓고는 동굴에 숨어 있는 소년을 향해 오른손을 뻗었다. 동굴 크기가 어른 하나가 겨우 들어갈 정도다 보니 차마 몸을 들이밀 생각을 못 했다.

"으아앗!"

소년이 기겁을 하며 동굴 깊숙이 뒷걸음질을 쳤다.

다행히도 괴물의 어깨가 동굴 입구에 걸려버렸다. 괴물이 어떻게든 팔을 밀어 넣으려 몸부림을 쳤지만 잔뜩 움츠린 소년을 붙잡지 못했다.

하지만 그것만으로도 소년에게는 큰 위협이었다.

"으으으."

겁에 질린 소년이 이를 덜덜 떨었다. 자신도 모르게 바지에 오줌을 지렸다.

"크르르."

그런 소년을 비웃듯 노려보던 괴물이 동굴 앞에 털썩 주저 앉았다. 오른손으로 다시 말을 집어 들고는 우악스럽게 뜯어 먹기 시작했다.

그렇게 커다란 말 한 마리가 순식간에 사라졌다.

소년은 할 말을 잃었다. 말 다음에는 카일이다. 카일까지 먹고도 성에 차지 않으면 자신을 잡아먹으려 할 것이다.

커진 공포가 소년의 온몸은 물론 이성까지 집어삼켜 버렸다. 이대로 죽는다는 생각에 심장마저 멎는 듯했다.

그때였다.

살고 싶으냐?

갑작스런 목소리가 소년의 머릿속을 울렸다.

'사, 살고 싶냐고? 그야 당연하잖아!'

구원자라도 만난 기분일까. 소년이 당장에라도 울음을 터트릴 것 같은 얼굴로 고개를 끄덕였다.

그러자 또다시 목소리가 들려왔다.

살고 싶으면 날 붙잡아라.

소년이 눈물을 훔치며 주변을 살폈다. 하지만 뒤가 꽉 막힌 동굴 어디에도 사람의 흔적은 보이지 않았다. 눈에 띄지 않는 검은 돌 하나만이 바닥에 굴러다닐 뿐이었다.

'대체 어디 있는 거야!'

구원자를 찾아 소년이 고개를 내밀어 동굴 밖을 살폈다.

"크아아!"

그 틈을 놓치지 않고 괴물이 동굴 안으로 오른손을 쭉 뻗어 넣었다.

"으아악!"

소년이 비명을 내지르며 다시 뒤로 물러났다. 그러다 바닥에 놓였던 검은 돌을 밟아 미끄러지고 말았다.

그 순간,

파아앗!

검은 돌이 산산이 부서지면서 그 안에 갇혀 있던 영혼이 튀어나왔다.

그것이 추락하는 소년의 몸을 단숨에 집어삼켜 버렸다.

제2장
새 몸을 얻다

1

쿵!

마치 강력한 힘이 잡아당기기라도 한 것처럼 소년이 요란스
럽게 뒤로 넘어졌다.

그 과정에서 소년의 뒤통수가 튀어나온 돌부리에 부딪쳤다.
깨진 머리에서 붉은 핏물이 흥건히 흘러나왔다.

"크르르?"

순간 괴물의 표정이 황당함으로 일그러졌다.

잘게 씹어 먹어도 시원치 않을 인간이 갑자기 픽 쓰러져버
렸다. 처음에는 장난인가 했는데 한참 동안 움직이지 않는 게
꼭 죽은 것만 같았다.

기왕 죽을 거면 배나 채워줄 일이지.

인상을 쓰던 괴물이 동굴 안으로 오른손을 쭉 밀어 넣었다.

하지만 여전히 소년은 닿지가 않았다. 신체의 일부라도 잡힌다면 손톱으로 긁어서라도 끌어낼 텐데 손가락 한 마디 정도가 부족했다.

"크으으."

그렇게 한참을 낑낑거리던 괴물이 이내 팔을 빼내며 털썩 주저앉아버렸다. 제풀에 지쳐 화가 난 듯 녀석은 매섭게 콧바람을 뿜어댔다. 지능이 높았다면 도구라도 이용했겠지만 미처 거기까지는 생각하지 못한 듯했다. 그저 매서운 눈으로 노려보는 게 전부였다.

덕분에 굴레에서 벗어난 영혼은 무사히 소년의 몸을 차지할 수 있었다.

그로부터 잠시 후.

"으윽."

나직한 신음을 흘리며 소년이 천천히 몸을 일으켰다.

"……!"

덩달아 괴물도 깜짝 놀라 그 자리에서 벌떡 몸을 일으켰다.

죽은 줄로만 알았던 인간이 되살아나다니. 자신이 속았다는 사실이 분한 듯 주먹으로 가슴을 쾅쾅 두드렸다.

"크아아아!"

괴물은 당장에라도 소년을 잡아먹을 것처럼 사납게 울어댔다. 하지만 소년은 조금 전과는 달리 괴물의 위협에 별다른 반응을 보이지 않았다. 대신 무표정한 얼굴로 몸이 제대로 움직이는지를 살폈다.

소년은 일단 눈을 깜빡거렸다. 코로 크게 숨을 들이쉬었다 입으로 길게 내쉬었다.

손가락과 발가락도 움직여봤다. 아직까지 둔하단 느낌이 들긴 했지만 생각했던 것 이상으로 잘 움직여주었다.

천만 다행히도 몸이 새로운 영혼을 잘 받아주고 있는 것이다.

"제대로 들어온 것 같기 한데……."

소년은 내친 김에 관절까지 움직였다. 어깨를 빙빙 돌리고 무릎을 굽혔다 폈다. 허리와 목을 좌우로 흔들어 특별히 상한 데가 없나 확인했다.

몸 전체로 감각이 확장되면서 크고 작은 근육통이 느껴졌다. 갈비뼈에 금이 간 듯 크게 숨을 쉬는 게 껄끄러웠다.

특히나 뒤통수의 부상은 심각했다. 어지간한 상처라면 딱지가 생겨 출혈이 멎을 텐데도 한참이 지난 아직까지 피가 흘러나오고 있었다.

"나 참."

붉게 물든 손바닥을 내려다보며 소년이 쓴웃음을 지었다. 어렵게 몸을 구했는데 이대로라면 과다 출혈로 목숨을 잃게 될 것 같았다.

상태가 더 나빠지기 전에 치료를 서둘러야 했다. 그러기 위해서는 눈앞의 방해꾼부터 처리해야 했다.

"귀찮게 하지 말고 썩 꺼져."

소년이 나직이 경고했다. 비록 이런 몸을 빌려 살게 됐다지만 그렇다고 하찮은 몬스터 따위에게 위협당할 만큼 호락호락하지 않았다.

그러나 괴물은 도리어 성을 냈다. 그의 눈에 비친 소년은 여전히 자그마한 먹잇감에 불과했다.

"꼭 제대로 싸우지도 못하는 것들이 소리만 크지."

겁도 없이 싯누런 이를 드러내는 괴물을 향해 소년이 이맛살을 찌푸렸다. 말로 해서 들어먹지 않는다면 결국 실력을 행사하는 수밖에 없었다.

"나중에 땅을 치고 후회하게 될 거다."

소년이 망설이지 않고 허리춤에 매달린 검을 뽑아들었다.

파앗!

단순히 장식용일 줄 알았던 검에서 생각지도 못했던 예기가 뿜어져 나왔다. 척 봐도 잘 제련된 게 어지간한 보검 못지않았다.

"검은 제법 쓸 만해 보이는군."

검을 내려다보며 소년이 피식 웃었다. 사방이 꽉 막힌 동굴 안에서 무지막지한 괴물을 상대하기가 버거웠는데 확실한 조력자를 만난 기분이었다.

반면 괴물은 눈빛이 달라졌다. 느껴진 검의 예기에 신경이 곤두선 것이다.

"크르르르!"

괴물이 더욱 사납게 울어댔다. 지금 당장이라도 검을 놓지 않으면 갈기갈기 찢어버리겠다고 소년에게 협박을 했다.

하지만 그런 위협은 더 이상 통하지 않았다.

"시끄러워."

소년이 도발하듯 괴물을 향해 검을 휘둘렀다.

흥! 후웅!

손에 익지 않은 검이 바람에 날렸다. 그러나 그것만으로도 괴물을 자극하기에는 충분했다.

"크아아아!"

자신도 모르게 움찔 놀랐던 괴물이 악을 내지르며 오른손을 뻗었다.

쿠르르르!

동굴을 휘젓고 달려든 거대한 손이 단숨에 안쪽까지 파고들었다.

조금 전이었다면 소년은 비명과 함께 주저앉았을 것이다. 그러나 이번에는 달랐다. 공간을 확보하듯 한 발 물러서는 게 전부였다. 오히려 눈 하나 까딱하지 않고 코앞으로 다가온 거대한 손을 빤히 노려보는 객기까지 부렸다.

자신을 낚아채려는 듯 꿈틀거리는 괴물의 손은 무척이나 단단해 보였다. 있는 힘껏 검을 휘둘러도 이렇다 할 생채기조차 나지 않을 것 같았다.

괴물도 그 사실을 알기 때문에 검 앞에서도 무작정 손을 뻗어 넣었을 것이다. 하지만 애석하게도 신은 피조물들에게 완벽함을 허락하지 않았다.

인간은 말할 것도 없고 드래곤들조차 부족함을 가지고 있었다. 그것은 눈앞의 괴물도 마찬가지. 손 구석구석을 유심히 살피자 상대적인 약점들이 드러나기 시작했다.

괴물이라고 해도 손톱 아래 속살까지 질기진 않을 것이다. 손가락과 손가락 사이의 피부 조직도 연해 보였다.

"본래 덩치 큰 녀석들은 엄살이 많지."

목표를 정한 소년이 검을 휘둘러 물러서려던 괴물의 손가락을 툭 건드렸다. 그 순간,

"크아아아!"

요란스런 괴성과 함께 괴물이 다시 손을 밀어 넣었다.

팍! 파악!

괴물의 거대한 손이 몇 번이고 오므려졌다 펴졌다. 그럴 때마다 오싹한 파열음이 터져 나왔다.

그 자체만으로도 어지간한 인간들은 겁을 먹고 주저앉았을 것이다. 하지만 소년은 달랐다. 아니, 새롭게 소년의 몸을 차지한 '그'는 달랐다.

"하압!"

틈을 노리던 소년이 기합성과 함께 검을 수평으로 찔러 넣었다.

푸욱!

순식간에 괴물의 엄지손톱 밑을 파고든 검날이 그대로 안쪽까지 밀려 들어갔다.

"크아아악!"

불의의 일격을 당한 괴물의 입에서 자지러지는 비명이 터져 나왔다. 생살을 파고드는 끔찍한 고통은 녀석으로서도 참기 어려웠다.

괴물은 왼손에 쥐어 들었던 카일의 시신조차 내팽개치고 오른손 엄지를 입으로 쭉쭉 빨았다. 그것만으로는 통증이 가라앉지 않자 성을 내며 동굴 밖을 방방 뛰어다녔다.

"빨리 치료하지 않으면 손가락을 영영 못 쓰게 될 거다."

검날에 묻은 피를 떨어뜨려내며 소년이 한껏 비웃음을 날렸다.

날카로운 검날에 손톱 밑을 찔리면서 신경들이 잘리고 뼈관절까지 상했으니 완치를 위해서는 치료가 시급할 것이다.

괴물이 인간들처럼 포션 같은 걸 가지고 다니지는 않을 터. 결국 응급처치를 위해서라도 이곳을 벗어날 것이라 여겼다.

그런 소년의 예상은 적중했다.

"크아아아!"

동굴 입구를 향해 몇 번이고 분에 겨운 비명을 내지르던 괴물이 쿵쿵거리며 어딘가로 사라졌다.

녀석의 발소리가 작아지기를 기다린 뒤에 소년은 천천히 동굴 밖으로 나왔다. 괴물의 발광 덕분에 주변은 거의 아수라장이 되어 있었다.

긴장이 풀린 소년은 자신도 모르게 몸을 휘청거렸다. 피를 너무 많이 흘린 탓일까. 벌써부터 머리가 어지러웠다.

"일단 나도 치료부터 해야겠어."

후들거리는 다리를 끌며 소년이 카일에게 다가갔다. 피범벅이 된 카일의 허리춤에는 질긴 가죽 주머니 하나가 단단히 매달려 있었다.

주머니의 주둥이를 벌리고 뒤집자 둥그런 약병 세 개가 흘러나왔다. 괴물과 사투를 벌이는 과정에서 약병이 깨졌을 만도 한데 전부 멀쩡했다. 귀한 포션인지 약병마다 강화 마법이 걸린 듯했다.

"쳇, 이 녀석이었다면 좋았을 텐데."

카일을 빤히 내려다보던 소년이 포션을 들이켰다. 무척이나 아쉬웠지만 지금의 그에게는 짓궂은 운명을 바꿀 힘이 없었다.

꿀꺽, 꿀꺽.

약효가 퍼지면서 어지럼증이 조금 가라앉았다. 덩달아 깨진 뒤통수의 피가 조금씩 멎기 시작했다.

"이제 좀 살 것 같네."

카일의 시신 옆에 털썩 주저앉은 소년의 입가로 안도감이 번졌다. 하지만 그것도 잠시.

"빌어먹을 라이나프."

꼬여버린 현실에 소년이 다시 질근 입술을 깨물었다.

라이나프의 시련에서 벗어나면 다시 예전으로 돌아갈 수 있을 것이라고 생각했다. 라이나프 속에 자신을 가두고 농락한 제국에게 몇 배로 되갚아주겠다며 이를 갈았다.

하지만 현실은 '영혼의 돌' 안에 갇혀 원치 않는 운명을 기다리는 신세에 불과했다. 그것으로도 모자라 이제는 이딴 애송이로 살게 됐다.

"후우……."

소년이 무겁게 한숨을 내쉬었다. 마음 같아서는 모든 것을 되돌리고 싶었지만 그에게는 선택권이 없었다.

만일 이번 생이 또 다른 라이나프라는 확신만 있다면 과감히 죽음을 선택했을 것이다. 내리 아홉 번의 삶을 산 뒤에 재차 라이나프를 벗어나기 위해 노력했을 것이다.

하지만 이번 생은 지난 생들과는 확연히 달랐다. 다시 눈을 떠보니 영혼의 돌 안에 갇혀 있었다. 새로운 생이 시작될 때마다 울리던 목소리도 들리지 않았다.

솔직히 원치 않는 삶을 살게 됐다는 것을 제외한다면 라이나프의 시험이라고 의심하기도 어려웠다.

만일 라이나프를 벗어난 게 맞다면? 이번 생이 자신에게 주어진 마지막 생이라면?

"제길."

죽음을 선택하는 순간 모든 게 끝나버리고 말 것이다.

"어쩔 수 없지. 싫더라도 이 녀석으로 사는 수밖에."

한참을 고심하던 소년이 마지못해 현실을 받아들였다.

물론 그렇다고 의미 없는 삶을 이어갈 생각은 없었다. 마지막일지도 모를 생이라면 자신의 모든 것을 걸어야 했다.

2

카일이 지니고 있던 포션의 효과는 상당했다.

삼십 분쯤 지나자 어지간한 통증들은 전부 사라졌다. 뒤통수에서 흘러나오던 피도 완전히 멎어버렸다.

영혼 간의 충돌과 생명력의 손실을 버거워하던 몸도 서서히 힘을 내고 있었다.

"이 정도면 됐겠지."

소년은 일단 몸을 일으켜 주변을 살폈다. 혹시 모를 귀찮은 일이 생기기 전에 쓸 만한 은신처를 찾아야 했다.

하지만 몸을 숨길 만한 곳이라고는 동굴밖에 없었다. 숲의 지리에 어두운 건 예나 지금이나 마찬가지였다.

어렵게 나온 곳을 다시 들어간다는 게 우스울 만도 했지만 소년은 아무렇지도 않게 결정을 내렸다. 무엇보다 지금은 영혼을 안정시키는 게 급선무였다.

현재 소년의 몸에는 두 개의 영혼이 공존해 있다. 정확히 말하자면 소멸 직전의 소년의 영혼을 새로운 영혼이 억지로 붙잡고 있는 상황이었다. 막 분리되려는 몸과 영혼 사이에 끼어 들어 일종의 다리가 되어준 것이다.

그런 연결고리 역할이 가능했던 건 소년의 영혼과 몸이 제 기능을 상실했기 때문이다.

겁에 질린 영혼은 강한 충격과 함께 죽음이라는 도피처를 찾아 도망치려 하고 있었다. 몸은 몸대로 과다출혈로 인해 빠르게 생명력을 소진하고 있었다. 그렇다 보니 새로 들어온 영혼의 통제를 마지못해 따랐다.

그러나 그 관계가 영원할 수는 없었다. 포션을 통해 생명력을 보충하고 나면 몸은 이질적인 영혼을 밀어내려 할 것이다. 그 전에 자격을 잃은 영혼을 흡수하고 몸을 완벽하게 장악해야만 했다.

체력이 적당히 회복되어 몸 안의 마나들이 안정된 지금이야말로 적기였다. 때를 놓치면 더욱 강력해진 몸의 반발을 받게 될 것이다.

"그런데 이 녀석은 어쩐다?"

동굴을 향해 두 발짝 걸음을 옮기던 소년이 뒤를 돌아봤다. 왠지 모르게 카일의 시체가 신경 쓰였다.

괴물이 다시 돌아올 때를 대비한다면 미끼 삼아 놔둘 필요가 있었다. 하지만 만에 하나 새로 태어난 몸과 관련된 중요 인물이라면 시체라도 보존해야 했다.

"후우……."

조급함을 달래며 소년이 몸을 돌렸다. 카일에게 다가가 조심스럽게 그의 품을 살폈다.

피범벅이 된 몸뚱이와는 달리 카일이 착용한 갑옷은 크게 일그러지지 않았다. 주머니에 들었던 약병처럼 마법으로 처리된 최고급 갑옷인 것 같았다.

최고급 포션과 최고급 갑옷. 평범한 이들은 결코 가질 수 없는 것이다. 그것들 모두를 갖추고 있다는 것은 제법 대단한 가문의 사람이란 의미였다.

"어디 보자."

소년은 카일의 가슴 보호대 밑을 뒤졌다. 그 안에서 피로 물든 두 개의 서신을 발견했다.

그중 하나는 얇은 나무껍질로 되어 있었다. 피루라 불리는, 엘프들이 종이 대용으로 사용하는 것이었다.

예상처럼 그 안에는 엘프어가 빼곡히 적혀 있었다.

"엘프들과 교류라도 하려고 했나?"

소년은 일단 서신을 품 안에 넣었다. 내용을 확인하기 위해서는 둠 속에 갇힌 능력이 필요했다. 그러나 영혼이 불안한 지금은 섣불리 영력을 사용할 수가 없었다.

다행히도 다른 서신을 통해 카일의 신분이 확인되었다.

"허, 라인하르트 가문의 대공자였군."

소년은 혀를 찼다. 라인하르트 가문이라면 대륙 남부 메르딘 왕국에서도 손꼽히는 공작가다. 메르딘 왕가에 버금가는 힘을 가지고 있다고 알려져 있었다.

"이 멍청한 놈아! 살아서 날 깨울 일이지."

아쉬운 마음에 소년이 입술을 질끈 깨물었다. 사실 그가 처음부터 노렸던 건 카일이었다. 겁에 질린 채 오줌이나 지리고 다니는 이런 몸뚱이가 아니었다.

성년에 가까운 나이에 괴물 앞에서도 당당했던 용기, 잘 훈련된 몸, 거기에 차기 라인하르트 공작이라는 배경까지. 그 정도면 새로운 삶을 시작할 대상으로 충분했다. 하지만 운명은 끝까지 그를 방해했다.

소년은 다시 가슴이 답답해졌다. 라이나프에서 벗어나면 모든 게 제자리를 찾을 것이라 여겼는데 이렇게 황당한 상황만이 연속으로 벌어지고 있었다.

"빌어먹을."

욕지거리를 내뱉으며 소년이 두 손으로 카일의 갑옷을 잡아끌었다.

주르르륵.

끈적끈적한 핏물이 지면을 따라 동굴 안으로 이어졌다.

3

동굴 깊숙이 들어온 소년은 카일을 한쪽 벽에 눕혔다. 그 모습이 꽤나 흉측했지만 크게 신경 쓰지 않았다.

“일단 마음을 진정시키고…….”

천천히 숨을 고르며 소년은 마음을 편히 가졌다. 분한 마음이야 여전했지만 정신을 집중해야 하는 상황에서까지 감정에 휘둘릴 수는 없었다.

심장 박동이 고르게 변할 때까지 기다린 뒤 소년은 조심스럽게 몸속의 마나를 깨웠다. 어릴 때부터 체계적으로 검을 휘둘렀는지 마나 홀이 제법 잘 다져져 있었다. 생각만큼 아주 별볼 일 없는 녀석은 아닌 모양이었다.

‘좋아, 움직여라!’

정신을 집중해 마나 홀을 자극하자 그 안에서 한 줌의 마나가 빨려 올라왔다. 그 틈을 놓치지 않고 소년이 둠을 활짝 열었다.

파스 둠! 사키 둠! 세르 둠! 포스 둠! 피브 둠! 시스 둠!

여섯 번째 둠까지 치밀고 올라갔던 마나가 강렬한 힘을 머금고 다시 곤두박질치기 시작했다.

‘됐다!’

소년은 영력으로 증폭된 마나를 휘돌렸다. 그것이 의지가 되어 반항하는 몸을 강하게 억눌렀다. 새로운 영혼의 기운을 사납게 곤두선 세포 하나하나에 각인시켰다.

그 사이 ‘그’의 영혼은 붙잡아두었던 소년의 영혼을 집어삼켰다. 소년의 기억들까지 모조리 빨아들여 버렸다.

영혼의 모든 기억을 흡수하는 건 현실적으로는 불가능한 일이었다. 마법의 조종이라 불리는 드래곤에게도 그러한 능력은 없었다. 뇌 속에 각인된 기억의 일부를 읽을 수는 있어도 그것을 자신이 겪고 체험했던 것처럼 여길 수는 없었다.

하지만 '그'는 달랐다. 허무하게 카뮈안 젠기에 갇혔으나 아홉 번의 환생을 통해 끝내 라이나프의 형벌을 이겨낸 '그'라면 가능했다. 라이나프를 통해 영력을 얻고 둠을 수련한 '그'에게는 어려운 일이 아니었다.

아홉 번째 둠(나이 둠)을 완성하게 되면 신이 될 수 있는 길이 열린다고 한다. 물론 나약한 인간의 영혼에게는 불가능에 가까운 일이었지만, 아홉 번의 환생을 통해 '그'는 무려 여섯 번째 둠(시스 둠)까지 열어놓았다.

그 힘은 어지간한 인간이 감당할 수 있는 게 아니었다. 하물며 죽기 직전까지 내몰렸던 어린 소년의 영혼에게는 너무나도 벅찬 상대였다.

끄아아아!

자지러지는 비명 소리와 함께 소년의 영혼이 붕괴되어 사라졌다. 동시에 기억과 감정의 잔재들이 '그'의 영혼 속으로 빨려 들어갔다.

이제 남은 영혼은 하나뿐.

끈질기게 반항하고 저항하던 몸들도 점차 '그'의 지배를 받아들여 갔다.

4

소년이 다시 눈을 떴을 때 날은 칠흑처럼 어두워져 있었다.

"칼릭스 폰 라인하르트라."

소년은 나직이 자신의 이름을 되뇌었다. 기억의 전이로 인해 '그'는 어느새 칼릭스가 되어 있었다.

그렇다고 예전처럼 자신의 처지를 투덜대던 철부지가 아니었다.

카빌론 폰 가이안.

제국을 두려움에 떨게 만들었던 그 이름이 더해진 영혼은 결코 하찮을 수가 없었다.

하지만 소년의 기억을 통해 알게 된 현실은 그다지 유쾌하지 않았다.

"척 봐도 숙부의 농간인 게 뻔한 것을……."

이곳까지 오게 된 경유를 되짚던 소년이 혀를 찼다. 열세 살밖에 안 됐다고는 하지만 너무 가볍게 생각하고 대책 없이 움직였다. 부추김 몇 번에 앞뒤 따져보지도 않고 사지로 뛰어든 꼴이었다.

물론 그 덕분에 몸을 얻긴 했지만 너무 철이 없었다. 가문에서 인정받지 못하는 게 이상하지 않을 정도였다.

그나마 다행인 건 신분이었다.

카일만큼은 아니지만 라인하르트 가문의 두 번째 공자라는 배경도 결코 나쁘지 않았다. 더욱이 대공자인 카일이 죽은 만큼 공작의 작위를 잇는 건 이제 자신이 될 가능성이 높았다.

메르딘 왕국을 대표하는 라인하르트 공작이라면 제국을 상대로 큰 판을 벌일 만했다. 잘 준비된 가이안 왕국까지는 아니더라도 뜻을 펼치는 데 든든한 발판이 되어줄 수 있었다.

적어도 이번 생에서는 가이안 왕국을 포기해야 했다. 그렇다면 무슨 수를 써서라도 라인하르트 공작가를 자신의 것으로 만들어야 했다. 제국을 무너뜨리겠다는 자신의 오랜 염원을 이루기 위해서라도 일단은 가문과 라인하르트 공작에게 확실한 후계자로서 인정을 받아야 했다.

그리고 그 전에 풀고 가야 할 문제가 있었다.

"그런데 이 녀석은 어째서 이런 곳에서 죽어버린 거야?"

소년의 시선이 자연스럽게 카일에게 향했다.

생명을 잃은 카일은 조금씩 살이 썩어 들어가고 있었다. 라인하르트 공작가의 대공자라 불리던 자의 마지막치고는 너무나 초라해 보였다.

기억에 의하면 카일은 한 달 전쯤 임무를 완수했다는 서신을 라인하르트 공작에게 보냈다. 하지만 그 서신을 받은 건 숙부인 게오르 백작이었다. 그 무렵 라인하르트 공작은 국왕의 부름을 받아 왕도에 올라가 있었다.

게오르 백작은 라인하르트 공작이 부재중인 틈을 노려 대공자인 카일과 2공자인 소년을 한꺼번에 제거하려 했다. 이유는 뻔했다. 중요한 것은 그 방법이었다.

소년은 품속에 넣어두었던 피루 서신을 다시 꺼냈다. 금속 가루에 엘프 나무의 진액을 섞어서 만든 잉크를 사용한 것일까. 어둠 속에서도 글자들이 보석 가루처럼 반짝거렸다.

소년이 눈에 힘을 주고 서신을 읽어 내렸다. 엘프 특유의 장황한 축복과 미사여구를 제외한 주된 내용은 숲의 평화를 위해 라인하르트 공작의 제안을 받아들이겠다는 것이었다. 그 의지를 숲의 친구인 카일을 통해 전하겠다고 했다.

이어진 다음 장에는 대장로의 특별한 부탁이 담겨 있었다. 숲의 일족을 잡아먹는 고대의 몬스터를 처치해주길 부탁한다는 내용이었다.

어찌 보면 협력의 조건으로 볼 수 있었다. 조금 전까지만 해도 자신을 위협했던 괴물은 엘프들로서도 감당하기 어려웠을 것이다. 아마도 카일의 가문을 통해 기사단의 힘을 빌리려는 계산인 듯했다.

문제는 그 과정에서 카일이 죽어버렸다는 것이다.

"뭔가 있어."

소년의 눈빛이 달라졌다. 엘프들조차 버거워하는 괴물을 카일 혼자 감당한다는 건 솔직히 말이 되지 않았다.

필시 중간에서 누군가가 대장로의 뜻을 왜곡해 전달한 게 틀림없었다. 몬스터를 처치할 대상을 가문이 아니라 카일 개인으로 한정 지어버렸을지도 몰랐다.

카일이 엘프어를 몰랐다면 충분히 가능한 상황이었다. 엘프어를 완벽하게 익히는 건 어지간한 대학자들에게도 버거운 일이었다. 대학자와 정령사로서의 삶을 통해 엘프어를 접하지 않았다면 소년도 이처럼 완벽한 해석이 불가능했을 것이다.

만에 하나 인간들의 말을 익힌 엘프가 잘못된 해석을 해줬다면 충분히 오해가 생길 수도 있었다. 문제는 그것이 실수인가 고의인가 하는 점이다.

물론 소년은 실수가 아니라고 확신했다.

카일은 이미 엘프들에게 숲의 친구로 인정받은 상태였다. 친구를 사지로 몰아넣는다는 건 엘프들의 습성상 있을 수 없는 일이었다.

결국 엘프들 중 누군가가 카일을 못마땅하게 여긴 게 틀림없었다. 어쩌면 게오르 백작의 입김이 작용했을지도 모른다.

"흐음, 귀찮게 됐군."

소년이 눈가를 찌푸렸다. 라인하르트 공작성으로 돌아가면 자신을 꿘 게오르 백작과 기사들을 가만두지 않을 생각이었다. 그들을 징벌하면서 자연스럽게 후계자로서의 자리를 받아낼 속셈이었다.

하지만 이토록 복잡한 덫을 친 게오르 백작이 호락호락 당해줄 것 같지 않았다.

어찌 됐든 상대는 숙부였다. 왕국에 넷뿐인 마스터이기도 했다. 게다가 교활하고 음흉했다.

이런 부류를 상대하는 건 결코 쉽지 않았다. 게오르 백작에게 섣불리 덤벼들었다간 오히려 자신이 당할 수도 있었다.

확실한 약점을 틀어쥔 뒤에 단숨에 목을 비틀지 않는 이상 뿌리 뽑을 수가 없었다. 그러기 위해서는 필연적으로 많은 준비와 시간과 노력이 필요했다. 어쩌면 평생토록 복수에 매달려도 부족할지 몰랐다.

예전의 소년이었다면 어림도 없는 일이었다. 아예 시작조차 하지 못하고 게오르 백작에게 잡아먹혔을 것이다.

그러나 지금의 소년은 인간들 중 최초로 라이나프의 시험을 통과한 존재다. 아홉 번의 환생을 거치며 강해지고 수많은 경험을 쌓은 자였다. 이대로 게오르 백작의 술수에 놀아줄 생각은 추호도 없었다.

그렇다고 안심하고 마음을 놓을 수 있는 상황도 아니었다. 가문의 후계자를 직접적으로 건드렸다는 건 게오르 백작이 확실한 세력을 갖추고 있다는 뜻이다. 여차하면 라인하르트 공작을 칠 준비가 끝나간다는 의미이기도 했다.

이런 사실들만 놓고 보더라도 게오르 백작은 절대 만만한 상대가 아니었다. 반면 그를 상대해야 할 소년은 아직 미숙했다. 손발이 되어줄 세력도 없었다.

"일단은 힘부터 되찾아야겠어."

상념에서 벗어난 소년이 아공간을 불러냈다. 새로운 삶을 대비해 모든 준비는 아공간 속에 보관되어 있었다.

후아앗!

소년의 의지를 따라 허공이 투명하게 일렁이기 시작했다.

영혼에 각인된 아공간은 환생을 거치며 얻은 숨겨진 힘이었다. 그러나 진짜는 그 안에 있었다.

"여기 있군."

아공간 속을 한참을 휘젓던 소년이 손바닥만 한 주머니 하나를 꺼냈다. 겉으로 보기에는 대단할 게 없었다. 딱히 물건이 많이 들어갈 것 같지도 않았다.

하지만 소년이 주둥이를 벌리고 뒤집자 큼지막한 유리병이 열 개나 쏟아져 나왔다.

"이거군."

비슷비슷하게 생긴 열 개의 유리병을 살피던 소년이 그중 하나를 집어 들었다. 다른 유리병들에는 반짝이는 가루들이 담겨 있는 반면 그것은 어둠에 가려 무엇이 들어 있는지 알 수가 없었다.

그러나 소년은 거침이 없었다. 단숨에 병의 마개를 뽑아내고는 그대로 입안에 털어 넣었다.

꿀꺽, 꿀꺽.

소년의 목구멍을 타고 어둠보다도 어두웠던 검은 가루들이 쏟아져 들어갔다. 그것이 몸 안을 휘돌던 충만한 영력과 닿자 순식간에 아홉 가닥의 이질적인 마나로 변해 마나 홀 속으로 빨려 들어갔다.

아홉 마나들이 마나 홀 안에 자리를 잡을 때까지 기다린 뒤에 소년은 천천히 둠을 열었다. 아홉 번의 환생을 통해 이룬 여섯 개의 둠 중 지금 사용할 수 있는 건 두 번째 둠까지였다. 두 영혼이 하나가 되는 과정에서 상위의 둠들이 다시 막혀버린 상태였다.

아홉 마나들 중 소년이 활성화시킬 수 있는 것도 한계가 있었다. 어떤 마나는 보다 높은 영력과 만나야만 제대로 된 힘을 낼 수 있고 또 어떤 마나는 독립성이 강해 완전히 흡수하기 전까지는 다른 마나를 깨울 수 없었다.

무엇보다 소년의 처지도 고려해야만 했다. 강해지는 것도 좋지만 무턱대고 마나를 흡수할 수는 없었다. 보여지는 과정이 없다면 괜한 오해와 견제를 받을 수 있었다.

"그렇다면……."

고심하던 소년이 일곱 번째 마나를 움직였다. 낚시를 하듯 살살 꾀어 단숨에 둠 위로 밀어 올렸다.

후아앗!

순수한 대자연의 기운으로만 이루어진 정령의 마나가 영력과 반응하며 증폭했다. 그것이 다시 마나 홀을 타고 퍼지면서 온몸에 대자연의 기운을 흘렸다.

그 기운에 반응하듯 주변을 맴돌고 있던 수많은 정령들이 소년에게 달려들기 시작했다.

스아아아!

눈에 보이지 않는 수많은 정령들이 소년을 향해 떠들어댔다. 마치 자신을 불러달라고 애원이라도 하는 것 같았다.

하지만 소년은 일곱 번째 환생 때처럼 정령사의 길을 걸을 생각이 없었다. 그저 필요할 때마다 정령의 도움을 받을 수 있다면 그것으로 충분했다.

"너희들이 아냐. 좀 큰 녀석이 필요하다고."

소년이 나직이 고대어를 중얼거렸다.

그 말을 들은 것일까? 어딘가에서 강한 바람이 불어와 소년의 앞에서 휘몰아쳤다.

큰 녀석이라. 어때? 더 커야 하나?

바람이 말했다. 소년이 원한다면 몸을 더 크게 부풀리기라도 하려는 것 같았다.

"수련 정령보다는 조금 큰 것 같은데…… 고위 정령인가?"

소년이 바람의 힘을 가늠했다. 자연 친화력과 함께 전해진 정령사로서의 기본적인 감각이 그것을 가능하게 했다.

엣헴! 그래! 얼마 전에 고위 정령이 되셨지.

바람이 능청스럽게 윙윙 소리를 냈다.

“좋아, 너로 하지.”

소년이 고개를 끄덕이며 손을 내밀었다. 그러자 바람이 볼멘 목소리를 냈다.

뭐야? 날 그냥 부려먹으려고? 소환의 맹약을 하려던 게 아니었어?

소환의 맹약은 정령사와 정령 간의 계약이다. 정령사는 마나와 생명력을 소비해 정령을 물질계에 소환한다. 소환된 정령은 정령사의 마나를 통해 실체를 가지게 되고 물리적인 영향력을 행사할 수 있게 된다.

이것이 일반적으로 알려진 정령 소환의 방법이었다. 하지만 그것은 정령사에게만 유용한 방법이기도 했다.

정령사로서의 삶을 원치 않은 이들 중 정령 친화력이 높거나 순수한 마나를 지닌 이들은 다른 방법으로 정령을 부릴 수 있었다.

바로 정령의 인장.

정령 스스로가 계약자에게 종속되다시피 하는 것이다.

정령의 인장으로 정령과 교감할 경우 실체화를 통한 물리적인 역할은 기대하기 어려웠다. 또 정령의 힘 이상의 능력을 요구할 수도 없었다.

그 대신 몸속 마나를 정령 마나로 바꾸지 않아도 된다. 정령을 부린다는 사실도 숨길 수 있었다.

"싫다면 물러서. 너 말고도 정령은 많으니까."

소년이 차갑게 말했다. 그 말처럼 소년의 몸에서 풍기는 강한 자연의 기운에 이끌린 정령들이 계속해서 몰려들고 있었다.

쳇, 여기까지 왔으니 어쩔 수 없지.

위기감을 느낀 바람이 마지못해 소년의 제안에 응했다. 완숙한 고위 정령이었다면 뒤도 돌아보지 않고 사라졌겠지만 성장한 지 얼마 되지 않은 탓에 바람은 영악스럽지가 못했다. 정령들이 가장 선호한다는 인간 정령사가 대륙에 많지 않다는 사실도 결정을 재촉했다.

내 이름은 퓌도르, 너무 귀찮은 일은 사절이야

소년의 손바닥에 자신의 인장을 새기며 바람이 말했다.

소년에게서 느껴지는 자연의 기운은 수백 년을 산 엘프 장로들만큼이나 향기로웠다. 게다가 다소 지쳐 보이긴 했지만 소년의 외모는 무척이나 아름다웠다. 자신의 좋은 친구가 될 수 있을 것이라는 생각이 들었다.

하지만 소년의 영혼만큼은 바람이 생각하는 것처럼 착하고 순수하지 못했다.

“좋아, 퓌도르. 해야 할 일이 있어.”

정령의 인장이 새겨지기가 무섭게 소년의 표정이 달라졌다.

—뭐어?

퓌도르가 어이없다는 듯이 입을 벌렸다.

하지만 애석하게도 그의 모습은 소년의 눈에 비치지 않았다. 정령사로 각성하지 않는 이상 인간은 정령을 볼 수 없었다.

“일단 기사들이 어느 쪽에 있는지 확인해봐.”

퓌도르의 반응을 무시한 채 소년은 부탁 아닌 명령을 내렸다.

—나 참.

못마땅한 듯 잔뜩 입술을 삐죽거리던 퓌도르가 마지못해 몸을 움직였다.

제3장

공작성으로 가는 길

1

소년이 사라진 다음 날까지도 제4기사단은 엘프의 숲 입구에 머무르고 있었다.

마중하기로 했던 대공자는 물론, 먼저 간 2공자까지 자취를 감춰버린 상황에서 자리나 지키고 있다는 것 자체가 한심한 짓이었지만 기사단장인 파르판 남작도 별다른 방도가 없었다. 일이 잘못돼 엘프들과 분쟁이라도 벌어진다면 그에 따른 모든 책임은 자신이 져야만 했다.

그러나 막연히 파르판 남작의 지시를 따라야만 하는 기사들의 생각은 달랐다.

"남작님, 지금이라도 엘프들에게 도움을 청해보는 게 낫지 않겠습니까?”

“제 생각도 같습니다. 이러다 2공자님께 무슨 일이라도 생기면 어쩌려고 그러십니까?”

기사들이 한 목소리로 파르판 남작을 설득했다. 파르판 남작이 기사단장으로서 용기 있는 결단을 내주길 바랐다.

하지만 파르판 남작은 꿈쩍도 하지 않았다. 공작성을 떠나기 전 받았던 지시 때문이었다.

“바람의 숲에 들어가면 그때부터 각별히 조심해야 하네. 자네의 잘못된 결정으로 인해 공작가에 피해를 끼칠 수 있다는 사실 명심하고. 알았나?”

대공자를 마중하라는 명을 내린 게오르 백작은 파르판 남작을 따로 불러 신신당부를 했다.

가주인 라인하르트 공작의 부재 시 게오르 백작의 권한은 절대적이었다. 평소에도 라인하르트 공작 못지않은 강력한 영향력을 행사하는 그의 밀명을 쉽게 거역하기는 어려웠다.

하지만 그것도 하루 이틀이다. 2공자가 사라진 지 4일이 지나자 파르판 남작도 불안해지기 시작했다.

게다가 아무리 늦어도 지금쯤이면 모습을 드러냈어야 할 대공자조차 소식이 없었다. 기사들의 우려처럼 최악의 경우 엘프의 영역 내에서 불미스런 일이 벌어졌는지도 몰랐다.

‘앞으로 보름 후면 공작님께서 돌아오신다. 그 안에 이번 임무를 마무리 지어야 해.’

며칠을 끙끙 앓던 파르판 남작이 결국 정규 기사들을 소집했다. 혼자서 결정하기에는 너무나 중요한 문제였다.

그 상황은 바람의 고위 정령 퓌도르를 통해 소년, 칼릭스에게 전해졌다.

“내일까지 기다려보겠단 말이지?”

―응, 그래도 나타나지 않으면 숲 안으로 들어가겠다는 말을 했어.

“5일이라. 오래도 버텼군.”

칼릭스의 입가를 타고 쓴웃음이 번졌다. 무려 5일이나 자신의 실종을 방관하던 파르판 남작을 칭찬해야 하는 현실이 그저 우습기만 했다.

라인하르트 공작가의 둘째 공자인 자신이 실종되었는데 이런 저런 핑계를 대며 시간을 끌었다는 건 결코 용서할 수 없는 사안이었다. 하지만 공작가 내에서 파르판 남작의 처지를 감안한다면 무작정 그의 잘못으로 몰아붙이기도 어려웠다.

파르판 남작 역시도 예전의 자신처럼 게오르 백작에게 철저히 이용당한 것뿐이었다. 음모에 직접 가담했다면 모르겠지만 이번 일의 희생양으로 얽힌 이상 책임을 묻지 않을 생각이었다. 오히려 이렇다 할 세력이 없는 지금은 파르판 남작을 거둬야 할지도 몰랐다.

그런 점에서 봤을 때 파르판 남작의 위기 대처 능력은 나쁘지 않았다. 기억 속에서는 한없이 소심한 사내가 기사들의 시달림을 5일이나 참아냈다는 게 대견할 정도였다. 덕분에 자신도 며칠간 돌아가는 상황을 살필 수 있었다.

괴물과 사투를 벌였던 동굴을 떠난 칼릭스는 카일의 시체와 함께 몸을 숨겼다. 죽어야 할 자신이 감쪽같이 자취를 감추면 일을 꾸민 당사자들이 뭔가 움직임을 보일 것이라고 예상했다.

그러나 게오르 백작 쪽에선 이렇다 할 반응을 보이지 않았다. 마치 자신이 죽었다고 확신이라도 하는 것 같았다.

그것은 엘프들도 마찬가지였다.

"동굴 주변을 누가 다녀간 흔적은?"

―없어.

"확실해?"

―동굴 근처에 말 잘 듣는 녀석 하나를 숨겨두었으니까 틀림없어.

상처를 입은 괴물은 아직도 동굴로 돌아오지 않았다. 아예 은신처를 바꿨는지는 모르겠지만 어쨌든 그들에겐 지금이야말로 자신들의 생사를 확인할 절호의 기회였다.

하지만 지금까지 그 어떤 엘프도 모습을 드러내지 않았다. 먼발치에서 동굴 쪽을 살펴보고 간 엘프도 없었다고 한다.

"누군가 감시하고 있다는 걸 눈치챈 거 아니야?"

칼릭스가 살짝 눈가를 찌푸렸다. 엘프들은 하나같이 자연

친화력을 타고났다. 동굴 주변을 빙빙 도는 바람을 느낀다면 이상하게 생각할 수도 있었다.

그러자 퓌도르가 말도 안 된다며 펄쩍 뛰었다.

—그럴 리 없어. 동굴 주변은 원래 사방에서 흘러들어 온 바람들이 모이는 곳이라고.

칼릭스의 명령에 가까운 부탁을 마지못해 들어주고 있긴 하지만, 퓌도르도 그만한 생각이 없는 것은 아니었다.

바람의 습성을 이용해 만에 하나 있을지 모를 의심을 피했다. 동굴 주변을 얼씬거리는 바람이 한둘이 아닐 테니 엘프들에게 의심을 살 확률은 없다시피 했다.

"흠, 그렇다면 함부로 움직일 수 없을 만큼 높은 위치에 있다는 말인데."

토라진 퓌도르를 달래듯 칼릭스가 의심의 방향을 돌렸다. 낌새를 채고 동굴 근처에 오지 않은 게 아니라면 움직이기 쉽지 않은 상황일 수도 있었다.

폐쇄적인 엘프 사회에서는 인간들처럼 입막음을 위해 죽고 죽이는 게 일반적이지 않았다. 큰 죄를 지었다 하더라도 장로들의 재판 없이는 함부로 목숨을 빼앗을 수도 없었다.

그런 사회 구조라면 자신의 행적을 숨기기 위해 조심, 또 조심할 가능성도 컸다.

—그럼 내가 직접 움직여볼까?

퓌도르가 욕심을 냈다. 흔적을 지운답시고 칼릭스의 주변만 빙빙 맴도는 게 지겨운 모양이었다.

"아니, 지금처럼 계속 동굴만 감시해."

칼릭스가 단호히 고개를 저었다. 엘프들에게 있어 지위가 높다는 건 그만큼 강한 혈통과 힘을 가지고 있다는 의미다. 퓌도르가 먼저 접근했다간 들통이 날 수도 있었다.

―쳇, 대체 언제까지 이곳에만 있을 거야?

퓌도르가 못마땅한 듯 툴툴거렸다. 그가 칼릭스의 요구를 받아들인 건 인간을 따라다니면 재밌을 것 같다는 호기심 때문이었다. 이런 저런 요구들을 군말 없이 들어주는 것도 같은 이유에서였다.

그런 바람을 충족시켜주지 못한다면 솔직히 말해 함께 다닐 이유가 없었다.

정령의 인장이란 일방적으로 새긴 만큼 자의에 의한 파기도 가능한 법. 좋은 친구가 될 수 없다면 바람처럼 사라질 생각이었다.

그러나 다행스럽게도 때마침 파르판 남작의 인내심이 한계에 다다랐다. 그가 직접 움직이기로 마음먹은 이상 칼릭스도 더는 몸을 숨기고 있을 수가 없었다.

기사들이 무단으로 엘프들의 영역 안에 들어선다면 일이 더욱 복잡해진다. 모든 엘프들이 적의를 가지고 움직일 테고 결국 자신의 행적도 들통 나고 말 것이다.

칼릭스는 불필요한 충동으로 엘프들과의 관계를 악화시키

고 싶지 않았다. 어쩌면 음모의 저편에 머무는 이들이 원하는
게 바로 그런 것일지도 몰랐다.

"걱정 마. 이제 슬슬 움직일 테니까."

칼릭스가 엉덩이를 털고 일어났다.

—정말? 정말이야?

퓌도르가 신이 난 듯 칼릭스의 주변을 빙빙 돌았다.

—이제 뭘 할 거야? 복수를 하는 거야? 아니면 전쟁에 뛰어
들 거야?

비록 소환의 맹약을 맺은 것은 아니지만 퓌도르는 몇몇 정
령들이 늘어놓은 인간 세상의 재미난 일들을 모두 누려보고
싶었다. 실체를 가지고 직접 체험할 수는 없더라도 칼릭스의
곁에서 간접적으로나마 겪어보고 싶었다.

그런 경험들이야말로 정령의 성장에 가장 큰 도움이 되는
법. 만에 하나 칼릭스가 사지로 뛰어든다 하더라도 군말 없이
따를 셈이었다.

하지만 당분간은 퓌도르가 원하는 즐거운 일들이 벌어지지
는 않을 것 같았다.

"그 전에 칼리 나무부터 찾아봐."

—칼리 나무? 그건 왜?

"이 녀석을 처리해야 하니까."

칼릭스가 아공간에서 카일의 시체를 꺼내며 말했다.

—윽, 인간들은 원래 시체들을 좋아해?

퓌도르가 잔뜩 인상을 찌푸렸다. 마나에서 왔다가 마나로 돌아가는 정령들에게 썩어 들어가는 시체는 별로 달가운 친구가 아니었다.

그것은 칼릭스도 마찬가지였다. 라이나프를 거치며 온갖 고생을 하지 않았다면 감히 시체와 함께 다닐 생각조차 하지 못했을 것이다.

하지만 카일은 단순한 시체가 아니었다. 카일의 죽음과 관련된 혐의에서 벗어나 라인하르트 공작가의 힘을 온전히 계승하기 위해서 꼭 필요한 증거였다.

"잔말 말고 찾아."

—쳇.

"사람 하나가 넉넉히 들어갈 정도여야 해."

—그 정도는 나도 안다고.

입술을 삐죽거리던 퓌도르가 사방으로 바람을 흘려보냈다.

잠시 후, 동남쪽에서 쓸 만한 칼리 나무들이 발견됐다는 소식이 전해졌다.

"가자."

칼릭스는 지체 없이 카일을 둘러업었다. 살 썩는 냄새가 진동을 했지만 군말 없이 꾹 참았다. 오히려 자신의 몸에 잘 배도록 더욱 단단히 밀착시켰다.

—인간은 비위도 좋아.

그런 칼릭스를 보며 퓌도르가 이해할 수 없다는 듯 고개를 흔들었다.

2

남동쪽으로 한참을 걷자 우뚝 솟은 칼리 나무들이 모습을 드러냈다.

―냄새 좋다~.

칼리 나무의 달콤한 향기에 취한 퓌도르가 사방을 빙빙 날아다녔다. 칼릭스가 보기에도 나무들은 인간의 관으로 사용하기에는 아까울 만큼 크고 아름다웠다.

그렇다고 이대로 시체를 업고 다닐 수는 없었다. 라인하르트 공작가의 대공자였던 카일의 몸을 이 이상 훼손시켰다간 좋은 일을 하고도 비난을 받게 될 것이다.

―칼릭스! 여기 좋은 게 있어!

마땅한 칼리 나무를 찾던 칼릭스에게 퓌도르가 소리쳤다. 그곳에는 7미터쯤 되는 칼리 나무 한 그루가 한편으로 기울어진 채 서 있었다.

"잘했어."

칼릭스는 카일이 지니고 있던 손도끼를 빼 들어 나무의 굽은 반대편을 후려쳤다.

퍽! 퍼억!

손아귀가 찢길 정도로 힘을 줘 휘둘렀지만 칼리 나무는 쉽게 베어지지 않았다. 약간의 흠을 내는 게 고작이었다.

—내가 도와줄까?

그 모습이 답답했던지 퓌도르가 귓가에서 쫑알거렸다. 유형화된 힘을 만들어내는 건 불가능하지만 시린 바람을 불어 약간의 도움을 줄 수는 있었다.

완력이 아무리 뛰어나다 하더라도 손도끼로 나무를 베는 건 쉽지 않은 일이었다. 양팔로도 감싸지 못하는 큰 나무는 전문적인 나무꾼들조차 반나절이 걸렸다.

"좋아, 틈을 벌려봐."

숨을 고르던 칼릭스가 선선히 고개를 끄덕이며 나무 틈을 벌렸다. 그러자 퓌도르가 크게 볼을 부풀리더니 차가운 바람을 갈라진 틈에 불어 넣었다.

후아아앙!

찬바람을 맞은 나무가 잔뜩 움츠러들었다. 그때를 노려 칼릭스가 도끼로 후려치자 처음보다 훨씬 수월하게 흠이 생겼다.

펵! 퍼걱!

그렇게 두 시간쯤 도끼질을 하자 손바닥이 들어갈 만큼 나무의 흠이 깊어졌다.

칼릭스는 도끼를 내버리고 어깨로 있는 힘껏 나무를 들이받았다. 퓌도르도 쉬지 않고 계속해 찬바람을 뿜어댔다.

쿵! 쿵!

본래 굽은 나무에 연거푸 충격이 가해지면서 흠이 점점 더 벌어지기 시작했다.

잠시 후.

콰직!

요란한 소리와 함께 칼리 나무가 굽은 방향으로 고꾸라졌다.

―넘어간다!

퓌도르가 휘둥그레진 눈으로 탄성을 터트렸다. 자신이 돕긴 했지만 이 큰 나무가 이투록 빨리 쓰러지리라고는 상상도 하지 못했다.

―칼릭스! 대단해! 정말 대단해!

퓌도르가 칼릭스의 주변을 빙빙 돌며 소리쳤다. 정령계에 돌아가 다른 정령들에게 자랑할 거리가 생겼다는 사실이 신이 난 모양이었다.

하지만 칼릭스는 감탄하고 있을 여유가 없었다. 날이 저물기 전에 카일의 관을 만들어야 했다.

일반적으로 귀족들의 관은 통으로 만든다. 크기가 비슷한 두 개의 나무통을 이용해 하나는 안을 깊게 깎아 관으로 삼고 다른 하나는 반으로 쪼개어 뚜껑처럼 그 위에 덮는 것이다.

반면 칼릭스는 보다 원시적인 방법을 선택했다. 쓸 만한 도구라고는 손도끼와 단검이 전부인 만큼 그것들을 최대한 활용해야만 했다.

칼릭스는 우선 나무통의 윗부분을 벗겨냈다. 단검으로 겉면에 적당히 홈을 내고 결을 따라 잡아당기자 나무껍질이 과일의 껍질처럼 뜯겨져 나왔다. 뒤이어 같은 방법으로 안쪽 껍질도 한 겹씩 얇게 벗겨냈다. 칼리 나무는 껍질과 껍질 사이의 밀착력이 약해 흠집을 내고 요령껏 잡아당기면 어렵지 않게 껍질을 벗겨낼 수 있었다.

나무의 아래쪽을 파내는 것도 마찬가지였다. 나무의 중심 부분을 한꺼번에 드러내자 나무통 안쪽에 기다란 홈이 생겼다.

칼릭스는 그 홈을 따라 원하는 두께까지 껍질을 뜯어냈다. 그러자 그럴듯한 관이 만들어졌다.

—우아! 지금 관을 만드는 거야?

의아한 눈으로 그 모습을 지켜보던 퓌도르의 입에서 또다시 감탄이 터져 나왔다. 전문적인 장인도 아니고 이렇다 할 도구조차 없는 상황에서 마치 마법처럼 관을 만들어냈으니 놀라울 만도 했다.

하지만 이 모든 건 고대에 사용되었던 방식이었다. 쇠붙이가 변변찮던 시절, 칼리 나무의 껍질이 쉽게 벗겨진다는 걸 안 사람들이 먼저 관을 만들어 사용했던 것이다.

"됐다!"

마지막으로 불필요한 나무의 윗부분과 아랫부분도 같은 방법으로 벗겨내자 사람 하나가 들어갈 만한 관이 완성됐다. 덕분에 손이 까이고 쓸리고 물집마저 잡혔지만 칼릭스는 불평하지 않았다. 아직까지 카일은 그만한 노력을 쏟을 가치가 있었다.

칼릭스는 관 안으로 카일의 시신을 눕혔다. 이어 벗겨낸 나무껍질들을 이불처럼 카일 위에 덮었다.

뒤이어 칼리 나무 주변에 자라는 질긴 덩굴로 관을 묶었다. 그 덩굴을 다시 자신의 어깨와 허리에 단단히 동여맸다.

—설마 이 녀석을 혼자 끌고 가려는 거야?

퓌도르가 말도 안 된다며 칼릭스를 만류했다. 척 봐도 무거워 보이는 관을 자그마한 소년의 체구로 끌고 가는 건 솔직히 무리였다.

"나 혼자 해야 해."

칼릭스는 끔찍한 고통을 참아내며 그대로 관을 끌기 시작했다. 지금의 노력이 종국에는 자신을 위기에서 구할 것이라 굳게 믿으며.

3

퓌도르의 도움도 마다하고 홀로 관을 끌고 간 칼릭스는 다음 날 새벽이 되어서야 기사들과 만날 수 있었다. 밤새도록 쉬지 않고 움직인 탓에 파르판 남작이 뛰어나왔을 때는 이미 기진맥진한 상태였다.

"남작……."

흐릿한 시야로 파르판 남작을 확인하기가 무섭게 칼릭스는 그대로 쓰러져버렸다.

그러나 파르판 남작은 칼릭스를 일으켜 세울 생각조차 하지 못했다. 떨리는 그의 시선은 잔뜩 부패한 카일의 시신을 향해 있었다.

멋대로 사라졌던 2공자가 나타났다는 보고를 받았을 때만 해도 파르판 남작은 안도했다. 지난 며칠간 자신을 걱정시킨 2공자가 괘씸하고 얄미웠지만 별다른 문제를 일으키지 않고 살아 돌아왔다는 사실만으로도 감사하려 했다.

하지만 그것도 잠시, 혼절한 칼릭스가 힘겹게 끌고 온 조잡한 나무 관 안에 그토록 기다리던 대공자가 누워 있다는 것을 확인한 순간 눈앞이 깜깜해졌다.

대체 어째서! 무사히 임무를 마쳤다던 대공자가 시신이 되어서 되돌아와야 한단 말인가!

'크으윽!'

파르판 남작은 울컥 치밀어 오른 감정을 주체하지 못하고 주먹을 움켜쥐었다. 솔직히 카일의 죽음에 대한 슬픔보다는 억울함이 먼저 들었다. 도대체 뭐가 어떻게 된 일인지 자초지종이라도 들어야 할 것 같았다.

하지만 정신을 잃어버린 칼릭스는 아무런 말도 해줄 수가 없었다.

"칼릭스 님! 칼릭스 님!"

파르판 남작이 몇 번이고 흔들어봤지만 소용없었다. 누적된 피로는 칼릭스를 깊은 잠에 빠트려버렸다.

"남작님, 이러실 때가 아닙니다."

"일단 시신을 안으로 옮기는 게 좋겠습니다."

뒤늦게 달려온 정규 기사들이 다급히 파르판 남작을 만류했다.

지금은 기절한 2공자와 실랑이를 할 때가 아니었다. 조금 있으면 소란을 듣고 수련 기사들까지 몰려올 것이다. 그 전에 대공자의 시신을 안으로 옮겨야 했다.

귀족의 죽음은 단순히 생명이 다했다고 해서 결정되는 게 아니다. 어떻게 죽었는지부터 시작해 가문의 입장이나 망자의 명예 등을 전부 따져야 했다.

가뜩이나 라인하르트 공작이 부재중인 상황에서 이 일이 섣불리 알려진다면 영지의 분위기는 가라앉게 될 것이다. 최소한 전후 사정을 알기 전까지는 대공자가 죽었다는 사실을 숨기는 편이 나았다.

"대공자를…… 안으로 옮겨라."

힘겹게 이성을 되찾은 파르판 남작이 쉰 목소리로 말했다.

"알겠습니다, 남작님."

정규 기사들이 조심스럽게 관을 들고 지휘 막사로 향했다.

"하아."

무겁게 한숨을 내쉬던 파르판 남작이 칼릭스를 내려다봤다. 온몸에 가득한 악취와 잔뜩 헝클어진 머리카락이 절로 눈시울을 뜨겁게 만들었다.

하지만 그것만으로는 파르판 남작의 울분이 풀리지 않았다. 만일 둘 중 하나만 살아 돌아와야 했다면 대공자인 편이 나았다. 대공자가 죽고 2공자만 생존한 이 상황은 솔직히 그 누구에게도 달갑지 않을 것이다.

그렇다고 사지에서 돌아온 2공자를 예전처럼 냉대할 수도 없었다.

대공자가 죽은 이상 이제 라인하르트 공작가는 2공자가 이 끌어야 한다. 이대로 2공자마저 죽어버리면…… 공작가는 대가 끊기고 만다.

"안으로…… 모시겠습니다."

복잡한 머릿속을 정리한 파르판 남작이 몸을 돌려 칼릭스를 둘러업었다. 터져 나오려는 감정을 되삼키는 그의 입술이 파르르 떨려왔다.

4

칼릭스를 자리에 눕힌 뒤 파르판 남작은 조심스럽게 갑옷을 벗겼다. 정신을 잃은 와중에 무거운 갑옷의 무게를 견디지 못하고 호흡 곤란이라도 일으킨다면 큰일이었다.

"도대체 무슨 피를 이렇게 묻히신 겁니까."

갑옷의 표면은 물론 이음새 부분까지 번진 찐득한 핏물에
파르판 남작은 절로 인상을 찌푸렸다. 꼭 피 웅덩이에서 뒹굴
기라도 한 것 같았다.

하지만 핏물은 갑옷에만 묻어 있는 게 아니었다. 갑옷 안의
옷들까지 붉게 젖어 있었다.

그뿐만이 아니다. 피로 물든 옷을 벗기자 온몸에 크고 작은
멍들이 드러났다.

"허어!"

파르판 남작은 그제야 심각성을 인식했다. 평소 2공자에 대
한 인식 때문에 죽음을 피해 도망친 것이라고만 생각했는데
그런 게 아니었던 모양이었다.

하기야 그랬다면 대공자의 시신을 간이 관까지 만들어 끌고
오지도 못했을 터.

"칼릭스 님, 몸을 좀 살피겠습니다."

파르판 남작의 목소리가 절로 공손해졌다.

칼릭스의 몸을 꼼꼼히 살필수록 상처들은 더욱 늘어났다.
거대한 흉기에 얻어맞기라도 한 것처럼 뒤통수는 움푹 들어가
있었다. 아직까지도 머리카락에 강하게 붙어 있는 피딱지만
봐도 상처가 얼마나 컸을지 짐작이 갔다.

슬쩍 들춰본 두 눈은 실핏줄이 터져 벌겋게 물들어 있었다.
코 안에도 이물질이 가득했고 입안은 헐 대로 헐어 피 냄새가
진동을 했다.

손바닥도 말이 아니었다. 찢기고 부은 건 물론 물집까지 잡혀 있었다. 얼마 전까지만 해도 고운 손으로 찻잔이나 기울이던 2공자가 맞나 싶을 정도였다.

발바닥에도 쉬지 않고 걸은 흔적이 역력했다. 이렇게 엉망진창인 발을 보는 건 그로서도 처음이었다.

그뿐만이 아니다. 무엇을 했는지 양쪽 어깨는 퉁퉁 부어 있었다. 옆구리에도 시퍼렇게 멍이 들어 있었다. 그 상처들을 가만히 매만지던 파르판 남작은 왠지 가슴이 먹먹해졌다. 어떻게 해서든 관을 끌고 오기 위해 발악하는 2공자의 모습이 머릿속에 그려진 것이다.

"아차!"

자신도 모르게 잠시 눈물을 글썽거리던 파르판 남작이 뒤늦게 칼릭스의 속옷을 벗겼다. 만에 하나 생식기 쪽에 문제라도 생겼다면 큰일이 아닐 수 없었다.

그나마 다행히도 보호구를 착용한 그쪽은 큰 이상이 없어 보였다.

하지만 그뿐이다. 생식기를 제외한 모든 부분이 상해 있다고 해도 과언이 아니었다.

"도대체…… 무슨 일이 있으셨던 겁니까?"

파르판 남작이 입술을 질근 깨물었다. 2공자가 이렇게 고생했는지도 모르고 의심부터 하다니. 스스로가 한심스러워 견딜 수가 없었다.

솔직히 그동안의 2공자를 생각한다면 어쩔 수 없는 반응이었다. 그것만큼은 2공자가 깨어나더라도 인정할 수밖에 없는 부분이기도 했다.

그것은 공작가의 사람들도 마찬가지일 것이다. 대공자의 죽음이 알려지면 분노하고 자신처럼 그 책임을 2공자에게 돌리려 할 것이다.

그러나 2공자의 이런 몸을 본다면…… 감히 누가 원망을 할 수 있겠는가.

"죄송합니다. 하지만 이게 최선일 것 같습니다."

파르판 남작은 품에서 꺼내려던 최고급 포션을 다시 집어넣었다.

2공자에게 최고급 포션을 먹이면 몸의 상처들은 많이 아물 것이다. 붓기도 빠지고 멍도 사라질 것이다.

하지만 그럴수록 2공자가 처절한 사투를 벌였다는 증거도 사라지게 될 것이다.

2공자를 위해서라도 상처들은 보존되어야 했다. 그것이 라인하르트 공작의 분노로부터 파르판 남작과 그를 따르던 기사들을 살리는 길이기도 했다.

"큰 효과는 없겠지만 힘을 내십시오."

파르판 남작은 대신 포션이라고 할 것도 없는 약병을 꺼냈다. 대단치 않은 상처에나 바르려고 준비한 것이었다. 그것을 2공자에게 먹인다는 것 자체가 큰 실례일 수도 있었다.

그러나 파르판 남작은 망설이지 않았다. 2공자를 깨우면서 상처를 최대한 보존하는 길은 이것뿐이었다.

꿀꺽, 꿀꺽.

물약이 천천히 칼릭스의 목구멍으로 빨려 들어갔다.

그로부터 이틀 후.

혼절했던 칼릭스가 깨어났다.

5

'역시.'

온몸을 타고 전해지는 욱신거림에 인상을 찌푸리면서도 칼릭스는 피식 웃었다. 파르판 남작의 성격상 치료를 놓고 고심할 것이라 여겼는데 그 예상이 틀리지 않았다.

게다가 파르판 남작은 이후의 일도 마음에 들게 처리했다.

"그러니까…… 아직 형님이 돌아가셨다는 사실을 공작성에 전하지 않았단 말이지?"

"그렇습니다, 칼릭스 님. 어떻게 된 일인지 확인해보고 알려도 늦지 않을 것 같아서 잠시 일을 숨겼습니다."

퓌도르의 말에 따르면 칼릭스가 잠이 든 이틀간 파르판 남작은 정규 기사들과 함께 쉬지 않고 논의를 했다고 한다. 그 과정에서 라인하르트 가문의 후계자들을 제거하려는 음모가 있었을지도 모른다는 이야기가 흘러나왔다고 한다.

소심한 만큼 두뇌 회전이 빠른 파르판 남작이라면 그 말을 허투루 여기지는 않았을 것이다. 자연스럽게 그 일의 배후 중 하나로 자신들에게 대공자의 호위를 맡긴 게오르 백작도 포함시켰을 것이다.

라인하르트 공작이 돌아오고 있긴 하지만 공작성은 아직 게오르 백작이 장악하고 있다. 만에 하나 그의 짓이라면 이 사실이 알려짐과 동시에 사람을 보내 모든 증거를 없애려 할 게 분명했다.

물론 물증이 없이 심증만으로 공작가의 주요 혈족을 의심하고 모욕한다는 건 큰 죄였다. 만일 칼릭스가 아니라 카일이 이 자리에 앉아 있었다면 대번에 호통을 쳤을 것이다.

그러나 칼릭스는 파르판 남작의 의심을 나무라지 않았다.

"잘했어."

오히려 고개를 끄덕이며 파르판 남작의 선택을 칭찬했다.

과거에는 어땠을지 몰라도 지금은 난관을 함께 헤쳐나가야 할 유일한 동료였다. 예전처럼 함부로 대해서는 안 되는 것이다.

'역시.'

파르판 남작도 칼릭스의 달라진 태도를 보고 게오르 백작에 대한 의심을 굳혔다.

평소 게오르 백작을 라인하르트 공작보다 더 따르던 2공자였다. 그가 자신의 결례를 넘겨버렸다는 건 어느 정도 같은 생각을 가지고 있다는 방증이었다.

"그런데 숲에서 무슨 일이 있었던 것입니까?"

　잠시 생각을 곱씹던 파르판 남작이 화제를 돌렸다. 칼릭스에 대한 선입견이 깨지지 않았다면 가장 먼저 물어봤을 일이다. 하지만 어느새 자연스럽게 뒤로 밀려나버렸다.

　"설명하자면 길어."

　"아, 예."

　"하지만 적어도 남작은 알아야겠지."

　"……!"

　칼릭스는 지난 일들을 간략하게 설명했다.

　먼저 입구에 도착했는데 갑자기 말이 숲 안으로 내달린 것과 정신없이 달리다 보니 괴물과 싸우고 있는 카일을 발견한 것까지는 진실을 말했다. 그러나 이후의 이야기는 달랐다. 괴물의 공격을 받고 정신을 잃은 것이나 다시 눈을 떴을 때 카일이 자신을 끌어안고 죽어 있었던 상황은 사실이 아니었다.

　하지만 파르판 남작은 그 이야기를 당연하게 받아들였다.

　"뒷머리는 그때 다치신 것입니까?"

　"아마 말에서 튕겨 나가면서 돌에 부딪친 것 같은데 형님이 마지막 순간에 포션을 먹이셨던 모양이더라고. 그럴 시간에 자신부터 살 일이지."

　덤덤히 말을 잇던 칼릭스의 눈시울이 살짝 붉어졌다. 덩달아 파르판 남작도 코를 들이키며 감정을 삼켰다.

　슬픔에 잠긴 듯 칼릭스는 더 이상 아무런 말을 하지 않았다. 그러나 그것만으로도 뒷이야기는 짐작하고 남았다.

자신을 보호하다 죽은 형을 발견했을 때 무슨 생각이 들까? 아무리 미워하고 시기하던 대상이라 하더라도 그 슬픔은 이루 형용할 수 없을 것이다.

물론 모든 의문이 풀린 건 아니었다. 대공자를 담은 관은 어떻게 된 것인지, 어떤 방법으로 엘프들의 경계를 피했는지 묻고 싶은 게 많았다.

하지만 그것은 엄연히 말해 궁금증이다. 결코 칼릭스를 의심하는 게 아니었다.

혈육의 죽음으로부터 시작된 칼릭스의 변화를 파르판 남작은 조금도 이상하게 여기지 않았다. 오히려 당연하게 받아들였다. 라인하르트 공작도 더 이상 칼릭스를 철부지로만 여기지는 않을 것이라고 확신했다.

그럴수록 칼릭스를 지켜야겠다는 마음이 들었다.

"이제 어떻게 하시겠습니까?"

파르판 남작이 조심스럽게 물었다. 이번 일의 총책임자는 자신이지만 앞으로는 칼릭스의 뜻에 전적으로 따르겠다는 의지를 보였다.

"공작성으로 돌아가야지."

칼릭스가 대수롭지 않게 대답했다. 그러나 그의 눈빛만큼은 더없이 날카로웠다.

생존이 우선이라면 라인하르트 공작이 돌아올 때까지 이곳에 머무는 게 나았다. 라인하르트 공작이 공작성에 입성하는 순간부터 게오르 백작은 가주 대리의 권한을 잃게 될 테니까.

하지만 그렇게까지 게오르 백작을 두려워하고 싶은 마음은 없었다. 예전이라면 모르겠지만 지금의 칼릭스는 달랐다. 라인하르트 공작의 보호를 받으며 욕심 많은 숙부와의 싸움을 길게 끌고 싶지 않았다.

그렇다고 무작정 공작성으로 향했다가 게오르 백작의 손에 붙잡힐 수도 없는 노릇이었다.

"형님의 관은 앞으로도 내가 끌고 갈 거야. 남작은 내 모습이 다른 사람들에게 보이지 않도록 해줘."

엘프의 숲에서 공작령 북동부의 펠로스 성까지는 보통 4일 정도를 걸어야 한다. 거기에서 공작성까지는 다시 하루거리였다.

만일 칼릭스가 관을 끌고 움직인다면 기사들의 발걸음은 자연스럽게 더뎌질 것이다. 그렇다면 게오르 백작의 의심을 받지 않고 시간을 벌 수 있다.

그 사이 라인하르트 공작이 공작령 내에 들어오면 게오르 백작도 쉽게 움직이지는 못할 것이다. 대공자의 죽음을 기사들에게 철저히 함구시킨다면 소문이 퍼지는 것도 최대한 늦출 수 있다.

"알겠습니다."

칼릭스의 제안에 찬성하듯 파르판 남작이 고개를 끄덕였다.

"기사들에게 전해. 모든 일은 내가 책임질 거야."

파르판 남작의 어깨에 칼릭스가 힘을 실어주었다. 수련 기

사들이 대부분인 제4기사단에게 감당 못 할 책임을 강요했다
간 두려움에 일을 그르칠 수도 있었다.

"감사합니다, 공자님."

파르판 남작이 깊숙이 고개를 숙였다. 덕분에 자신도 홀가
분한 마음으로 기사들을 통솔할 수 있을 것 같았다.

6

그날 저녁.

파르판 남작은 모든 기사들을 불러놓고 대공자의 죽음을 알
렸다. 동요하는 그들에게 침묵을 요구하고 모든 일은 2공자와
자신이 책임질 것임을 약속했다.

만약 파르판 남작이 2공자에게 모든 책임을 돌리려 했다면
기사들은 결코 마음을 놓지 못했을 것이다. 2공자가 대공자의
시신과 함께 엘프의 숲을 벗어났다는 사실을 전해 듣긴 했지
만 그것만으로는 지금까지의 기억들을 씻기가 어려웠다.

반대로 모든 책임을 파르판 남작이 진다고 해도 기사들은
불안해했을 것이다. 파르판 남작의 성격상 허언은 하지 않겠
지만 그 혼자만으로 라인하르트 공작의 분노가 풀릴 것이라고
는 장담하기 어려웠다.

하지만 파르판 남작이 2공자와 함께 책임을 진다고 하자 대

부분이 수긍하는 분위기였다. 최악의 경우에도 죽을 일은 없을 것이라는 희망이 생긴 것이다.

"어떻게 하겠나? 내 말에 따르겠는가?"

파르판 남작이 기사들을 둘러보며 말했다.

"따르겠습니다."

"단장님의 명인데 어찌 거역하겠습니까."

기사들이 하나둘 입을 열었다. 그렇게 100명의 수련 기사들과 10명의 정규 기사들의 확답을 받고서야 파르판 남작은 안도의 한숨을 내쉬었다.

다음 날 아침.

칼릭스는 성하지 않은 몸을 이끌고 카일의 관을 잡았다. 기사들이 넝쿨 대신 질긴 밧줄로 관을 연결해준 덕분에 끌기가 한결 수월해졌지만 그 무게만큼은 전혀 달라지지 않았다.

'왜 사서 고생인 거야?'

'흥! 얼마나 가나 보자.'

힘겹게 관을 끄는 칼릭스를 힐끔거리며 수련 기사들은 하나같이 콧방귀를 뀌었다. 혼자 살아 돌아온 게 미안하니까 어떻게든 죄를 줄이기 위해 저러는 것이라고 생각했다.

하지만 칼릭스가 앓는 소리조차 내지 않고 하루 종일 관을 끌자 수련 기사들의 생각도 달라졌다. 시간이 지날수록 그들의 시선은 조롱에서 동정으로, 다시 안쓰러움으로 변했다.

칼릭스가 관을 끈 지 사흘째 되던 날.

"크윽!"

고통을 참지 못하고 칼릭스가 쓰러졌다. 그와 함께 기사단의 움직임도 멈췄다.

예전 같았다면 칼릭스를 향해 불만스러운 표정을 지었을 것이다. 그러나 이번에는 달랐다. 수련 기사들이 너 나 할 것 없이 칼릭스에게 달려들었다.

"칼릭스 님! 괜찮으십니까?"

"이제 저희에게 맡기시고 제발 쉬십시오."

수련 기사들은 당장에라도 울 것 같은 얼굴로 말했다 2공자의 진심은 충분히 알았으니 더 이상 고생하지 말라고 간청했다.

그러나 칼릭스는 다시 몸을 일으켰다. 괜찮다며 애써 웃어 보인 뒤에 떨어뜨린 줄을 어깨에 멨다.

그 모습을 빤히 지켜보던 기사들이 자신도 모르게 코끝을 훔쳤다. 눈물을 참으려 괜히 먼 산을 바라보았다.

몇몇은 고집불통이라며 화를 내기도 했다. 그러면서도 칼릭스가 또 쓰러질까 봐 불안 불안한 시선을 떼지 못했다.

그렇게 넘어지고 또 넘어지던 칼릭스가 공작령 북동부 펠로스 성에 도착한 것은 6일이 지나서였다. 뒤늦게 칼릭스가 살아 있다는 보고를 받은 게오르 백작이 분노했지만 그때는 이미 라인하르트 공작이 공작령 안으로 들어온 뒤였다.

제4장
라인하르트 공작가

1

공작성의 대회의실은 침묵에 빠져 있었다. 관을 붙들고 눈물을 흘리는 공작부인을 제외하고는 그 누구도 신음조차 흘리지 않았다.

카일의 죽음은 모두에게 큰 충격이었다. 오랫동안 공작가를 이끌던 가신들조차 할 말을 잃고 멍하니 관만 바라보았다.

2년 전 카일이 대공자로서 능력을 인정받기 위해 엘프들과의 분쟁을 해결하겠다고 나섰을 때에도 이런 일이 벌어질 것이라고 생각한 자들은 드물었다. 설마하니 라인하르트 공작가의 대공자의 목숨을 위협하겠는가 라는 생각이 대부분이었다.

하지만 카일은 결국 싸늘한 시신이 되어 돌아왔다. 라인하르트 공작가를 더욱 빛내줄 것이라 믿어 의심치 않았던 그가 말이다.

"복수해야 합니다!"

기사 하나가 분을 참지 못하고 소리쳤다. 그러자 사방에서 수많은 말들이 쏟아져 나왔다.

엘프들과 전쟁을 벌여야 한다는 의견이 대부분이었다. 전쟁이라면 이맛살부터 찌푸리는 가신들조차 기사들의 분노를 막지 않았다.

"병사들을 내어주십시오. 제가 가겠습니다."

라인하르트 공작의 오른편에 서 있던 게오르 백작이 나서며 말했다.

게오르 백작은 공작가 최고의 기사이자 왕국에 넷뿐인 마스터였다. 그가 선두에 선다면 최소한 대공자의 피 값은 받아낼 수 있었다.

라인하르트 공작도 마음 같아서는 게오르 백작에게 기사들을 내주고 싶었다. 믿었던 장자를 잃은 슬픔은 그 무엇과도 비교할 수 없을 만큼 컸다.

그러나 대영지를 이끄는 주인은 결코 감정적이어서는 안 된다. 그것이 설사 아끼던 후계자의 죽음과 관련되어 있다고 할지라도 말이다.

"칼릭스."

뜨거워진 라인하르트 공작의 시선이 관 앞에 우뚝 선 칼릭스에게 향했다.

“말씀하십시오.”

칼릭스가 지친 얼굴을 들어올렸다. 카일의 관과 함께 공작성에 도착한 지도 나흘이 지났지만 그의 몰골은 여전히 지저분한 상태였다.

“어찌 된 일이냐.”

라인하르트 공작이 물었다. 너무나 메마른 그의 음성은 날선 추궁보다도 더 섬뜩하게 느껴졌다.

설사 자식이 큰 잘못을 저질렀더라도 이렇듯 매정하지는 못할 것이다. 그러나 라인하르트 공작은 카일의 죽음에 대한 분노의 화살을 칼릭스에게 돌렸다. 마치 이 모든 일이 칼릭스 때문에 일어나기라도 한 것처럼 말이다.

‘생각했던 것보다 더 심하군.’

칼릭스는 쓴웃음이 났다. 만만치 않을 것이라는 생각은 했지만 라인하르트 공작가의 반응이 이 정도일 것이라고는 솔직히 예상하지 못했다.

아비란 자가 자신을 오해하고 불신하고 있다. 그를 따라 수많은 가신들도 경멸 어린 눈빛을 보내고 있었다.

다들 내색하지 않았지만 속내는 같았다.

대공자가 죽은 건 바로 너 때문이다.

모두들 그리 여기는 모양이었다.

하기야 정황상 의심이 가는 것도 무리는 아니었다. 믿었던 대공자는 죽고 마중을 나갔던 2공자만 살아 돌아왔다. 평소에도 공공연히 후계자의 자리를 양보하지 않겠다고 떠들어대던 그만 말이다.

어떤 상황에서라도 일단 중립을 지켜야 할 라인하르트 공작조차 평정심을 잃었다. 이런 와중에 자질구레한 변명은 더 큰 반발을 낳을 수밖에 없었다.

결국 어떤 말을 하든 책임을 피할 수는 없었다. 그렇다면 더욱 당당해야 했다.

"이 모든 건 제 잘못입니다."

칼릭스가 라인하르트 공작을 올려보며 말했다. 그 순간, 대회의장이 술렁거리기 시작했다.

가신들은 물론 가만히 지켜보던 게오르 백작의 눈빛도 달라졌다. 설마하니 칼릭스가 저렇게 나올 것이라고는 전혀 예상하지 못한 것 같았다.

"자세히 말해라."

전후사정을 전혀 모르는 라인하르트 공작이 언성을 높였다. 카일의 죽음에 칼릭스가 직접적으로 관련되어 있다면 자식이라 하더라도 용서하지 않을 생각이었다.

하지만 이어지는 칼릭스의 대답은 라인하르트 공작은 물론 초조해하는 게오르 백작까지 당혹스럽게 만들었다.

칼릭스는 파르판 남작에게 했던 것처럼 적당히 각색된 이야기를 늘어놓았다. 라인하르트 공작 앞이라 조금 살이 붙기는 했지만 전체적인 내용은 달라지지 않았다.

그러나 가신들의 반응은 무작정 고개만 끄덕이던 파르판 남작과는 달랐다.

"괴물이라니요?"

"세상에 그런 괴물이 다 있답니까?"

괴물의 습격으로 카일이 목숨을 잃었다는 대목에서 몇몇 젊은 기사들이 불신을 드러냈다.

숲의 포식자라 알려진 오우거보다도 크고 사나운 괴물이리니. 칼릭스가 지나치게 과장해 말하는 것은 아닐까 의심스럽기까지 했다.

하지만 라인하르트 공작은 중간에 칼릭스의 말을 자르지 않았다. 마지막 한마디까지 모두 들은 후에야 깊은 한숨을 내쉬었다.

자세한 내용은 좀 더 확인해봐야 알 수 있었다. 하지만 말을 마칠 때까지 칼릭스는 자신의 시선을 단 한 번도 피하지 않았다. 그만큼 진실하다는 뜻이었다.

그 모습이 마치 죽은 카일 같았다. 언제나 진실을 말하던, 설사 약간의 숨김이 있다 하더라도 그것은 라인하르트 공작가의 명예를 위해서지 구차한 변명 따위는 하지 않던 카일의 모습과 똑같았다.

아니, 가신들과는 원만하게 지내려 노력했던 카일보다 훨씬 고집스러운 의지가 엿보였다.

‘녀석…….’

라인하르트 공작의 심정이 복잡해졌다. 아끼던 카일을 잃은 대신 골칫거리였던 칼릭스가 정신을 차렸다. 마치 카일의 죽음을 통해 각성이라도 한 것처럼 말이다.

그런 칼릭스의 변화를 느낀 건 라인하르트 공작만이 아니었다.

대부분의 가신들이 대공자의 죽음에 지나치게 흥분하고 있었다. 그러나 오랫동안 라인하르트 공작가를 지켜온 가신들은 달랐다. 어지간해서는 감정을 드러내는 법이 없었다.

나이 든 가신들의 눈에도 칼릭스는 부쩍 성장해 있었다. 라인하르트 공작과는 눈조차 마주치지 못하던 유약한 철부지를 확실히 벗어난 것 같았다.

하지만 그것뿐이다. 그렇다 하더라도 칼릭스가 카일을 대신해줄 수 있을 거란 생각은 들지 않았다.

그것은 라인하르트 공작도 마찬가지. 성숙해진 칼릭스에 대한 대견함이 컸지만 그보다는 죽은 카일에 대한 안타까움이 사무쳐 슬픔이 사라지질 않았다.

“저 관은…… 네가 만든 것이냐?”

한참을 침묵하던 라인하르트 공작이 다시 입을 열었다. 칼릭스에 대한 의심만큼은 어느 정도 풀린 듯 그의 음성이 살짝 누그러져 있었다.

“그렇습니다.”

칼릭스가 고개를 끄덕거렸다. 몇몇 가신들이 믿을 수 없다며 눈을 부릅떴지만 이번에도 라인하르트 공작은 별말 없이 넘겨버렸다.

"알겠다. 그만 쉬어라."

라인하르트 공작이 가볍게 손사래를 쳤다.

칼릭스에게 들어야 할 이야기는 모두 들었다. 그 일에 대해 숙고하고 결론을 내리는 건 자신의 몫이었다.

"먼저 나가보겠습니다."

칼릭스가 가볍게 고개를 숙이고 몸을 돌렸다. 그 순간 그의 머리카락에 잔뜩 뒤엉켜 있는 시커먼 피딱지가 모두의 눈에 들어왔다.

"카, 칼릭스! 다친 것이니?"

뒤늦게 그 사실을 안 공작부인이 칼릭스에게 다가갔다. 친아들처럼 여기던 카일이 죽었다는 사실에 정신이 팔려 자신의 배로 낳은 칼릭스가 다친 줄은 생각지도 못했다.

그러자 칼릭스가 가볍게 웃으며 공작부인을 달랬다.

"전 괜찮아요, 어머니. 그러니 지금은…… 형님을 위해 눈물을 흘려주세요."

칼릭스의 나직한 목소리가 대회의장을 숙연하게 만들었다.

그 때문일까. 카일의 죽음을 누구보다 기뻐할 것 같았던 그의 뒷모습이 왠지 모르게 서글퍼 보였다.

2

"칼릭스 님, 이제 좀 씻으세요. 그러다 병이라도 걸리실까 걱정입니다."

침대에 누우려는 칼릭스를 하녀장인 셜리가 붙들었다.

자책은 그만하면 충분했다. 이제는 그만 씻고 치료를 받아야 했다.

하지만 칼릭스는 고개를 저었다.

형이 죽고 혼자 살아 돌아왔는데 호사라니. 도저히 그럴 마음이 나지 않는 모양이었다.

"혼자 있고 싶어."

"칼릭스 님!"

"그만. 혼자 있게 해줘."

"하아."

칼릭스의 고집 앞에 셜리가 무겁게 한숨을 내쉬며 물러났다. 아무래도 당분간은 칼릭스를 씻기는 건 어려울 것 같았다.

셜리가 나가고 잠시 후.

후아앗.

열린 창문으로 바람이 스며들어 왔다.

―칼릭스, 어디 아파?

퓌도르가 칼릭스를 보자마자 걱정스런 목소리를 냈다. 며칠 만에 다시 만난 칼릭스의 표정이 곧 죽을 사람처럼 어둡게 변해 있었다.

"응? 이런, 너무 빠져들었군."

칼릭스가 다급히 고개를 흔들었다. 감정에 몰두한다는 게 지나쳐 정말로 형의 죽음 앞에 자책하는 동생이 되어버렸다.

—뭐야, 놀랐잖아.

다시 날카로워진 칼릭스의 눈빛을 확인한 퓌도르가 안도의 한숨을 내쉬었다. 그러나 칼릭스는 퓌도르의 방문이 썩 달갑지 않았다.

"갑자기 무슨 일이야?"

칼릭스가 살싹 미간을 찌푸렸다. 라인하르트 공작가에는 마나에 민감한 자들이 많았다. 쓸데없이 오가다가 그들에게 들키기라도 한다면 괜한 오해를 살 수 있었다.

하지만 퓌도르도 아무런 이유 없이 칼릭스를 찾은 게 아니었다.

—쳇, 너무한 거 아냐? 숲의 소식을 들고 왔는데.

칼릭스가 그토록 기다리던 동굴에 누군가가 접근했다는 사실을 알리러 온 것이다.

"여긴 위험한 곳이야. 그러니까 빨리 말해."

반짝 눈을 빛낸 칼릭스가 은근한 어조로 퓌도르를 다그쳤다.

—흥! 흥!

몇 번이나 콧방귀를 뀌던 퓌도르가 이내 동굴 주변에 머물던 바람의 말을 전했다.

"녹색 머리카락의 엘프라고?"

─그래, 이름은 모르지만 엘프의 숲에 사는 것도 확인했어.

퓌도르가 대단한 정보라도 되는 것처럼 어깨를 으쓱거렸다. 그러나 카일을 동굴로 보낸 게 엘프라는 사실은 칼릭스도 이미 짐작하고 있었다.

"고작 그것뿐이야?"

칼릭스가 살짝 눈가를 들어올렸다. 퓌도르의 호들갑으로 보아 이 정도에서 끝날 이야기가 아니었다.

아니나 다를까.

─쳇, 아무튼 인간들은 눈치가 빠르다니까.

퓌도르가 입술을 삐죽거리며 마저 말을 이었다. 문제의 녹색 머리카락 엘프가 누구에게 보고를 했는지를 말이다.

"바르퀴스?"

─응, 분명 그 녀석을 바르퀴스라고 불렀대.

순간 칼릭스의 눈이 번뜩였다.

바르퀴스.

음모를 파헤치기 위한 첫 번째 단서를 잡았다.

라인하르트 공작이 돌아온 이상 게오르 백작은 쉽게 속내를 드러내지 않을 것이다. 예전처럼 자신을 위하듯 굴면서 뒤로 은밀히 음모를 꾸미려 할 것이다.

지금으로선 게오르 백작을 노려봐야 아무것도 얻을 게 없다. 오히려 다치지 않으면 다행이었다.

하지만 게오르 백작도 쉽게 손을 쓰지 못하는 엘프라면 이야기는 달라진다.

"퓌도르, 그 바르퀴스란 엘프에 대해 알아봐."

—정확하게 뭘 알아봐야 하는데?

"바르퀴스가 엘프의 숲에서 얼마나 중요한 자인지, 평소 주변에 어떤 말들을 하는지, 인간들과 은밀히 교류하는지 조심스럽게 살펴봐."

바깥의 인기척을 느낀 칼릭스가 다급히 목소리를 낮췄다.

—알았어, 맡겨만 줘.

제법 복잡한 임무에 신이 난 듯 퓌도르가 바람처럼 사라졌다.

잠시 후.

똑똑.

문소리와 함께 셜리의 음성이 들렸다.

"칼릭스 님, 식사를 가져왔어요."

칼릭스는 재빨리 감정을 끌어올렸다. 자신 때문에 카일이 죽었다는 말을 속으로 되뇌자 금세 자괴감에 빠져들었다.

칼릭스에게 있어서 카일은 언제나 시샘의 대상이었다. 차기 공작의 자리를 놓고 다투는 경쟁자였지만 공작가의 사랑은 오직 카일에게 쏠려 있었으니 미울 수밖에 없었다.

그러나 시샘 이면에는 동경의 감정이 숨어 있었다. 카일은 칼릭스보다 일곱 살이나 많았다. 어린 시절 대부분의 기억 속에는 환하게 웃는 카일이 남아 있었다.

형처럼 모두에게 사랑받고 싶은 욕구가 지나쳐 삐뚤어졌을 때에도 카일은 칼릭스를 아꼈다. 칼릭스의 냉대조차 웃으며 받아들였다. 그럴수록 칼릭스는 더욱 못되게 굴었다.

그렇게 애써 숨기고 모른 척해왔던 그 감정들이 카일의 죽음을 통해 다시 표면 위로 드러났다. 동경하던 목표이자 경쟁자를 잃었다는 상실감에 삶의 의욕마저 사라져버렸다.

칼릭스는 그런 감정에 몸을 맡겼다. 자연스럽게 감정과 하나가 됐다.

딸깍.

문이 열리고 셜리가 따끈한 스튜와 함께 들어왔을 때 그녀의 눈에 비친 칼릭스는 여전히 힘이 없고 슬퍼 보였다.

"입맛이 없으시더라도 좀 드세요. 그러다 칼릭스 님마저 쓰러지실까 봐 걱정이에요."

셜리의 걱정스런 목소리가 칼릭스를 감쌌다. 그 말에 이끌린 칼릭스가 마지못해 스푼을 잡아 들었다.

3

칼릭스의 증언과는 별개로 가신들은 대공자의 죽음에 대해 확실히 조사해야 한다며 의견을 모았다. 라인하르트 공작도 가신들의 뜻에 공감하듯 고개를 끄덕였다.

"제게 맡겨주십시오."

언제나처럼 게오르 백작이 나섰다. 이번 일은 말 그대로 라인하르트 공작가의 일이다. 공작가의 혈족들 중에서는 게오르 백작만 한 적임자가 없었다.

하지만 라인하르트 공작은 총관인 멜로트 백작에게 진상 조사를 맡겼다. 그를 은밀히 불러 칼릭스의 진술 이외에 다른 진실들이 있는지 알아보라고 지시했다.

"알겠습니다."

멜로트 백작은 라인하르트 공작의 의중을 간파했다. 일단 칼릭스의 증언은 믿겠다는 뜻이었다. 또한 이번 일이 단순한 사고는 아닐 것이라는 의미이기도 했다.

멜로트 백작은 가장 먼저 파르판 남작과 정규 기사들을 불렀다. 그리고 그들에게 자초지종을 요구했다.

파르판 남작과 기사들은 칼릭스의 조언에 따라 있는 그대로만 설명했다. 개인적인 생각을 입 밖에 내는 어리석음은 범하지 않았다.

하지만 그것만으로도 의구심을 갖기에는 충분했다.

"그러니까 게오르 백작이 따로 2공자께 기사들을 딸려 보냈단 말인가?"

"그렇습니다. 그런데 뒤늦게 엘프의 숲에 도착했을 때 그들의 모습은 보이지 않았습니다."

게오르 백작이 보낸 기사들은 시종일관 2공자의 곁에서 떨어지지 않았다고 한다. 그런 자들이 2공자가 엘프의 숲 안에 들어간 이후로 자취를 감춰버렸다. 뒤늦게 2공자를 따라갔다가 엘프들에게 봉변을 당했을 수도 있지만 그 가능성은 그다지 높지 않아 보였다.

그 외에도 게오르 백작과 관련된 의문들은 한두 개가 아니었다. 솔직히 대공자의 마중을 위해 제4기사단을 내보냈다는 것 자체부터 수상쩍었다.

'그리고 보면 공작님이 별것도 아닌 일로 국왕께 불려 가신 것도 이상해.'

한번 의심이 생기자 의문이 꼬리를 물고 이어졌다. 그러나 애석하게도 그 모든 건 심증뿐이었다. 표면에 드러난 물증이 전혀 없었다.

파르판 남작에게 건넨 말이야 오해였다고 둘러대면 그만이다. 2공자를 따랐던 기사들도 벌써 제거했을지 몰랐다.

그나마 다행인 건 2공자의 증언에 대한 거짓은 없다는 점이다. 특히나 대공자의 관을 홀로 끌고 왔다는 대목에서는 자신도 모르게 울컥 감정이 치밀 정도였다.

"알았으니 돌아들 가게. 오늘 있었던 일을 함부로 입 밖에 내지 말고. 알겠나?"

심문을 마친 멜로트 백작은 곧바로 라인하르트 공작을 찾았다. 그 자리에는 에토 백작과 행정감 키르케 자작이 먼저 와 기다리고 있었다.

"뭔가 있습니다."

크게 숨을 들이켠 멜로트 백작은 단숨에 자신의 생각들을 쏟아냈다. 그의 말을 가만히 듣던 라인하르트 공작의 표정이 점점 굳어졌다. 이번 일이 후계자들을 모조리 죽이려는 누군가의 음모일 가능성이 높다는 사실에 주먹을 움켜쥐었다.

멜로트 백작은 배후에 누가 있는지 굳이 말하지 않았다. 밝히지 않더라도 다들 짐작하고 있었다.

라인하르트 공작가의 후사가 끊길 경우 가장 큰 이득을 보는 건 게오르 백작뿐이다. 실제로 게오르 백작도 가주의 자리에 욕심을 내고 있었다. 라인하르트 공작보다 더 뛰어난 재능을 갖추고도 오직 둘째로 태어났다는 이유로 가주의 자리에서 밀려났으니 딴 마음을 먹는 것도 무리는 아니었다.

"어찌할까요?"

멜로트 백작이 라인하르트 공작을 바라봤다. 라인하르트 공작이 허락한다면 당장에라도 게오르 백작의 주변을 조사하겠다는 얼굴이었다.

하지만 현실적으로 마스터인 게오르 백작을 섣불리 건드리는 건 불가능했다.

"일단은 조금 더 지켜본다."

라인하르트 공작은 힘겹게 분을 삼켰다. 정말로 게오르 백작이 저지른 일이라 할지라도 증거가 없는 이상 섣불리 움직일 수는 없었다.

"알겠습니다."

멜로트 백작도 마지못해 고개를 끄덕였다. 라인하르트 공작

의 심정을 이해하지 못하는 건 아니지만 마음을 억누르는 갑
갑함만큼은 어쩔 수가 없었다.

겉으로 드러난 것에 비해 라인하르트 공작의 권력은 역대
가주들을 통틀어 가장 약했다. 속령(屬領)을 다스리는 여덟 명
의 귀족들 중 라인하르트 공작의 사람은 셋뿐이었다. 나머지
다섯은 암암리에 게오르 백작을 지지하고 있었다.

기사단도 마찬가지였다. 전통적으로 가주를 따르는 제1기
사단을 제외한다면 믿을 만한 기사들이 드물었다.

공작성을 지키는 제2기사단의 태반이 게오르 백작을 지지
하고 있었다. 영지 곳곳에 파견된 제3기사단도 라인하르트 공
작보다는 마스터인 게오르 백작을 더 따랐다. 그것으로도 모
자라 게오르 백작은 사적으로 기사단을 운영하고 있었다.

남아 있는 제4기사단과 5기사단, 6기사단이 라인하르트 공
작을 지지해준다 하더라도 큰 도움이 되지는 않았다. 예비 기
사단에 소속된 기사들은 대부분 수련 기사였다. 오러를 다루
는 정규 기사들에 비할 수는 없었다.

게오르 백작에게 반감을 가지고 있는 가신들의 전폭적인 지지
마저 없었다면 라인하르트 공작은 공작위를 유지하는 것조차 어
려웠을 것이다. 그런 아픔을 대물림하지 않기 위해 칼릭스를 멀
리하면서까지 카일에게 힘을 실어줬건만…… 게오르 백작이 이
런 식으로 이빨을 드러내리라고는 미처 예상하지 못했다.

"크윽."

라인하르트 공작이 속으로 울분을 되삼켰다. 가문에 걱정거리가 있을 때면 그는 늘 지금처럼 혼자 앓곤 했다.

그런 라인하르트 공작에게 필요한 것은 생각을 정리하고 마음을 다잡을 시간이다.

"그럼 쉬십시오."

멜로트 백작이 에토 백작과 키르케 자작에게 눈치를 주며 자리를 피했다. 근심이 깊어진 듯 라인하르트 공작은 잘 가라는 말조차 하지 않았다.

4

라인하르트 공작의 집무실을 빠져나온 세 사람은 멜로트 백작의 집무실에서 다시 뭉쳤다. 개별적으로 이번 일에 대한 대책을 논의하기 위해서였다.

그때,

"아! 생각났다!"

막 자리에 앉으려던 키르케 자작이 갑자기 탁상을 쳤다.

"생각났다니? 뭐가 말인가?"

"칼릭스 님이 말씀하셨던 괴물 있지 않습니까."

"괴물? 아아, 오우거를 잘못 보신 게 아닌가."

멜로트 백작은 몬스터를 처음 본 칼릭스가 과장을 한 것이라고 여겼다. 그것이 대다수 기사들의 공통된 의견이기도 했다.

하지만 키르케 자작의 생각은 달랐다.

"오우거가 아닙니다. 토레라는 몬스터입니다."

"토레? 그건 또 뭔가?"

"칼릭스 님이 말씀하신 것처럼 오우거보다 훨씬 크고 사나운 녀석입니다. 오래전에 멸종했다고 알려졌는데 바람의 숲에 살고 있었나 봅니다."

평소 전설이나 신화를 좋아하던 키르케 자작은 흥분을 감추지 못했다. 반면 멜로트 백작은 멸종됐다는 그 한마디에 모든 흥미가 사라져버렸다.

"그게 중요한 게 아니니까 그 이야기는 다음에 하세."

멜로트 백작이 인상을 찌푸렸다. 지금은 게오르 백작에 대해 논하는 게 우선이었다. 전설 속의 괴물 이야기는 나중에 해도 늦지 않았다.

하지만 키르케 자작은 미련을 버리지 못했다.

"중요한 게 아니라니요! 무슨 말씀을 하시는 것입니까. 카일 님이 흔해 빠진 오우거와 싸우신 것과 전설의 몬스터인 토레와 싸우신 건 엄연히 다르다고요!"

그의 말처럼 이번 일에는 죽은 카일의 명예가 달려 있었다.

"허허."

미처 그것까지는 생각하지 못한 듯 멜로트 백작이 헛웃음을 흘렸다. 그 틈을 놓치지 않고 키르케 자작이 특유의 언변으로 회합의 목적을 변질시켜버렸다.

"그런데 말입니다, 칼릭스 님이 조금 달라지신 것 같지 않습니까?"

키르케 자작이 자신이 느꼈던 바를 주절주절 떠들어댔다. 처음에는 못마땅한 듯 이맛살을 찌푸리던 멜로트 백작도 어느 순간부터는 고개를 끄덕거리기 시작했다.

그것은 무뚝뚝하기로 유명한 에토 백작도 마찬가지였다. 다른 것보다도 칼릭스가 카일의 명예를 생각해준 점이 무척이나 고마웠다.

카일은 에토 백작에게 검술을 배웠다. 한때는 게오르 백작보다 더 강했다는 그를 직접 자신의 검술 스승으로 청했다.

에토 백작도 마다하지 않고 카일을 가르쳤다. 카일의 범상치 않은 재능이라면 자신이 이루지 못한 마스터의 경지에 올라설 것이라 확신했다.

그런 카일이 허무하게 죽어 돌아왔을 때 에토 백작은 자신의 눈과 귀를 의심했다. 터무니없는 헛소리라고 여겼다.

그러나 애석하게도 그것은 착각도 꿈도 아니었다. 너무나 쓰리고 아픈 현실이었다.

처음에는 에토 백작도 칼릭스를 증오했다. 피치 못할 사고였다는 변명 따위는 귀에 들어오지도 않았다.

과정이야 어쨌든 카일은 칼릭스를 위해 싸우다 죽었다. 만일 자신이 그 자리에 있었다면 칼릭스가 죽을 위기에 처해 있다 할지라도 카일을 붙들었을 것이다.

그러나 칼릭스가 직접 관을 만들었다는 사실을 전해 들으면서 그의 감정에 변화가 생겼다. 의도한 것인지 우연인지 모르겠지만 카일을 담은 관은 칼리 나무로 되어 있었다. 과거 위대한 지도자들의 관으로 쓰였다는 그 칼리 나무 말이다.

제작 방법이 달라지면서 지금은 칼리 나무를 사용하지 않지만 한때는 왕의 나무로 불리던 녀석이다. 그것을 전통적인 방법으로 껍질을 벗겨 관으로 만들었다. 용맹히 싸우다 죽은 카일에게 쉴 곳을 만들어주었다.

덕분에 카일의 시신은 오랫동안 외지에 방치된 것치고는 양호했다. 부패된 부분을 제외하면 원형 그대로 보존되어 있었다. 심하게 훼손된 외형들도 대부분 괴물과의 사투에서 비롯된 것이었다.

전투 중에 전사한 기사에게 가장 큰 호강은 사지 멀쩡하게 고향 땅에 묻히는 것이다. 신체 중 일부라도 잃어버리면 결코 편히 눈을 감을 수가 없었다.

이종족들의 영역에서 토레라는 괴물과 싸우면서도 칼릭스는 카일을 버리지 않았다. 멋대로 끌고 다녀 훼손시키지도 않았다. 자신의 목숨을 살려준 것에 보답이라도 하듯 서툴게 관을 만들고 카일의 마지막 명예를 지켜주었다.

기사들의 명예.

그것은 멜로트 백작과 키르케 자작 같은 문관들은 결코 이해할 수 없는 것이다. 오직 에토 백작 같은 기사들만이 느낄 수 있는 것이었다.

'대공자, 편히 눈을 감으십시오. 대공자께서 목숨을 바쳐 살리신 칼릭스 님은 이제 제가 지키겠습니다.'

에토 백작이 질끈 입술을 깨물었다. 게오르 백작의 더러운 음모에 맞서 그가 할 수 있는 것은 죽은 카일의 의지를 계승하는 것뿐이다.

그런 에토 백작의 생각에 멜로트 백작과 키르케 자작도 동감했다.

칼릭스가 살아 있는 이상 라인하르트 공작가의 주인이 되겠다는 게오르 백작의 꿈은 멀어질 수밖에 없었다. 당연히 재차 기회를 엿볼 터, 지금으로서는 칼릭스를 보호하는 게 최선의 방법인 셈이었다.

"지금쯤 게오르 백작은 뭘 하고 있을까요?"

키르케 자작이 답답한 듯 한숨을 내뱉었다.

"모르지. 축배를 들고 있을지도."

입에 담기도 싫은 듯 멜로트 백작이 와락 얼굴을 일그러뜨렸다.

하지만 그들의 예상과는 달리 게오르 백작 쪽의 분위기도 심상치가 않았다.

"없다니? 그게 무슨 말이냐!"

"대공자의 시신을 옮기는 과정에서 갑옷 안쪽을 살펴보았지만 아무것도 들어 있지 않았습니다."

"그렇다면 설마! 칼릭스, 그 아이가 가져간 것이냐?"

"그것이…… 파르판 남작이 칼릭스 공자의 온몸을 살핀 적이 있는데 그때도 아무것도 없었다고 합니다.”

기사의 말이 끝나기가 무섭게 게오르 백작이 책상을 내리쳤다. 그 소리가 어찌나 위협적이던지 기사는 가슴이 덜컥 내려앉는 것만 같았다.

그러나 그것도 게오르 백작이 느끼는 불안감에 비할 바 못됐다.

본래 계획은 엘프의 숲에서 카일과 칼릭스를 제거하는 것이었다. 이후 둘의 시체를 돌려받는 대신 엘프들과 맺었던 평화 협약을 무효로 돌린다는 게 저쪽에서 내건 요구 조건이었다.

게오르 백작도 엘프들과 이웃처럼 지내고 싶은 마음은 없었다. 언제고 라인하르트 공작가를 차지하면 카일과 칼릭스의 복수를 빌미로 엘프의 숲을 쓸어버릴 생각이었다.

하지만 그것도 계획처럼 계약이 파기되었을 때의 일이다. 저들이 자신과 손을 잡은 건 그 협약 때문이었다. 그것을 되돌려주지 못한다면 더 이상 엘프들의 도움을 기대할 수 없다. 아니, 최악의 경우 자신과의 거래를 누설할지도 몰랐다.

“찾아! 어떻게 해서든 찾아내!”

게오르 백작이 노성을 터트렸다. 찾아내지 못한다면 기사의 목이라도 벨 기세였다.

“아, 알겠습니다.”

하얗게 질린 기사가 다급히 밖으로 뛰쳐나갔다. 그러나 문제의 서신들은 기사가 결코 찾을 수 없는 곳에 숨겨져 있었다.

제5장
달라지겠어!

1

다음 날.

영지 곳곳에 대공자의 죽음이 전해졌다.

그로부터 열흘 뒤, 가신들과 기사들이 참석한 가운데 카일의 장례식이 치러졌다.

그날따라 비가 부슬부슬 내렸다. 카일을 따르던 가신들은 하늘이 슬퍼하는 것이라며 눈물을 흘렸다.

장례식은 비교적 간소하게 진행되었다. 수명을 다하치 못하고 불의의 사고를 당한 만큼 소란스러워서는 안 된다는 게 라인하르트 공작가의 뜻이었다.

카일의 사인은 있는 그대로 몬스터와 싸우다 죽은 것으로 알려졌다. 병이나 낙마 등 흔한 것으로 둘러대기에는 카일에 대한 영지민들의 기대감이 너무 컸다.

하지만 어찌 된 영문인지 그 과정에서 칼릭스에 대한 이야기는 쏙 빠졌다. 카일이 동생을 지키려다 죽었다거나 그런 형의 명예를 위해 칼릭스가 관을 만들고 공작성까지 직접 끌고 왔다는 사실을 아는 이들은 많지가 않았다.

"필시 게오르 백작의 짓이야."

멜로트 백작이 입술을 깨물었다. 공작가를 노린 것으로도 모자라 소문마저 조장하다니. 결코 용서가 되지 않았다.

"쉿, 듣는 귀가 많아."

옆에 서 있던 에토 백작이 나직한 목소리로 경고했다. 정확한 증거도 없이 의심부터 했다간 게오르 백작이 가만있지 않을 것이다. 음흉한 자에게 명분까지 넘겨줘봐야 맞서기만 힘들어질 뿐이었다.

그때 키르케 자작이 입을 열었다.

"칼릭스 님 차례입니다."

라인하르트 공작에 이어 입관을 준비 중인 관 앞으로 칼릭스가 나섰다.

칼릭스의 몰골은 여전히 초췌했다. 비가 오지 않았다면 두 눈 뜨고 못 봐줄 정도였다.

"허, 아직까지도 씻지 않았군."

"잘 먹지도, 자지도 못한다더니 사실이었나 봐."

칼릭스를 힐끔거리며 가신들이 쑥덕거렸다. 그들 대부분이 동정 어린 눈빛을 보였지만 일부는 불쾌감과 적대감을 드러내기도 했다.

하지만 그들의 목소리는 굵은 빗줄기에 가로막혔다. 그것은 칼릭스도 마찬가지. 움켜쥔 릴리아 꽃을 내려놓으며 중얼거렸던 말이 다른 이들에게 들리지 않았다.

칼릭스에 이어 공작부인이 나섰다. 한참 동안 흐느끼던 그녀는 역시 릴리아 꽃을 내려놓고 뒤로 물러났다.

다음으로 게오르 백작을 비롯한 공작가문의 주요 인사들이 나섰다. 그 다음에는 가신들, 정규 기사들, 마지막으로 대공자의 죽음과 함께한 제4기사단이 헌화하면서 추모 의식이 끝났다.

"빨리빨리!"

예식이 끝나자 인부들이 입관을 서둘렀다. 더 이상 빗물이 들어갔다간 땅을 다시 파게 될지도 몰랐다.

많은 이들의 사랑을 받아왔던 대공자 카일은 그렇게 영면에 빠졌다. 그러나 돌아서는 가신들의 마음속에는 카일에 대한 미련보다는 칼릭스에 대한 궁금함이 더 컸다.

과연 칼릭스는 카일에게 무엇을 말한 것일까? 그 궁금증을 풀어준 것은 장례를 주관했던 총집사 에드워드였다.

"별다른 말씀은 없으셨습니다. 넋두리를 좀 하셨지요."

"고작 넋두리뿐인가?"

“예, 그리고 마지막에 용서하지 않겠다는 말씀을 하셨던 것 같습니다.”

“용서하지…… 않으시겠다고?”

칼릭스가 남긴 말에 대한 가신들의 의견은 분분했다. 예전의 그였다면 죽은 카일을 용서하지 않겠다고 말했을지 몰랐다. 하지만 살아 돌아온 그라면 스스로를 용서하지 않겠다고 말했을 것 같았다.

“모르지. 직접 대공자님의 복수를 하시려는 건지도.”

일부 기사들은 단순하게 여겼다. 카일을 해친 괴물을 향한 경고일 것이라고 여겼다.

물론 그 주장은 크게 공감을 받지 못했다. 하지만 노가신들과 게오르 백작만큼은 표정이 굳어졌다.

“칼릭스 님도 알고 계시는가 보군.”

“게오르 백작이 딸려 보낸 기사들이 배신을 했으니 의심을 갖는 게 당연하겠지.”

멜로트 백작과 에토 백작은 칼릭스의 분노를 긍정적으로 받아들였다. 최소한 지금처럼 게오르 백작의 음모에 끌려다니지는 않을 것 같았다.

반면 게오르 백작은 눈가를 일그러뜨렸다.

“뭔가 알고 있다. 확실해.”

칼릭스의 도발 아닌 도발에 그의 평정심이 다시 깨져버렸다.

자신 때문에 가신들이 웅성거리는 사이 칼릭스는 방으로 돌아왔다. 유모에게 새 옷가지를 받아든 뒤에 조용히 욕실로 들어갔다.

목욕을 돕겠다는 하녀들을 뿌리치고 칼릭스는 가만히 욕탕 안으로 들어갔다. 깨끗하던 욕탕의 물이 순식간에 핏물과 구정물로 변했다. 온몸에서 풍기는 고약한 악취에 숨을 쉬기조차 어려웠다.

“이제 됐어. 네 마음은 충분히 알았으니까 날 믿어.”

그렇게 더러움을 벗겨내며 칼릭스는 분노하는 옛 감정들도 함께 씻어냈다.

형의 죽음에 방황하는 동생 노릇은 이 정도면 충분했다. 이제는 슬픔을 딛고 일어서는 모습을 보여야 했다.

“셜리.”

“부르셨어요?”

“물이 더러워졌어.”

“아, 알겠습니다.”

칼릭스는 몇 번이고 욕탕의 물을 갈았다. 몸이 깨끗해지고 감정을 완전히 떨쳐버릴 때까지 목욕을 계속했다.

덕분에 셜리와 하녀들이 때아닌 고생을 해야 했지만 누구도 불평하지 않았다. 그동안 보여주었던 2공자의 슬픔은 그들의 마음까지도 애달프게 만들어버린 것이다.

“칼릭스 님, 며칠 푹 쉬세요.”

멀끔해진 칼릭스에게 음식을 가져다주며 셜리가 신신당부

를 했다.

슬픔을 잊는 건 오랜 시간이 걸린다. 그녀 또한 몇 년 전에 젖먹이 자식을 병으로 잃고 수개월을 슬픔 속에 보낸 경험이 있었다. 나이 어린 칼릭스는 감정을 추스르는 게 더 힘들지도 몰랐다.

그러나 칼릭스는 바로 다음 날부터 자리를 털고 일어났다. 셜리의 만류에도 그동안 빼먹었던 수업에 참가했다. 수업이 끝나면 검을 들고 연무장으로 향했다.

철부지라 불리던 시절에도 칼릭스는 자신에게 주어진 교육을 외면한 적이 없었다. 대공자와 경쟁하기 위해서는 그만큼 뛰어나야 한다는 사실을 잘 알고 있었다.

하지만 그때와 지금의 칼릭스는 확실히 달랐다.

예전에 칼릭스가 보였던 것은 열의가 지나친 욕심이었다. 조바심이었다. 카일보다 돋보이겠다는 발악이었다.

반면 지금은 배움에 충실했다. 열의만큼이나 끈질긴 노력과 성실함으로 학문을 가르치는 가신들이나 검술을 지도하는 담당 기사 모두를 흐뭇하게 만들었다.

칼릭스가 달라지면서 그에 대한 평가도 함께 변했다. 철부지 애송이, 주제도 모르고 대공자를 위협하는 천둥벌거숭이에서 라인하르트 공작가의 진정한 공자가 된 것이다.

물론 칼릭스가 카일을 대신할 수 있을지에 대해서는 여전히 논란이 많았다. 하지만 불안해하는 이들조차도 현실적으로 다른 대안이 없다는 사실만큼은 인정하고 있었다.

칼릭스는 그렇게 조금씩 주변 사람들의 인식을 바꾸어놓았다. 죽은 카일에 대한 미련을 점차 버리도록 만들었다. 자신에게서 새로운 희망을 보게 했다.

칼릭스가 생각했던 것보다 라인하르트 공작과 카일의 기반은 약했다. 가주의 권위와 정통성을 가지고도 게오르 백작 쪽과 균형을 유지하는 게 고작이었다. 라인하르트 공작을 따르고 카일을 지지했던 가신들을 자신의 편으로 만들지 못한다면 게오르 백작과의 싸움은 해보나 마나였다.

칼릭스가 지금이라도 마음만 먹는다면 카일의 빈자리쯤은 채울 수 있었다. 저들이 원하는 대공자가 되는 건 일도 아니었다. 하지만 그것은 카일의 망령을 등에 업는 일이다. 카일에 대한 미련과 집착을 잠시 이용하는 것에 불과했다.

가신들이 자신을 카일의 대신이라고 생각하게 해서는 안 된다. 라인하르트 공작가를 장악하고 안정적으로 대륙으로 나아가기 위해서라도 카일을 잊고 자신만을 온전히 받아들이도록 만들어놓아야 했다.

조바심을 내서도 안 된다. 번거롭겠지만 오랜 시간 동안 차근차근 보여줘야 했다.

칼릭스 폰 라인하르트.

그의 진정한 모습을 말이다.

그렇게 2년이란 시간이 흘렀다.

2

무더운 여름이 가고 수확의 계절이 시작될 무렵,

"공작님! 기뻐하십시오!"

키르케 자작이 라인하르트 공작의 집무실로 뛰어들어 왔다.

"무슨 일인가?"

라인하르트 공작이 이맛살을 찌푸렸다. 가뜩이나 복잡한 영지 재정 보고서에 머리가 아플 지경인데 키르케 자작 때문에 애써 셈하던 걸 전부 잊어버렸다.

하지만 키르케 자작이 가져온 소식은 영지 재정 관리보다 더 중요한 것이었다.

"칼릭스 님께서 오러를 만드셨습니다!"

"……뭐라고?"

"오러입니다! 오러! 오러를 만드셨다고요!"

"그게 정말인가!"

라인하르트 공작이 자신도 모르게 자리에서 벌떡 일어났다. 어지간한 일에는 감정표현조차 없는 그이지만 이번만큼은 도저히 넘길 수가 없었다.

칼릭스의 나이 이제 겨우 열다섯이었다. 가전검술을 익혔다고는 해도 작심하고 매달린 지는 고작 2년밖에 되지 않았다. 그런데 오러를 내보였다고 한다. 검술에 천재성을 보이던 카일조차 열여덟에 이룬 그 오러를 말이다.

"확실한가? 혹여 잘못 본 건 아닌가?"

"틀림없습니다, 공작님. 저는 물론 멜로트 백작님과 에토 백작님까지 확인했습니다."

"크윽……!"

라인하르트 공작이 주먹을 움켜쥐었다. 이 기쁨을 어떻게 표현해야 할지 도무지 말이 나오지 않았다.

칼릭스가 오러를 만들어냈다는 것은 단순한 검술의 성취만이 아니었다. 카일이 죽고 2년간 비워두었던 대공자의 자리에 앉을 수 있는 기본적인 자격을 갖췄다는 뜻이다. 불안하기만 했던 라인하르트 공작 진영에 새로운 구심점이 생겼다는 의미였다.

라인하르트 공작가가 전통적인 검가는 아니지만 그렇다고 검술이 약하지는 않았다. 게오르 백작처럼 종종 마스터를 배출하기도 했으며 왕국에서도 손꼽히는 기사단을 보유하고 있었다.

그런 가문을 이끌기 위해서 무엇보다 필요한 게 바로 검술 실력이었다. 강력한 기사단을 장악하고 이끌지 못한다면 자신처럼 반쪽짜리 가주 노릇밖에 할 수 없었다.

"칼릭스 님께 가보시겠습니까?"

키르케 자작이 들뜬 목소리로 권했다. 이번 기회를 통해 라인하르트 공작이 2공자를 인정하고 공식적으로 지지해준다면 흔들린 정통성을 바로잡고 지지 세력을 결집하는 데 큰 도움이 될 수 있다.

하지만 라인하르트 공작은 이내 자리에 주저앉아버렸다. 치밀어 오르는 감정들도 억지로 되삼켰다.

"아직도 칼릭스 님이 못 미더우십니까?"

키르케 자작이 조심스럽게 물었다. 라인하르트 공작이 아직까지도 죽은 대공자를 잊지 못하는 건 아닐까 염려스러웠다.

"그런 게 아닐세."

라인하르트 공작은 천천히 고개를 저었다. 카일에게는 미안하지만 죽은 아들의 망령을 붙들고 있을 만큼 라인하르트 공작가의 주인은 감성적일 수가 없었다.

자식의 원수나 마찬가지인 게오르 백작과 같은 하늘 아래 산다는 건 라인하르트 공작에게도 쉽지 않은 일이었다. 마음 같아서는 지금이라도 당장 기사들을 움직여 게오르 백작을 잡아들이고 싶었다. 공작가가 두 쪽이 나는 한이 있더라도 가주의 권위를 단단히 보여주고 싶었다.

그러나 칼릭스는 그래서는 안 된다고 말했다.

"이건 제 싸움입니다. 아버님께서 나서시면 숙부도 더는 몸을 사리지 않을 것입니다."

카일의 장례식이 끝난 후 며칠 뒤, 칼릭스는 은밀히 라인하르트 공작을 찾았다. 그에게 결코 섣불리 움직여서는 안 된다고 경고했다. 더욱 이성적이고 냉정하게 현실을 직시해야 한다고 충언했다.

처음 그 말을 들었을 때 라인하르트 공작은 웃음만 났다. 어린 칼릭스가 카일의 죽음으로 철이 들더니 자신까지 위로하려 한다고 여겼다.

하지만 이후 칼릭스에 대한 소식이 들릴 때마다 라인하르트 공작은 생각이 달라졌다. 자신의 싸움이라는 칼릭스의 말이 더 이상 허튼 소리로 들리지 않았다.

분을 참지 못하고 자신이 먼저 검을 뽑아든다면 게오르 백작에게 명분을 주는 꼴이 된다. 최악의 경우 가주 자리를 놓고 내전을 벌이게 될 수도 있다.

그러나 자신이 한 발 물러난 상태에서 칼릭스가 지금처럼만 성장해준다면 이야기는 달라진다. 라인하르트 공작가의 정당한 계승 과정에 게오르 백작이 욕심을 부리는 꼴이니 함부로 나서지는 못할 것이다.

"가신들의 반응은 어떤가?"

라인하르트 공작이 화제를 돌렸다.

"이런 말씀드려 대단히 죄송하지만…… 카일 님을 그리워하는 자는 거의 없어 보입니다."

키르케 자작이 극단적인 말로 현실을 알려주었다.

“대공자에 대한 논의가 나올 경우 가신들이 확실히 칼릭스를 지지해줄까?”

“가신들도 올 초부터 게오르 백작이 대공자의 자리에 욕심을 내온 것을 잘 알고 있습니다.”

“그렇다면…….”

“적어도 나서서 반대하는 자들은 없을 것이라고 확신합니다.”

지난 2년 동안 칼릭스는 자신에 대한 평가를 뒤엎기 위해 부단히도 노력했다. 그 노력만큼 많은 것을 보여주었다. 덕분에 칼릭스를 보는 시선들도 2년 전과는 비교조차 할 수 없을 만큼 달라져 있었다.

그러나 라인하르트 공작은 그것만으로는 안심이 되지 않았다. 많이 성장했다고 해도 칼릭스는 아직 열다섯이다. 대공자라는 자리를 온전히 감당할 수 있을지, 그로 인해 다치지는 않을지 걱정이 앞섰다.

“흐음.”

라인하르트 공작이 무겁게 신음했다. 이처럼 경사스러운 상황에서도 신중한 그의 성격은 달라지지 않았다.

그러자 키르케 자작이 답답함을 참지 못하고 말을 붙였다.

“이 사실이 알려지면 게오르 백작이 가만있지는 않을 것입니다.”

“가만있지 않다니?”

라인하르트 공작의 눈빛이 달라졌다.

"칼릭스 님께서 대공자가 되시기 전에 제거하려 할 수도 있습니다."

키르케 자작이 표정 하나 바뀌지 않고 말을 이었다.

"감히……!"

분노한 라인하르트 공작이 책상을 내리쳤다. 카일로도 모자라 칼릭스까지 해치려 한다면 피를 나눈 동생이라 하더라도 더 이상은 두고 볼 수가 없었다.

"그러니 한시라도 빨리 칼릭스 님을 대공자의 자리에 앉혀 놓아야 합니다. 그래야 게오르 백작도 함부로 움직이지 못할 것입니다."

그 틈을 놓치지 않고 키르케 자작이 자신의 생각을 전했다. 그것은 비단 혼자만의 의견이 아니었다. 이미 적지 않은 가신들이 그의 의견에 동조하고 있었다.

"숙부님께 사람을 보내게."

애써 분을 삼킨 라인하르트 공작도 이내 뜻을 정했다. 이르다는 생각은 여전했지만 어쩔 수 없이 부딪쳐야 한다면 물러서지 않을 생각이었다.

"알겠습니다, 공작님."

드디어 원하는 대답을 들은 키르케 자작이 재빨리 몸을 돌렸다.

2년간이나 비워졌던 대공자의 자리다.

이제는 채울 때가 됐다.

3

키르케 자작이 보낸 기사가 공작성 남서쪽의 하르네 성으로 향할 무렵.

"키젤이라고 했지?"

제2기사단이 사용하는 동쪽 연무장에 칼릭스가 모습을 드러냈다.

"칼릭스 님, 무슨 일이십니까?"

제2기사단장 저스티 자작이 칼릭스에게 다가왔다.

지금은 기사들의 훈련 시간이었다. 제아무리 2공자라 하더라도 연무장에 함부로 들어오는 건 실례였다.

'저스티 자작이 있었군.'

저스티 자작을 발견한 칼릭스가 표정을 바꿨다. 저스티 자작은 에토 백작만큼이나 깐깐하고 원리원칙을 따지는 자였다. 암암리에 제2기사단의 태반을 장악하고 있는 게오르 백작조차 어쩌지 못하는 상대이기도 했다.

"미안하지만 키젤 경 좀 잠시 만날 수 있을까요?"

칼릭스가 가볍게 고개를 숙이며 부탁했다. 그러자 굳었던 저스티 자작의 표정이 살짝 누그러졌다.

"보시다시피 지금은 훈련 중이라 곤란합니다. 무슨 일 때문에 그러십니까?"

"키젤 경에게 확인하고 싶은 게 있어서 왔습니다."

"확인하시려는 게 무엇인지 제가 들어도 되겠습니까?"

"하인 하나가 키젤 경이 나에 대한 모욕을 했다고 알려줬습니다. 그것이 사실인지 확인하고 싶습니다."

용건을 밝히는 칼릭스의 태도는 더없이 정중했다. 예의에 어긋남이 없었다.

하지만 그의 눈빛만큼은 자존심에 상처를 입은 기사처럼 맹렬하게 불타오르고 있었다. 분노를 억지로 참고 있는 게 역력해 보였다.

그것이 무엇을 의미하는지 저스티 자작이 모를 리 없었다.

"봄벨 남작."

저스티 자작이 부기사단장인 봄벨 남작을 불렀다.

"부르셨습니까."

"훈련을 잠시 중단시키게. 그리고 키젤을 데려오게."

"알겠습니다."

봄벨 남작이 즉시 명을 이행했다.

"뭐야?"

"갑자기 무슨 일이지?"

한참 검을 휘두르던 기사들이 의아한 얼굴로 칼릭스 쪽을 바라보았다. 저스티 자작이 훈련을 중단시켰다는 건 그만한 일이 벌어졌다는 뜻이었다.

그 사이 기사 키젤이 봄벨 남작에게 끌려왔다.

"무슨 일 때문에 그러십니까?"

칼릭스를 스쳐 지난 키젤의 시선이 저스티 자작에게 향했다. 그 눈빛을 보아하니 어째서 자신이 불려 왔는지조차도 모르는 모양이었다.

"키젤, 네가 칼릭스 님에 대해 안 좋은 말을 하고 다닌다는 게 사실이냐?"

저스티 자작이 싸늘한 목소리로 물었다. 그러자 키젤이 찔끔 놀라는 표정을 지었다.

"그, 그럴 리가 있겠습니까."

키젤이 말도 안 된다며 손사래를 쳤다. 하지만 그것은 정말 억울하다는 반응과는 거리가 있었다.

"그럼 공자님께서 거짓말을 하셨다는 말이냐!"

저스티 자작이 더욱 매섭게 추궁했다. 지금껏 수십 년간 라인하르트 공작가의 기사로 살아오면서 체득해온 그의 직감은 이미 누가 거짓말을 했는지 답을 내린 상태였다.

그러나 키젤은 끝내 고개를 흔들었다. 설사 그런 사실이 있다 하더라도 저스티 자작과 2공자가 보는 앞에서 시인할 만큼 그는 정직한 성격이 아니었다.

"전 모르는 일입니다."

궁지에 몰린 키젤은 입을 다물어버렸다. 흔히들 침묵은 긍정이라고 하지만 기사의 침묵은 종종 결코 굽히지 않겠다는 신념으로 여겨지기도 했다. 외압에 꺾여 거짓을 말하느니 명예를 지키다 죽겠다는 의지의 표현으로 말이다.

"어떻게 하시겠습니까."

살짝 눈가를 찌푸리던 저스티 자작이 칼릭스의 뜻을 구했다. 칼릭스가 한 발 물러난다면 키젤은 자존심을 지키게 된다. 반대로 칼릭스마저 고집을 부린다면 서로의 진실을 위해 검을 뽑아들어야 했다.

저스티 자작도 칼릭스가 오러를 만들어냈다는 소문을 들어 알고 있었다. 제2기사단 내에서 칼릭스에 대한 이야기는 주요 화젯거리 중 하나였다.

하지만 그것뿐이다. 열다섯의 나이에 이룬 성과치고는 대단했지만 키젤이 정규 기사가 된 것은 7년 전의 일이다. 칼릭스보다 7년이나 먼저 오러를 만들어냈다는 뜻이었다.

이제 막 오러 나이트에 들어선 칼릭스와 블레이드 나이트를 바라보는 키젤이 대결한다면 결과는 불을 보듯 뻔했다. 2공자라는 권위에 눌린 키젤이 초반에 양보를 한다 하더라도 칼릭스가 이길 수 있는 가능성은 터무니없이 낮았다.

저스티 자작은 이대로 칼릭스가 물러서주길 바랐다. 그렇게만 해준다면 나중에 따로 키젤을 불러 혼을 낼 생각이었다.

그러나 칼릭스는 키젤의 도발을 마다할 생각이 없었다.

"이대로 물러선다면 내가 거짓말을 한 게 되겠지요?"

칼릭스가 망설이지 않고 연무장 안으로 발을 디뎠다. 이런 상황을 예상이라도 한 듯 그의 허리춤에는 평소 사용하던 검이 채워져 있었다.

"대련을 준비하라."

저스티 자작의 입에서 무거운 신음이 흘렀다. 그것을 신호로 웅성거리던 기사들이 좌우로 물러서며 자리를 만들었다.

기사들 간의 대련은 종종 있는 일이다. 별것 아닌 시비를 가리는 경우에도 말보다는 검에 의지하곤 했다.

하지만 외부의 기사가 직접 찾아오는 경우는 흔치 않았다. 게다가 그 상대는 머잖아 대공자가 될 지도 모른다는 소문이 나도는 2공자였다.

"누가 이길까?"

"실력 차이야 뻔하겠지. 다만……."

연무장 주변에 적당히 주저앉은 기사들이 승패를 가늠하는 데 열을 올렸다. 겉으로 결과가 훤히 드러난 상황이었지만 마치 마스터들 간의 대결이라도 보는 것처럼 눈을 빛냈다.

대다수의 기사들은 키젤의 성격상 2공자를 함부로 몰아붙이지는 못할 것이라고 생각했다. 그저 적당히 검을 받아주면서 힘을 빼게 만든 다음에 시간을 끌면, 경험이 부족한 2공자는 지레 지치고 말 터. 그때 저스티 자작에게 중재를 요청할 것이라 생각했다.

그러나 실제 대련의 양상은 예상을 전혀 빗나가버렸다.

“하압!”

대련 시작과 동시에 칼릭스는 단숨에 키젤에게 달려들었다. 잰 걸음으로 빠르게 거리를 좁힌 뒤 엉거주춤 내미는 상대의 검을 정확하게 쳐올렸다. 자신을 상대하는 키젤이 소극적일 수밖에 없다는 허점을 노린 것이다.

“헉!”

눈 깜짝할 사이에 접근을 허용한 키젤이 다급히 뒤로 물러났다. 대련에 있어서 기선 제압이 무엇보다 중요하다는 사실을 잘 알고 있지만 칼릭스가 갑작스럽게 달려든 탓에 제대로 된 준비를 갖추지 못했다.

만일 이 상태에서 무턱대고 맞부딪쳤다간 양쪽 모두 부상을 입게 될 것이다. 대련 시작부터 2공자를 부상 입혔다간 라인하르트 공작이 가만있지 않을 게 뻔했다.

칼릭스는 그런 키젤의 심리를 철저하게 이용했다. 다소 무모하다 싶을 정도로 검을 휘두르며 키젤을 압박했다.

‘비, 빌어먹을!’

한번 궁지에 몰린 키젤도 좀처럼 수세에서 벗어나지 못했다. 어렵게 어렵게 막아내고는 있지만 그의 표정은 점점 일그러져갔다.

“허, 대단한데?”

“그러게 말이야. 꼭 마음먹고 달려드신 것 같은데?”

칼릭스의 맹렬한 모습에 지켜보던 기사들은 혀를 내둘렀다. 참관하던 저스티 자작도 마찬가지였다. 오러를 만들어냈다기에 단순히 마나적인 성취만 얻은 줄 알았는데 실제 검술 능력은 그보다 훨씬 대단해 보였다.

"어떻습니까?"

봄벨 남작이 넌지시 물었다.

"그러는 자네 생각은?"

저스티 자작이 속내를 삼키며 되물었다.

"지금까지만 놓고 본다면 2공자님의 승리지요. 하지만 오래 버티실 것 같지는 않습니다만."

봄벨 남작이 슬쩍 입가를 들어올렸다. 칼릭스는 체력과 기술, 경험, 모든 면에서 키젤에 비해 열세였다. 힘이 부치고 호흡이 흐트러지기 시작하는 순간부터 키젤의 반격이 시작될 게 틀림없었다.

"흠."

봄벨 남작의 말에 동감하듯 저스티 자작이 쓴웃음을 지었다. 2공자의 재능은 생각했던 것보다 훨씬 뛰어나 보였지만 지금으로서는 키젤과의 격차를 뛰어넘을 만한 확실한 무언가가 부족해 보였다.

바로 그때였다.

"하아압!"

있는 힘껏 키젤의 검을 내리친 칼릭스가 그 반동을 이용해 연속 공격을 시도했다. 순식간에 발을 교차해 몸을 한 바퀴 돌린 뒤 방심하던 키젤의 가슴을 베어버린 것이다.

"크앗!"

키젤이 비명과 함께 뒤로 나가떨어졌다. 다행히 두터운 갑옷이 대부분의 충격을 막아주긴 했지만 갈비뼈가 으스러지는 것 같은 타박상은 피하지 못했다.

"제길!"

힘겹게 몸을 일으킨 키젤이 가슴을 움켜쥐며 칼릭스를 노려보았다.

적당히 봐주려 했더니 이런 망신을 주다니!

꾹꾹 억눌렀던 분노가 한꺼번에 치밀어 올랐다.

하지만 애석하게도 그에게는 복수할 기회가 주어지지 않았다.

"칼릭스 님께서 이기셨습니다."

저스티 자작이 다가와 칼릭스의 승리를 알렸다. 칼릭스도 가볍게 숨을 고르며 검을 검집에 집어넣었다.

"그, 그게 무슨 말씀이십니까!"

키젤이 인정할 수 없다며 소리쳤다. 고작 한 번 주저앉은 것뿐인데 판정을 내리다니. 2공자라고 편을 들어주는 게 틀림없다고 여겼다.

그러나 저스티 자작은 물론 구경을 하던 기사들 중 누구도 키젤을 두둔하지 않았다. 오히려 한심스럽다는 듯 눈가를 찌푸리고는 다시 훈련을 위해 모였다.

그들을 대신해 봄벨 남작이 씩씩거리는 키젤의 어깨를 두드리며 말했다.

“네 발 밑을 봐라.”

“예?”

“너, 연무장을 벗어났어.”

“……!”

키젤이 다급히 아래쪽을 내려다보았다. 칼릭스의 공격에 끌려다니느라 연무장의 바깥쪽까지 밀렸다는 사실은 인지하고 있었지만 아예 벗어났을 것이라고는 전혀 생각하지 못했다.

연무장에서 치러지는 대련의 가장 기본적인 규칙 중 하나는 정해진 장소를 벗어나지 않는 것이다. 너무나 당연해 참관인조차 일러주지 않는 상식 중의 상식이었다.

“크윽!”

키젤은 억울한 듯 입술을 깨물었다. 고작 이런 잔꾀에 속아버렸다는 사실이 창피하고 분해 참을 수가 없었다.

하지만 그는 칼릭스에게 달려가 재대련을 청하지 않았다. 비겁하다고 따지지도 않았다. 그저 한참을 씩씩거리더니 봄벨 남작에게 허락을 구하고는 어딘가로 사라져버렸다.

“역시.”

저스티 자작이 건네준 수건으로 얼굴을 닦으며 칼릭스가 슬쩍 입가를 비틀었다. 키젤이 게오르 백작에게 달려가 벌게진 얼굴로 하소연하는 모습이 머릿속에 선하게 그려졌다.

4

칼릭스의 예상은 정확했다.

키젤은 곧장 게오르 백작을 찾아가 그에게 대련 사실을 일러바쳤다.

물론 키젤의 주장은 객관적이지 못했다.

"흐음, 칼릭스가 다짜고짜 찾아와서 말도 안 되는 트집을 잡았단 말인가?"

"그렇습니다, 백작님. 저스터 자작님께서 중재를 하려 하셨지만 그걸 거절하시고 대련을 요구하셨습니다."

오로지 자신의 입장에서 모든 상황을 판단하고 결론지어버렸다.

이후의 이야기도 마찬가지였다. 자신은 2공자의 체면을 지켜주기 위해 적당히 상대하려 했다는 전제를 깔면서 억울함을 호소했다.

"그러니까 자네의 호의를 무시하고 일방적으로 달려들었다는 말이군?"

"그렇습니다, 백작님. 저는 2공자님이 다치실까 봐 이리 저리 피해 다닐 수밖에 없었습니다."

"그 과정에서 치졸하게 자네를 연무장 바깥으로 밀어냈고?"

"크으윽! 그렇습니다."

연무장을 벗어났다는 이야기가 나오자 키젤이 흥분을 감추지 못했다. 표정을 보아하니 꽤나 자존심이 상한 모양이었다.
하기야 2공자라는 사실만 떼고 본다면 이제 막 수련 기사를
벗어난 신출내기 정규 기사에게 일방적으로 당한 것이니 수치
스러워할 만도 했다.

하지만 그것은 어디까지나 키젤의 입장에서다. 게오르 백작
에게는 그의 분노가 크게 와 닿지 않았다.

"그래서 내게 하고 싶은 말이 무엇인가?"

키젤의 모든 이야기를 들어준 게오르 백작이 무심한 눈으로
되물었다.

"그, 그게…… 억울한 대접을 받으면 백작님을 찾아오라고
하셨지 않습니까."

이런 반응은 생각지도 못했던지 키젤이 말을 더듬었다.

"물론 그랬지."

게오르 백작이 가볍게 고개를 끄덕였다. 분명 자신을 따르
겠다고 맹세한 기사들에게 그런 말을 한 적이 있었다.

그러나 그것은 어디까지나 라인하르트 공작 세력과의 기싸
움에서 밀리지 않겠다는 의지의 표현이었다. 그저 라인하르트
공작가의 공자에 불과한 어린애에게 패했다는 것까지 징징거
리라는 뜻이 아니었다.

만에 하나 칼릭스가 대공자의 자리에 오른 뒤였다면 이번
일을 가지고 생채기를 낼 수 있었다. 대공자가 사사로이 자신
의 권력을 이용해 기사를 핍박했다고 몰아붙일 수도 있었다.

하지만 지금은 나서봐야 우스워질 뿐이다. 오히려 별것도 아닌 일로 어린 조카를 견제한다며 비웃음을 사게 될 것이다.

게다가 게오르 백작이 알고 있는 키젤이라면 어딘가에서 칼릭스의 흉을 봤어도 이상하지 않았다. 그런 자를 주변의 비난을 각오하고 끌어안아 줄 만큼 게오르 백작은 너그럽지 못했다.

"알았으니 돌아가 보게."

게오르 백작이 적당히 키젤을 달랬다.

"백작님만 믿겠습니다."

게오르 백작의 말을 오해한 키젤이 감격 어린 얼굴로 방을 빠져나갔다.

"어떻게 생각하나?"

살짝 인상을 찌푸리던 게오르 백작이 휘장 쪽을 바라보며 물었다. 그러자 벽에 걸린 붉은 휘장이 열리고 그 안에서 가면을 쓴 사내 하나가 모습을 드러냈다.

"무엇을 걱정하십니까?"

가면 쓴 사내가 태평스럽게 물었다. 키젤의 말을 고작 대련에서 진 기사의 호소쯤으로 여긴 모양이었다.

그러나 당사자인 게오르 백작은 사내처럼 단순하게 받아들일 수가 없었다.

"무엇이라니? 가보일! 자네도 듣지 않았나?"

게오르 백작의 표정이 굳어졌다. 그제야 사내, 가보일이 입가의 미소를 지웠다.

"아직도 2공자가 신경 쓰이십니까?"

"아직도라니. 당연한 게 아닌가."

"제가 보기에는 백작님께서 너무 민감하신 것 같습니다."

"내가 민감하다고? 흥! 방심하지 말게. 잊었나? 그 아이는 그날 바람의 숲에서 살아 돌아왔네. 그것도 비겁하게 도망친 게 아니라 카일의 시신까지 끌고 왔지. 게다가 이제는…… 오러까지 다룬다고 하더군."

칼릭스를 입에 올리는 것만으로도 게오르 백작은 가슴이 답답해졌다. 단순히 심리적인 문제가 아니었다. 그만큼 칼릭스의 성장은 놀라울 정도였다.

게오르 백작은 자신이 라인하르트 공작가를 장악하는 데 가장 큰 장애물이 어쩌면 칼릭스일지 모른다고 생각했다. 실제로 일각에서는 자신의 상대로 라인하르트 공작이 아니라 칼릭스를 언급하고 있었다.

하지만 가보일의 생각은 달랐다.

"하지만 그뿐입니다. 올해로 열다섯이라고 했던가요?"

그는 어리다는 이유만으로 칼릭스를 깎아내렸다.

"고작 열다섯의 나이에 오러 나이트의 경지에 올랐다고! 그게 무슨 뜻인지 아직도 이해를 하지 못했나?"

게오르 백작이 노기를 드러냈다. 조력자라는 사실만으로 참고 있지만 매번 이런 식으로 자신을 가르치려는 듯한 태도는 용납할 수 없었다.

“죄송합니다, 백작님. 그런 뜻으로 드린 말씀이 아닙니다.”

가보일이 즉시 게오르 백작을 향해 허리를 굽혔다. 게오르 백작처럼 통제가 어려운 대상은 비위를 맞추기가 좀처럼 쉽지 않았다.

“저는 그저 2공자가 여전히 치기 어리다는 생각을 했습니다. 자신에 대한 소문을 듣고 화가 나 찾아올 정도면 생각만큼은 어리다고 봐야 하지 않겠습니까?”

가보일이 그럴듯한 말로 변명을 늘어놓았다. 그 말에도 일리는 있던지 게오르 백작도 이내 고개를 끄덕거렸다.

“확실히 여전히 철이 없긴 하지. 얼마 전에는 날 노골적으로 노려보기도 했으니까.”

“그것 보십시오. 2공자는 그저 대공자의 자리에 앉으려 발버둥치는 것뿐입니다. 아마 대공자가 되면 당연히 공작이 될 수 있다고 생각하겠지요.”

“흐음.”

“그러니 2공자는 그만 신경 쓰십시오. 아직은 라인하르트 공작과 승부를 벌일 때가 아닙니다. 게다가 백작님을 보는 눈들이 여전히 많습니다.”

카일의 죽음 이후 라인하르트 공작은 가신들에 대한 감시를 강화했다. 명목적인 이유는 대공자의 부재에 따른 공작가의 분란을 막겠다는 것. 하지만 실질적인 목적은 게오르 백작을 경계하기 위함이었다.

“그건 나도 알고 있네.”

게오르 백작은 이맛살을 찌푸렸다. 이 모든 게 계획대로 카일과 칼릭스를 한꺼번에 제거하지 못해 생긴 일이었다. 덕분에 세력을 단속하는 것조차 눈치가 보이는 상황이었다.

그렇다고 당장 라인하르트 공작과 전면전을 벌일 수도 없었다.

게오르 백작이 원하는 것은 온전한 라인하르트 공작가다. 내분으로 인해 무너진 가문의 수장자리 따위는 원치 않았다.

"백작님, 2공자가 대공자가 되더라도 뭐가 달라지겠습니까? 결국 라인하르트 공작의 자리에 앉는 건 칼론 님이 되실 텐데요."

게오르 백작의 심기가 불편해 보이자 가보일이 냉큼 화제를 바꿨다. 게오르 백작도 자식인 칼론의 이야기 앞에서는 표정이 달라졌다.

"그래, 칼론의 성취는 어떤가?"

"조금만 노력하시면 블레이드 나이트의 경지에 오르실 것 같습니다."

"오오, 그래? 그렇다면 최연소 마스터도 꿈은 아니겠군."

게오르 백작의 입가를 타고 웃음이 번졌다. 라인하르트 공작가를 확실히 장악하기 위해서라도 일단 칼론이 확실한 후계자로서의 모습을 보여줘야 했다.

하지만 가보일은 따라 웃지 못했다.

"그렇긴 합니다만 문제가 생겼습니다."

"문제라니? 서, 설마……?"

"예, 실험체가 필요합니다."

제6장
대공자의 조건

1

　키젤에게 망신을 준 일로 칼릭스는 사흘간의 근신 명령을 받았다. 사정이 어찌 됐건 직접 연무장을 찾아가 기사들의 훈련을 방해한 건 잘못된 행동이었다.

　하지만 그것을 징계로 받아들이는 이들은 거의 없었다. 고작 사흘 동안 방에서 편히 쉬는 건 처벌이라고 부르기에도 민망한 수준이었다.

　"말도 안 돼!"

　중벌을 기대했던 키젤은 펄쩍 뛰었다. 칼릭스가 2공자이기 때문에 라인하르트 공작가에서도 모르는 척 눈감아준 것이라며 억울해했다.

하지만 정작 그 누구도 키젤의 편을 들어주지 않았다.

"자네, 내가 그렇게 한가해 보이나?"

게오르 백작은 울상이 되어 자신을 찾아온 키젤을 그 자리에서 내쫓았다. 바쁘니 나중에 찾아오라는 말을 남기기는 했지만 엄연한 축객령과 다를 바 없었다.

제2기사단 기사들의 반응도 마찬가지였다.

"뭐라고?"

"허……! 제정신으로 하는 말이야?"

자신에게 유리한 증언을 부탁하는 키젤의 제안을 일언지하에 거절했다. 평소 친하게 지내던 기사들조차 실망한 듯 고개를 흔들어댔다.

참관인도 없이 은밀히 치러진 대련이라면 아마 적지 않은 기사들이 나섰을 것이다. 하지만 이번 대련은 제2기사단 전체가 보는 앞에서 공정하게 치러졌다.

그 결과를 승복할 수 없다면 다시 참관인을 두고 대련을 청하는 게 옳았다. 기사가 되어 말이나 세력을 앞세우려 하는 건 더없이 치졸하고 못난 행동이었다.

이런 키젤과는 대조적으로 칼릭스는 근신 처분을 군말 없이 받아들였다. 자신의 생각이 짧아 제2기사단에 피해를 주었다며 저스티 자작에게 사과의 뜻을 전하기도 했다.

기사들은 모였다 하면 칼릭스를 입에 올렸다. 아직도 앳돼 보이는 어린 공자가 정규 기사를 혼쭐내줬다는 사실에 시기보다는 즐거운 웃음을 터트렸다.

가신들도 자신의 잘못을 인정하고 처벌을 받아들인 칼릭스의 태도를 높이 샀다. 나이에 비해 의젓하다 못해 사려 깊어졌다며 칭찬을 아끼지 않았다.

이야기는 자연스럽게 성 밖으로도 퍼져 나갔다. 칼릭스가 대공자의 자리에 앉게 될지도 모른다는 소문이 나돌던 터라 많은 영지민들이 관심을 보였다.

때마침 라인하르트 공작가의 큰어른인 하이베르크 후작이 도착하면서 그 소문이 수면 위로 떠올랐다.

긴히 논할 일이 있으니 회의실로 모이시오.

때가 됐다고 생각한 라인하르트 공작은 즉시 가신 회의를 소집했다. 가문의 주요 혈족과 가신들을 불러 모아 자연스럽게 대공자에 대해 논하도록 주도했다.

"대공자의 자리가 2년이나 넘게 비워져 있었다는 건 라인하르트 공작가의 수치요. 지금이라도 즉시 칼릭스를 대공자로 임명해야 할 것이오."

하이베르크 후작은 원칙적인 입장을 고수했다. 라인하르트 공작과 게오르 백작 간의 대립을 알고 있는 만큼 더 이상 공작가가 흔들리도록 놔둘 수가 없다며 언성을 높였다.

"옳으신 말씀이십니다."

"저 역시 후작님의 의견과 같습니다."

라인하르트 공작을 따르는 가신들이 기다렸다는 듯이 고개를 끄덕이며 동조했다. 메르딘 왕국 4대 공작가 중에서도 최고라 불리는 라인하르트 공작가가 후계자조차 세우지 못한다는 사실이 알려진다면 조롱거리가 될 게 뻔했다.

반면 게오르 백작 세력은 조용했다. 사전에 게오르 백작의 의중을 전해 듣지 못한 터라 침묵 속에 서로 눈치를 살피기 바빴다.

그때 잠자코 있던 게오르 백작이 입을 열었다.

"저 역시 숙부님의 말씀에 찬성합니다."

순간 회의장이 술렁이기 시작했다. 다른 이도 아니고 게오르 백작이 나서서 동의할 줄은 예상치 못한 것이다.

'무슨 속셈이지?'

'분명 다른 꿍꿍이가 있을 게 뻔해.'

라인하르트 공작 세력이 미심쩍은 눈으로 게오르 백작을 노려봤다. 아니나 다를까.

"단, 칼릭스가 대공자가 될 자격을 갖췄다면 말이지요."

게오르 백작의 입가를 타고 짓궂은 웃음이 번져 들었다.

2

게오르 백작이 내던진 한마디가 분란에 불씨를 지폈다.

"자격이라니요!"

"더 이상 무엇을 보여줘야 한단 말입니까?"

라인하르트 공작 세력이 핏대를 세우며 반발했다.

"백작님 말씀이 맞습니다."

"당연히 자격이 되는지 따져야지요."

잠시 숨을 고르던 게오르 백작 세력도 지지 않고 맞섰다.

회의장이 순식간에 난장판으로 변했다. 중립적인 입장을 고수하던 하이베르크 후작이 나서서 몇 번이고 자제시켜봤지만 소용이 없었다.

"백작!"

보다 못한 하이베르크 후작이 게오르 백작을 향해 날카로운 눈을 돌렸다. 양측의 대립으로 어수선한 상황을 조율하지는 못할망정 오히려 일을 크게 벌이다니. 라인하르트 공작가의 일원으로서 지나치게 경솔한 행동이었다.

하지만 게오르 백작은 잘못한 게 전혀 없다는 표정이었다. 어차피 엎질러진 물이었다. 혹여 잘못한 게 있다 하더라도 이런 자리에서 인정할 만한 성격이 아니었다.

"공작!"

한참 동안 게오르 백작을 노려보던 하이베르크 후작이 이번에는 라인하르트 공작을 올려다봤다. 게오르 백작이 모르쇠로 일관하는 지금, 사태를 수습할 수 있는 것은 가주인 라인하르트 공작뿐이었다.

"그만! 그만!"

결국 라인하르트 공작이 노성을 터트리고서야 양측이 한 발씩 물러섰다.

"게오르! 무엇을 확인하겠다는 것이냐!"

귀족들을 억지로 진정시킨 뒤 라인하르트 공작이 게오르 백작을 향해 성난 시선을 내던졌다.

"그야 대공자로서의 자질이지요, 공작님."

게오르 백작이 밉살스럽게 입가를 비틀어 올렸다.

"자세히 말하라!"

흥분한 라인하르트 공작이 있는 힘껏 팔걸이를 내리쳤다.

쿠웅!

격한 울림이 회의장을 무거운 침묵 속으로 끌고 갔다. 하이베르크 후작은 물론 격론을 토하던 가신들도 언제 그랬냐는 것처럼 입을 다물었다.

그러나 게오르 백작만큼은 예외였다. 그는 라인하르트 공작의 분노 앞에서도 눈 하나 꿈쩍하지 않았다.

"기본적인 재능이야 어느 정도 증명이 됐으니 굳이 확인할 필요는 없을 것입니다. 하지만 그것만으로 라인하르트 공작가를 이끌 재목이라고 판단하긴 이르지 않습니까?"

오히려 라인하르트 공작을 놀리듯이 말을 돌렸다.

"그래서 하고 싶은 말이 무엇인가!"

라인하르트 공작이 언성을 높였다. 더 이상의 무례는 용납하지 않겠다며 벌게진 얼굴로 눈을 부라렸다.

비록 마스터의 경지에 오르지는 못했지만 라인하르트 공작도 블레이드 나이트 중급의 기사다. 그가 뿜어내는 사나운 기세에 유약한 가신들은 움찔 놀라며 시선을 피하기 바빴다.

그러나 게오르 백작의 표정만큼은 여전히 여유로웠다.

피비린내나는 전장을 거친 게오르 백작에게 이 정도 적의쯤은 우습지도 않았다. 오히려 자신을 어떻게든 이겨보겠다고 발버둥을 치는 라인하르트 공작이 안쓰럽기만 했다.

"죽은 카일이 실패했던 일. 그것을 칼릭스에게 맡겨보는 게 어떻겠습니까?"

게오르 백작이 태연하게 입을 놀렸다. 그의 거침없는 발언이 회의장의 분위기를 싸늘하게 얼려놓았다.

'세, 세상에!'

'어찌……!'

회의에 참석한 가신들의 얼굴이 경악으로 물들었다. 설마하니 이리도 뻔뻔스럽게 나올 것이라고는 예상치 못했다. 게오르 백작을 따르는 귀족들조차 눈빛이 흔들렸다. 그만큼 게오르 백작의 요구는 민감하고도 위험한 것이었다.

물론 게오르 백작도 때가 좋지 않다는 사실을 잘 알고 있었다. 최악의 경우 지난 일까지 들춰져 공식적인 오해를 사게 될지도 몰랐다.

하지만 그로서도 방법이 없었다. 지금 칼론은 블레이드 나이트를 바라보고 있었다. 자신처럼 그 고비를 넘기 위해서는 다시 실험체들을 공급받아야 했다.

‘어디 마음껏 노려보시오!’

게오르 백작은 입술을 질근 깨물었다. 설사 라인하르트 공작이 이대로 검을 뽑아 든다 할지라도 뜻을 굽히지 않을 생각이었다.

귀족들의 시선이 자연스럽게 라인하르트 공작에게 향했다. 게오르 백작의 터무니없는 주장을 어떻게 받아들이느냐에 따라 다시 한바탕 소란이 일 것 같았다.

3

가신들은 라인하르트 공작이 크게 분노할 것이라 예상했다. 게오르 백작의 발언은 라인하르트 공작을 향한 명백한 도발이었다.

그러나 정작 라인하르트 공작은 꽤나 오랫동안 침묵했다. 게오르 백작에 대한 분노와 동시에 떠오른 칼릭스의 목소리가 그의 머릿속을 복잡하게 만들어버린 것이다.

"게오르 숙부님은 대공자의 자격을 갖추기 위해서라도 제가 바람의 숲에 들어가길 원할 것입니다. 그때는 화를 내지 마시고 제 말을 숙부님께 전해주십시오."

열흘 전, 가벼운 훈계를 위해 불러들였던 칼릭스가 이상한 말을 전했을 때만 해도 라인하르트 공작은 그것을 크게 귀담아듣지 않았다. 솔직히 말해 바람의 숲이란 말 자체를 머릿속에 담는 것조차 곤욕스러웠다. 다시 그곳에 자식들을 보내게 될 것이라고는 결코 생각지도 않았다.

라인하르트 공작은 말도 안 되는 소리하지 말라며 칼릭스를 꾸짖었다. 결코 그런 일은 없을 것이라며 못을 박았다.

그러나 마치 거짓말처럼 게오르 백작은 대공자의 자리를 빌미로 뻔뻔스런 요구를 늘어놓았다. 칼릭스를 바람의 숲에 보내자고 말했다.

만일 칼릭스의 언질이 떠오르지 않았다면 라인하르트 공작은 결코 분을 참지 않았을 것이다. 카일의 죽음에 게오르 백작이 깊이 관여되어 있다는 사실을 알고 있는데 다시 바람의 숲을 언급한다는 건 자신을 모욕하는 것이나 마찬가지였다.

하지만 지금은 달랐다. 칼릭스의 말을 곱씹으면 곱씹을수록 분노는 잦아들었다. 대신 수많은 의문들이 떠올랐다.

칼릭스는 어떻게 오늘의 일을 알고 있던 것일까. 게오르 백작은 어째서 이토록 무리한 요구를 한 것일까. 칼릭스가 전해 달라는 말은 무슨 의미일까.

솔직히 무엇 하나 감이 오지 않았다. 그렇다 보니 더욱 답을 내리기가 막막해졌다.

"어떻게 생각하십니까?"

라인하르트 공작의 대답이 없자 게오르 백작이 재차 입을 열었다. 자신의 예상과는 다른 반응 때문일까. 당당하기만 하던 그의 두 눈이 초조함으로 흔들리고 있었다.

라인하르트 공작은 그런 게오르 백작의 심정 변화를 놓치지 않았다.

'평소답지 않게 보채다니. 무슨 일이 생겼군.'

처음에는 게오르 백작이 자신을 분개하게 해서 일을 크게 벌이려는 것이라고 생각했다. 칼릭스가 대공자가 되는 것을 막기 위해 보란 듯이 힘자랑을 하려는 것이라고 여겼다.

그러나 만약 게오르 백작이 전면전을 바랐다면 지금처럼 불안해할 이유가 없었다. 오히려 더욱 강하게 몰아붙여야 할 상황이었다.

'그렇다면……'

라인하르트 공작은 생각을 바꿨다. 어쩌면 게오르 백작은 진심으로 하는 말인지도 몰랐다. 칼릭스를 바람의 숲으로 보내야 하는 이유가 생긴 것인지도 몰랐다.

그것이 무엇일까.

아무리 생각해봐도 게오르 백작의 속내까지는 짐작이 되지 않았다. 하지만 적어도 칼릭스를 암살할 가능성은 낮아 보였다. 만에 하나 그럴 생각이었다면 게오르 백작이 굳이 자신의 입으로 말을 꺼내지는 않았을 것이다.

그 사실을 안 이상 게오르 백작의 요구에 감정적으로 대처할 필요가 없었다.

"게오르, 엘프들과의 평화를 원하는 이유가 무엇이냐?"

오랜 침묵을 깨며 라인하르트 공작이 앞으로 몸을 내밀었다.

"이유라니요?"

순간 게오르 백작의 눈빛이 달라졌다. 라인하르트 공작이 이런 식으로 반격을 해올 것이라고는 전혀 예상치 못한 얼굴이었다.

"정말 이종족과의 평화를 원하는 것이냐? 아니면 다른 생각이 있는 것이냐?"

라인하르트 공작이 더욱 날 선 목소리로 추궁했다.

"다, 다른 생각이라니요? 대체 무슨 말씀을 하시는 것입니까?"

게오르 백작은 자신도 모르게 말을 더듬었다. 마스터급의 검술과 능수능란한 언변으로 언제나 라인하르트 공작가를 몰아붙이던 그가 실로 오랜만에 동요하고 있었다.

자연스럽게 귀족들의 얼굴에도 희비가 엇갈렸다.

라인하르트 공작 진영은 게오르 백작의 굳은 얼굴을 보며 통쾌해했다. 반면 게오르 백작 진영은 당혹스러움을 감추지 못했다.

　그러나 정작 게오르 백작은 자신의 겉모습에 신경 쓸 여력이 없었다. 그보다는 복잡해진 머릿속을 정리하는 게 우선이었다.

　설마 자신이 실험체가 필요하다는 사실을 알고 있단 말인가. 자신이 그들과 손을 잡았다는 사실이 들통 났단 말인가.

　의미심장한 눈으로 자신을 노려보는 라인하르트 공작 앞에서 게오르 백작은 아무런 말도 할 수가 없었다. 그 틈을 놓치지 않고 라인하르트 공작이 분위기를 주도해나갔다.

　"어쨌든 좋다. 카일처럼 칼릭스를 시험하고 싶다면 어디 마음대로 해보거라. 대신 조건이 있다. 칼릭스가 임무를 원활하게 수행하기 위해서는 그만한 자격이 필요할 테니 일단 대공자로 임명하도록 하겠다. 단, 만에 하나 엘프들과의 협상을 성공시키지 못한다면 그때는 네가 바라는 것처럼 대공자의 자격에 대한 논의를 다시 하도록 하겠다."

　라인하르트 공작은 몇 가지 조건을 내걸어 게오르 백작의 요구를 받아들였다. 그러자 마치 약속이나 한 것처럼 양쪽 진영에서 불만의 목소리들이 터져 나왔다.

　"공작님!"

　"재고해주십시오!"

　라인하르트 공작 진영은 임무의 성패에 따라 대공자의 자격을 다시 논하는 건 말이 안 된다고 말했다.

　"그럴 순 없습니다!"

"이건 말도 안 됩니다!"

게오르 백작 진영도 칼릭스를 대공자로 앉히겠다는 것 자체
가 억지라고 주장했다.

그러나 라인하르트 공작은 꿈쩍도 하지 않았다. 오히려 자
신만만한 눈으로 게오르 백작을 내려다보았다.

'감히!'

게오르 백작은 입술을 질끈 깨물었다. 라인하르트 공작에게
꼼짝없이 당했다는 사실에 굴욕감이 치밀어 올랐다.

그렇다고 이제 와 일을 뒤엎을 수는 없었다.

칼론을 위해서라도 칼릭스를 바람의 숲에 보내야만 했다.

4

이후 장시간의 논의가 계속됐지만 라인하르트 공작의 뜻은
달라지지 않았다.

"알겠습니다."

결국 기선 제압에 실패한 게오르 백작이 먼저 손을 털고 일
어났다. 자신의 조건을 받아들이지 않을 경우 바람의 숲에 칼
릭스를 보내지 않겠다는 라인하르트 공작의 고집을 도저히 꺾
을 수가 없었다.

"너무 성급했어."

집으로 돌아온 게오르 백작은 자신의 결단을 후회했다. 좀 더 치밀하지 못했음을 반성했다.

칼론의 성취가 걸린 문제였지만 그렇다고 라인하르트 공작이 원하는 대로 모든 걸 내줄 필요까지는 없었다. 눈앞의 욕심에 눈이 멀어 서둘렀던 게 일을 더 복잡하게 만들어버렸다.

"보나마나 제1기사단을 동원하려는 수작이겠지."

게오르 백작은 라인하르트 공작의 속내를 꿰뚫어 봤다. 원활한 협상을 위해서는 공작가를 대표해야 한다는 그럴듯한 핑계를 댔지만 실상은 자신이 함부로 건드리지 못하도록 공작가 최고의 기사들을 옆에 붙여두겠다는 뜻이었다.

"확실히 형님도 보통은 아니야."

게오르 백작이 이맛살을 찌푸렸다. 생각해보면 이번 일이 틀어진 건 자신만의 문제가 아니었다. 라인하르트 공작이 예상을 뒤엎고 이성적으로 대처했다는 게 더 컸다.

예전의 라인하르트 공작이었다면 결코 감정을 억누르지 못했을 것이다. 죽은 카일의 일까지 들추며 게오르 백작을 가문의 죄인처럼 몰아붙였을 것이다.

게오르 백작도 내심 상황이 그렇게 전개되길 바라고 있었다. 공개적인 모욕을 받고 그것을 빌미로 협상을 유리하게 끌고 갈 생각이었다.

하지만 결과적으로는 라인하르트 공작에게 제대로 뒤통수를 얻어맞은 꼴이 되고 말았다. 게다가 자신의 평정심을 깨기 위해 던졌던 그 말은 아직까지도 귓가에 맴돌았다.

"다른 생각이 있느냐니? 무슨 뜻일까. 아무 의미 없이 내던진 말은 아닐 텐데."

게오르 백작이 손가락으로 팔걸이를 두드렸다. 그러나 한참을 곱씹어봐도 라인하르트 공작의 의중이 파악되질 않았다.

"설마, 칼릭스가 바람의 숲 안에 뭔가를 놓고 왔다고 말한 것일까? 아니면 다른 무언가가 있는 것일까?"

고심하던 게오르 백작이 내성 쪽으로 고개를 돌렸다.

라인하르트 공작.

언제나 만만하게 보았던 그의 꿍꿍이가 무엇인지 궁금해 참을 수가 없었다.

그러나 속이 답답한 건 라인하르트 공작도 마찬가지였다.

"4기사단이라니? 진심으로 하는 말이냐?"

게오르 백작과의 신경전을 승리로 장식했다는 기쁨도 잠시, 회의 결과를 일러주기 위해 불러들인 칼릭스는 또다시 라인하르트 공작을 당혹스럽게 만들고 있었다.

"내 말을 잘못 알아들은 것이냐?"

라인하르트 공작이 혹시나 하는 마음에 물었다.

"아닙니다."

칼릭스가 가볍게 고개를 흔들었다.

"아니면 가문의 법도를 잘못 알고 있는 것이냐?"

라인하르트 공작이 다시 물었다. 대공자는 제1기사단의 호위를 받는다는 사실을 알지 못한다면 이번 기회에 가르쳐 줄 생각이었다.

하지만 칼릭스는 이번에도 고개를 흔들었다.

"아닙니다, 아버님."

오히려 아버님이란 말에 힘을 주어 라인하르트 공작이 잘못 들은 게 아님을 상기시켰다.

"그렇다면 정말 4기사단의 호위를 받겠다는 것이냐?"

라인하르트 공작은 어처구니가 없었다. 주변의 반발을 무시하고 게오르 백작의 요구를 받아들인 건 칼릭스를 대공자로 만들기 위해서였다. 제1기사단으로 하여금 철저히 보호하도록 하기 위해서였다.

그러나 정작 칼릭스는 제1기사단이 아니라 제4기사단을 택했다. 라인하르트 공작 가문의 주력 기사단이 아닌 보조 기사단을 말이다.

만일 예전 같았다면 쓸데없는 고집을 부리지 말라고 나무랐을 것이다. 아니, 아예 이런 통보조차 없이 일방적으로 결정을 내렸을 것이다.

하지만 칼릭스는 더 이상 철부지 어린애가 아니었다.

"대체 이유가 무엇이냐?"

라인하르트 공작이 애써 흥분을 가라앉혔다. 칼릭스가 이렇게까지 고집을 부린다면 분명 그만한 까닭이 있을 것이라고 여겼다.

그러자 칼릭스가 빙긋 웃으며 말했다.

"아버님, 멀리 보셔야 합니다."

"멀리 보라니?"

"아시겠지만 지금 아버님과 저를 지켜줄 수 있는 기사단은 1기사단뿐입니다. 반면 2기사단과 3기사단의 상당수가 게오르 숙부를 따르고 있지요."

"흥! 그렇다고 2기사단과 3기사단이 아직 게오르의 손에 넘어간 것은 아니다."

"그것은 저도 알고 있습니다. 하지만 실제로 게오르 숙부가 반기를 든다면 그들 중 몇이나 아버님을 위해 남겠습니까?"

칼릭스가 현실을 콕 집어 이야기했다. 솔직히 말해 제2기사단과 제3기사단의 지휘관 일부를 제외하고는 모조리 게오르 백작의 편에 설 게 뻔했다.

"크흠, 그래서 하고 싶은 말이 무엇이냐?"

라인하르트 공작이 불편한 듯 얼굴을 굳혔다.

"4기사단을 키워보겠습니다."

칼릭스의 입에서 당돌한 말이 튀어나왔다.

"키워? 4기사단을 네가?"

라인하르트 공작은 자신이 잘못 들었나 싶었다. 아무리 오러를 만들어냈다고 해도 그렇지 열다섯의 나이에 제4기사단을 가르치겠다니. 상식적으로 말도 안 되는 소리였다.

칼릭스도 직접 제4기사단을 훈련시키겠다는 것은 아니었

다. 단지 그들이 강해질 수 있는 환경과 분위기를 조성하겠다는 뜻이었다.

물론 마음을 먹으면 못 할 것도 없었다. 하지만 이번 생에서는 모든 일을 굳이 혼자 짊어질 필요가 없었다. 게다가 그동안 미뤄두었던 개인적인 수련에도 힘을 쏟아야 했다.

"1기사단은 강합니다. 그들이라면 그 어떤 위협에서도 저를 지켜줄 수 있겠지요."

"내 생각도 같다. 그러니……."

"하지만 아버님, 그들만으로는 게오르 숙부와 싸워 이길 수 없습니다."

"이길 수 없다니! 함부로 말하지 말거라!"

"게오르 숙부가 비밀리에 기사들을 양성하고 있다는 사실은 아버님께서도 알고 계시지 않습니까."

게오르 백작이 장악한 기사력은 눈에 보이는 게 전부가 아니었다. 은밀히 게오르 백작을 따르는 기사들의 수준도 상당하다는 소문이 나돌고 있었다.

제1기사단이 라인하르트 공작가의 주축이라 하더라도 그 수는 300이 전부였다. 그들만으로 게오르 백작을 따르는 모든 기사들을 막아낼 수 있다고 확신하기는 어려웠다.

"그래서 내게 멀리 보라고 한 것이냐?"

"그렇습니다."

"허……!"

라인하르트 공작이 헛웃음을 터트렸다. 어린 줄로만 알았던 칼릭스가 가문을 위해 이렇게까지 생각하고 있었을 줄은 미처 짐작하지 못했다.

"4기사단의 실력이 어느 정도인 줄 아느냐?"

"정규 기사 100명에 수련 기사 500명으로 이루어졌다고 들었습니다."

"정규 기사들의 실력도 그리 대단한 편이 아니다."

"알고 있습니다. 그렇기 때문에 게오르 숙부님도 그들을 도려내려 하시는 것이고요."

"허허, 그것까지 알고 있었느냐?"

칼릭스의 정보력에 라인하르트 공작이 혀를 내둘렀다. 필시 가신들 중 누군가가 일러준 것이겠지만 어쨌든 이상적으로만 계획을 세운 것은 아닌 모양이었다.

그렇다면 더 이상 칼릭스를 설득해봐야 의미가 없었다. 라인하르트 공작가의 대공자라면 자신의 운명쯤은 스스로 개척해내는 게 옳았다.

"정말 괜찮겠느냐?"

라인하르트 공작이 마지막으로 물었다.

"걱정 마십시오, 아버님."

칼릭스가 자신 있게 고개를 끄덕였다.

5

라인하르트 공작가의 집무실을 나선 칼릭스는 산책을 핑계로 내성 밖 정원으로 향했다. 밤이 깊었다며 집사가 만류했지만 칼릭스는 고집을 부렸다.

"잠깐 생각할 게 있으니까 여기서 기다려."

뒤따르던 집사와 하인들을 떨어뜨린 채 칼릭스가 정원 안으로 들어갔다. 그러자 기다렸다는 듯이 시원한 바람이 그의 주변을 휘돌았다.

—칼릭스! 칼릭스!

오랜만에 칼릭스와 재회한 퓌도르는 기쁨을 감추지 못했다. 그럴수록 요란한 바람 소리가 정원에 울려 퍼졌다.

"소란 떨지 마."

칼릭스가 퓌도르를 억지로 진정시켰다. 녀석의 호들갑 때문에 멀찍이 떨어진 하녀들마저 겁을 먹고 있었다.

—쳇.

퓌도르가 못마땅한 듯 뾰루퉁 입술을 내밀었다.

바람의 고위 정령인 자신을 반기지는 못할망정 시작부터 타박이라니. 서운함을 이루 표현할 수가 없었다.

하지만 칼릭스는 그런 퓌도르의 반응에 콧방귀도 뀌지 않았다. 퓌도르의 형상이 보이지 않으니 정령사로 살 때처럼 불필요하게 정령들을 어르고 달랠 필요가 없었다.

결국 먼저 지쳐버린 건 퓌도르였다.

―알았어. 조용히 하면 되잖아.

퓌도르가 툴툴거리며 가만히 칼릭스의 어깨에 매달렸다.

"바르퀴스 쪽은 알아봤어?"

칼릭스가 나직이 물었다. 바람의 숲에 들어가게 된 이상 바르퀴스의 배후에 누가 있는지 미리 알아봐야 했다.

그러나 바르퀴스는 평범한 엘프가 아니었다. 흔치 않은 야심에 찬 엘프였다.

―아직. 녀석이 잘 움직이지 않아서 말야.

퓌도르가 변명을 늘어놓았다. 바르퀴스가 몸조심을 하는 만큼 퓌도르도 어쩔 방법이 없었다.

"토레는?"

칼릭스가 미련 없이 화제를 바꿨다. 그러자 퓌도르가 기다렸다는 듯이 입을 놀렸다.

―어디에 숨어 있는지 찾아냈어. 그런데 놀라지 마. 하나가 아냐.

"하나가 아니라고?"

―응, 내 말을 잘 듣는 바람들을 전부 동원해서 찾아봤는데 셋이야.

"셋이라. 단란한 가족이라도 되는 모양이군."

―어떻게 알았어?

퓌도르가 눈을 똥그랗게 떴다. 칼릭스의 말처럼 세 마리의 토레는 가족 관계였다.

"동굴에 머물던 녀석은 아이인가?"

─아니, 아빠야.

"그럼 아빠가 먹이를 구하러 다니는 동안 엄마와 아이는 다른 은신처에 숨어 있단 말이로군."

─허! 칼릭스, 나 말고 다른 정령과 어울린 건 아니지?

칼릭스가 모든 사실을 꿰뚫어 보자 퓌도르가 의심 어린 눈초리를 날렸다. 그렇지 않고서야 바람의 정령들이 어렵게 알아낸 걸 모조리 맞출 리 없었다.

하지만 정작 칼릭스는 다른 생각에 빠져 있었다. 그토록 강력한 몬스터가 하나가 아니라 셋이라면…… 계획을 조금 변경해도 될 것 같았다.

"퓌도르."

─응?

"토레가 산시아 나무 열매를 좋아한다는데 사실이야?"

─그래? 난 처음 듣는 이야기인데?

키르케 자작의 말에 따르면 토레는 산시아 나무 열매라면 사족을 못 쓴다고 했다. 고대에는 사람들을 해치는 토레를 잡아들이기 위해 일부러 산시아 나무 열매를 태워 함정을 만들었다고도 했다.

"한번 확인해봐."

—알았어.

"그리고 엘프의 숲 안에서 바람이 모여드는 곳을 찾아봐."

—바람이 모여드는 곳? 그건 왜?

"나중에 필요하게 될 것 같으니까 미리 알아두라고."

—나중에? 아하, 알았어.

칼릭스가 바람의 숲에 들어가게 됐다는 사실은 퓌도르도 알고 있었다. 자신이 함께 움직이지 못하는 만큼 칼릭스의 주변에 말 잘 듣는 바람들을 붙여놓은 것이다.

일종의 감시나 마찬가지였지만 칼릭스는 바람이 머무는 것을 크게 신경 쓰지 않았다. 어차피 퓌도르는 자신에게 종속된 정령이었다. 자신에게 해가 되는 일은 할 수가 없었다.

오히려 영지 바깥에 있는 퓌도르를 부를 때마다 도움을 받을 수 있어서 좋았다. 하지만 퓌도르는 그것만으로는 성에 차지 않는 모양이었다.

—그런데 말야, 칼릭스. 바람의 숲에는 왜 들어가는 거야?

막 몸을 돌리려던 칼릭스의 어깨를 붙잡으며 퓌도르가 물었다.

"왜 들어가냐니? 너도 들었잖아."

칼릭스가 눈살을 찌푸렸다. 그러자 퓌도르가 씨익 웃으며 칼릭스의 귓가를 간질였다.

—물론 소문은 들었지. 하지만 단지 그 이유로 바람의 숲에 들어가겠다고 한 건 아니잖아. 그렇지?

아직 어수룩하긴 했지만 퓌도르는 고위 정령이었다. 인간들의 기준에서는 상급 정령이라 불리는, 상당한 힘과 이성을 갖추고 있었다.

지난 2년여간 어울리면서 퓌도르는 칼릭스에 대해 많은 것을 알게 되었다. 칼릭스는 남이 시킨다고 해서 원치 않은 일을 할 성격이 아니었다.

게다가 바람의 숲에 들어가겠다는 뜻을 밝힌 것은 칼릭스가 먼저였다. 다들 못된 숙부의 농간이라고 여기고 있지만 퓌도르만큼은 전후 사정을 확실히 파악하고 있었다.

결과적으로 게오르 백작도 칼릭스의 계획에 놀아난 것에 지나지 않았다. 퓌도르는 바로 그 계획이 궁금했다.

하지만 그것은 이 자리에서 쉽게 누설할 만한 게 아니었다.

라인하르트 공작가의 2공자로 살면서 칼릭스가 가장 관심을 가졌던 것은 검술도 학문도 아니었다. 둠이 활성화된 이상 검술의 성취가 느는 것은 시간 문제였다. 학문도 마찬가지. 열다섯 소년에게 누구도 과한 지식을 요구하지는 않았다.

주변의 기대에 부응하며 칼릭스는 외부에 눈을 돌렸다. 가이안 왕국을 중심으로 북부와 제국의 움직임에 신경을 썼다.

다행히도 아직까지는 제국의 야욕이 표면적으로 드러나지는 않은 상태였다. 가이안 왕국도 지난 환생처럼 현상 유지에 여념이 없어 보였다.

대륙은 평온했다. 그렇다고 방심하기는 일렀다. 지난 아홉 번의 환생 동안 제국이 가이안 왕국을 무너뜨리기 전, 남부는 극심한 혼란 상태에 빠졌다. 그것이 사전에 계획된 제국의 음모라면 미리 대비해야 했다. 남부의 모든 왕국들이 휘말리더라도 메르딘 왕국만큼은 구해내야 했다.

"차차 알게 될 거야."

칼릭스는 말을 아꼈다. 아직은 속내를 밝힐 때가 아니었다.

—단순히 그 녀석의 복수를 하기 위해 가는 건 아니지? 그렇지?

퓌도르가 칼릭스의 주변을 맴돌며 귀찮게 굴었지만 소용없었다. 당분간은 퓌도르도 모르는 편이 나았다.

"슬슬 들어가 봐야겠어."

칼릭스가 밤하늘을 올려다보며 중얼거렸다.

—칫, 알았다고.

아쉬운 듯 입술을 삐죽거리던 퓌도르가 이내 정원 너머로 몸을 날렸다.

제7장
바람의 숲으로

1

추수가 막 시작될 무렵, 라인하르트 공작령 전역에 칼릭스가 대공자로 임명되었다는 소식이 전해졌다.

"칼릭스 님이라면……."

"둘째 공자가 아닌가?"

공작성 인근의 영지들과는 달리 주변의 속령들은 칼릭스에 대한 소식에 밝지 않았다. 카일의 죽음을 계기로 달라진 칼릭스가 이제는 수많은 가신들의 칭찬을 듣고 있다는 것도, 얼마 전에 오러를 만들어냈다는 것도 알지 못했다.

"하긴 대공자가 죽은 지 꽤 됐지?"

"그렇지. 2년 전쯤에 죽었으니까."

라인하르트 공작을 지지하는 가신들이 다스리는 속령의 영
지민들은 순리라고 여겼다. 장남 카일이 죽은 만큼 차남인 칼
릭스가 대공자가 된 것을 당연하게 받아들였다.

반면 게오르 백작 진영의 속령들은 분위기가 달랐다.

"대공자를 이렇게 멋대로 정해도 되는 거야?"

"둘째 공자, 소문이 별로 좋지 않았지?"

그들은 칼릭스가 대공자가 된 사실을 그다지 달가워하지 않
았다.

그로부터 며칠 후.

공작성에서 또 다른 소식이 전해졌다.

"칼릭스 님께서 바람의 숲으로 가신다는 게 정말이야?"

"그렇다니까? 죽은 대공자가 실패한 일을 대신한다는 것 같
은데?"

초반의 소문은 공작가의 발표와 크게 다르지 않았다. 하지
만 다시 며칠이 지나자 묘한 소문이 나돌기 시작했다.

"이야기 들었어?"

"뭐가?"

"칼릭스 님이 바람의 숲에 가시는 거 말야."

"그게 왜? 죽은 대공자를 대신해서 가는 거 아니었어?"

"나도 그런 줄 알았는데 실은 대공자의 복수를 하러 가는
거였나 보더라고."

"뭐? 복수?"

"그래! 그래서 공작성에서 기사들이 무려 600명이나 함께 움직였다나 봐."

어디서 누가 퍼트렸는지조차 모를 이 소문이 순식간에 진실을 덮어버렸다. 더 나아가 그 복수의 대상이 전설 속의 괴물이라는 사실까지 알려지면서 칼릭스에 대한 관심들이 빠르게 증폭되기 시작했다.

"그 괴물이 엄청 크고 사납다며?"

"말도 마. 오우거를 잡아먹고 산다는데?"

"세상에! 오우거면 오크보다 훨씬 큰 놈 아냐?"

"훨씬 크지. 그래서 걱정이야. 그런 괴물을 어찌 상대할 수 있겠어?"

"물론 쉽진 않겠지. 하지만 아예 불가능한 것도 아닌 모양이더라고."

"그건 또 무슨 소리야?"

"칼릭스 님이 벌써 오러를 다루신다는 이야기가 들리던데?"

"오러? 그게 정말이야?"

"그렇다니까? 거기에 기사들도 600명이나 따라갔으니 괴물 하나 정도는 어찌 상대할 수 있을 것 같지 않아?"

"호오, 듣고 보니 그런데?"

예상치 못한 영지민들의 반응에 게오르 백작 진영은 즉각 사람들을 풀어 소문을 바로잡으려 노력했다. 진실은 칼릭스가 대공자가 될 수 있는지 자질을 시험하기 위한 것이라고 설명했다.

그러나 확산된 소문은 좀처럼 잠재울 수가 없었다. 게다가 영지민들은 진실보다는 엄청난 괴물을 향한 칼릭스의 복수 자체를 더 흥미롭게 받아들였다.

피의 복수, 전설의 괴물과의 사투, 영웅의 탄생.

이런 소재들은 민간에서 가장 잘 통용되는 이야깃거리였다.

과연 그 결과가 어떻게 될까? 칼릭스 공자는 무사히 살아 돌아올 수 있을까?

영지민들은 만났다 하면 칼릭스의 일을 입에 올렸다. 몇몇 말 많은 이들은 라인하르트 가문의 명예와 카일의 복수를 위한 위대한 여정이라며 떠들어대기도 했다.

그렇게 수많은 이들의 기대를 한 몸에 받으며 칼릭스와 제4기사단이 공작성을 떠나 펠로스 성으로 향했다.

2

공작령의 북동쪽에 위치한 펠로스 성을 다스리는 네이츠 자작은 게오르 백작 쪽 사람이었다. 5년 전 엘프들과의 교류 문제가 불거지기 시작된 이후로 그는 중립을 깨고 게오르 백작을 지지하고 있었다.

"하필 2공자라니. 젠장, 골치 아프게 됐군."

칼릭스와 제4기사단이 펠로스 성을 거쳐 바람의 숲으로 들어간다는 사실을 통보받은 네이츠 자작은 이맛살을 찌푸렸다. 라인하르트 공작가의 가신으로서 당연히 대공자인 칼릭스 일행을 환대해야 옳았지만 게오르 백작과의 관계를 생각하면 차마 그럴 수가 없었다.

"어쩔 수 없지."

고심하던 네이츠 자작은 영지 순찰을 핑계로 아예 자리를 비워버렸다. 그러는 편이 나중에 처신하기 좋다고 판단했다.

덕분에 펠로스 성에 도착한 칼릭스와 제4기사단은 이렇다 할 대접조차 받지 못하고 다음날 일찍 바람의 숲을 향해 나서야 했다.

"네이츠 자작이 대공자님을 우습게 본다는 뜻입니다."

펠로스 성을 노려보며 파르판 남작이 이를 갈았다. 공작성의 통보를 받고도 속령의 주인이 자리를 비우다니. 결코 용납할 수 없는 행동이었다.

파르판 남작은 네이츠 자작이 일부러 칼릭스를 무시하는 것이라고 여겼다. 그의 생각에 대부분의 기사들이 동조했다. 칼릭스를 모욕하고 대공자를 호위하는 자신들까지 욕보였다며 분을 참지 못했다.

하지만 정작 칼릭스는 크게 의미를 두지 않았다. 아니, 솔직히 말해 네이츠 자작을 신경 쓰고 싶은 마음이 없었다.

권력과 이득에 기대어 이리 저리 눈치를 보는 자들은 평생 그런 식으로 살 수밖에 없었다. 요행히 자리보전은 가능할지 몰라도 보다 나은 삶을 영위하기란 쉽지 않다.

그 과정에서 한 번만 선택을 잘못해도 나락으로 떨어지게 될 것이다. 모두가 전진하는데 혼자만 도태된다는 것은 그 자체만으로도 끔찍한 형벌이나 마찬가지였다. 앞서 간 모든 이들이 발걸음을 멈추지 않는 이상 한번 벌어진 격차는 영원히 좁힐 수가 없었다.

칼릭스에게는 라이나프에서조차 포기하지 못했던 꿈이 있다. 그 꿈을 이루기 위해서는 수많은 이들과 함께해야만 한다.

지금만 해도 무려 600명의 기사들을 이끌고 있었다. 그들 모두가 자신 하나만을 바라보고 뒤따르고 있었다.

네이츠 자작에게 욕심나는 무엇인가가 있다면 모르겠지만 흔하디흔한 기회주의자라면 배제해도 상관없었다. 솔직히 네이츠 자작에 대한 평판은 좋지 않았다. 그 같은 부류는 차라리 없는 편이 나았다.

라이나프를 통해 아홉 번의 삶을 사는 동안 칼릭스는 얼간이 하나가 일을 망치는 경우를 여러 번 겪었다. 불필요한 존재들의 불필요한 행동이 종국에는 파멸을 불러온다는 사실을 뼈저리게 느꼈다.

"칼릭스 님, 너무 마음에 두지 마십시오."

한참을 씩씩거리던 파르판 남작이 칼릭스를 위로했다. 하지만 칼릭스는 오히려 네이츠 자작의 얼굴을 보지 못했다는 사실을 다행스럽게 여겼다.

만에 하나 네이츠 자작이 달라진 자신의 가치를 깨닫고 은근슬쩍 발을 걸치려 했다면 훗날 깔끔하게 쳐내는 게 쉽지 않았을 테니까.

"파르판 남작, 이러다 속령을 벗어나기도 전에 날 새겠어."

칼릭스가 저물기 시작한 하늘을 올려다보며 중얼거렸다.

"이놈들! 서둘러라!"

칼릭스의 심기가 불편하다고 오해한 파르판 남작이 굵은 목소리로 늘어진 기사들을 독려했다.

다각, 다각.

정규 기사들을 태운 100여 마리의 말이 질서정연하게 움직였다. 그 뒤로 500명의 수련 기사들이 뒤처질세라 분주하게 발걸음을 놀렸다.

3

"대공자님, 이쯤에서 쉬어 가시는 게 좋을 것 같습니다."

날이 어두워지자 파르판 남작이 다가와 말했다.

"그렇게 해."

지친 기사들을 돌아보며 칼릭스가 고개를 끄덕였다. 무리한다면 조금 더 갈 수는 있겠지만 굳이 그럴 필요까지는 없었다.

"오늘은 이곳에서 머문다."

파르판 남작의 명이 떨어지기가 무섭게 수련 기사들이 야영을 준비하기 시작했다. 본래라면 병사들이나 견습 기사들이 해야 할 일이었지만 수련 기사들은 아무런 불평도 하지 않았다. 오히려 그들은 답답한 공작성을 벗어났다는 사실이 너무나 좋았다. 바람의 숲에 들어가야 한다는 불안함보다도 대놓고 차별을 받았던 공작성에서의 생활이 더 끔찍했던 것이다.

칼릭스와 함께 공작성으로 돌아온 이후 제4기사단은 아무런 임무도 받지 못했다. 임무는커녕 기사단으로서의 대접조차 받지 못했다. 줄곧 보이지 않는 무시와 차별을 받아야만 했다.

표면적인 이유는 임무 실패에 따른 견책이었다. 카일의 사인이 몬스터의 습격으로 정리되면서 제4기사단에도 그 책임이 돌아갔다. 단순히 마중을 하러 간 것뿐이지만 칼릭스가 카일을 끌고 올 때까지 꼼짝도 하지 않았다는 사실만큼은 피할 수가 없었다.

라인하르트 공작 세력이 나서서 제4기사단의 처벌을 낮춰주었지만 그뿐이었다. 라인하르트 공작은 게오르 백작에게 괜한 빌미를 주지 않기 위해 일부러 제4기사단을 외면했다. 그러자 게오르 백작은 한 술 더 떠 칼릭스에게 우호적인 증언을 한 파르판 남작과 정규 기사들을 아예 기사 세계에서 추방시켜버렸다. 심지어는 노골적으로 제5기사단을 지원하며 제4기사단의 입지까지 약화시켰다.

라인하르트 공작가의 공식적인 기사단은 제1기사단과 제2기사단, 제3기사단까지다. 제4기사단부터는 비공식적으로 운영되는 예비 기사단이다.

같은 예비 기사단이라 하더라도 제4기사단과 제5기사단, 제6기사단은 역할 자체가 달랐다. 제4기사단은 주로 공식 기사단에서 결원이 발생했을 때 인원을 수급하는 역할을 한다. 자연스럽게 젊고 실력이 뛰어난 정규 기사들이 상당수 포함되어 있다.

제4기사단에 배속된 수련 기사들의 자질도 하나같이 빼어났다. 예비 기사단의 성격상 기사단 간의 정규 기사 이동은 거의 없다시피 했다. 따리시 수련 기사들은 장차 결원 보충으로 빠져나갈 정규 기사들의 자리를 채우는 것을 목표로 부단히도 검을 휘둘렀다.

다시 말해 제4기사단은 라인하르트 공작가의 주축 기사단으로 성장할 잠재력을 지닌 예비 인력들의 집합소였다. 그런 그들이 카일이 죽고 칼릭스만 생존했다는 이유로 라인하르트 가문에서 철저하게 배척되어버린 것이다.

제4기사단이 느끼는 상실감은 이루 말할 수 없을 만큼 컸다. 실제로 제5기사단의 정규 기사 하나가 제3기사단의 결원을 채우자 기사직을 포기하겠다는 이들까지 나오던 차였다.

바로 그때, 뜻밖의 소식이 들려왔다. 대공자로 임명된 칼릭스를 지척에서 호위하라는 라인하르트 공작의 명령이 떨어진 것이다.

“그, 그게 정말인가?”

파르판 남작은 아는 사람들을 총동원해 진상 파악에 나섰다. 이번에도 혹시 모를 음모가 개입되어 있을지 모른다며 단단히 경계했다.

뒤늦게 칼릭스가 직접 나서서 제4기사단을 원했다는 사실을 확인하고서야 파르판 남작은 주먹을 움켜쥐었다. 어쩌면 자신에게 주어진 마지막 기회일지 모른다는 생각에 가빠진 호흡을 참기 어려웠다.

지금껏 제1기사단이 아닌 다른 기사단이 대공자의 호위 기사단이 된 적은 단 한 번도 없었다. 대공자의 호위 기사들이 대접받지 못한 적도 없었다.

그 엄청난 기회가 놀랍게도 제4기사단에게 주어졌다.

파르판 남작은 잠을 이루지도 못했다. 만약 꿈을 꾸는 것이라면 영원히 깨지 않고 싶은 심정이었다.

그것은 다른 기사들도 마찬가지였다. 실의에 빠져 있던 그들에게 칼릭스는 구원자나 마찬가지였다.

곧바로 칼릭스를 따라 바람의 숲으로 떠나라는 명령이 전달되었지만 제4기사단 중 누구도 망설이지 않았다. 오히려 기쁜 마음으로 당당히 공작성을 나섰다.

“삼촌이 그러더라. 어차피 인생은 도박이라고.”

모닥불을 피우던 수련 기사 하나가 말했다. 그러자 낙엽을 주워온 다른 수련 기사가 피식 웃음을 흘렸다.

“우리 할아버지는 사내라면 모름지기 기회가 왔을 때 잡아야 한다고 말했지.”

활활 타오르는 모닥불을 보며 수련 기사들은 저마다 희망을 부풀렸다.

공작가의 주축 기사가 되어 이름을 떨치겠다는 바람을 영원히 이루지 못할 뻔해서일까. 그 희망을 다시 품을 수 있다는 사실이 더없이 행복해 보였다.

그때였다.

“술이다!”

어디선가 반가운 소리가 들렸다.

“뭐? 술?”

“어디야? 어디?”

수련 기사들의 귀가 번쩍 뜨였다. 그렇지 않아도 술 생각이 더없이 간절하던 차였다.

성격과 신념에 따라 다르긴 하지만 대부분의 기사들은 술을 좋아했다. 검술 훈련의 고됨을 술 한잔으로 달래는 이들이 적지 않았다.

보다 높은 곳을 꿈꾸는 제4기사단의 경우 지나친 음주는 삼가는 편이었다. 최근 2년간은 언제 어떻게 쫓겨날지도 모른다는 생각에 술조차 멀리하고 검만 휘둘러왔다.

“술을 마신 지 얼마나 됐더라?”

“말도 마. 난 펠로스 성에 가면 거하게 한잔할 줄 알았다고.”

수련 기사들이 웃으며 술병을 받아 챙겼다. 누가 준비한 것인지 술병은 500명의 수련 기사 전부가 충분히 즐길 수 있을 만큼 넉넉했다.

정규 기사들도 따로 술자리를 마련했다. 수련 기사들을 관리하고 주변을 경계할 20명의 기사들을 제외한 모두가 칼릭스의 천막에 모여들었다.

"크으, 좋다!"

술병을 통째로 들이킨 파르판 남작이 크게 웃었다. 다시는 이토록 맛있는 술을 즐기지 못할 것이라 여겼는데 목구멍을 타고 넘어드는 술맛은 더없이 달고 달았다.

다른 정규 기사들도 즐거운 얼굴로 술잔을 주고받았다. 잊고 지냈던 술자리의 정취에 흠뻑 빠져들었다.

"대공자님, 괜찮으시면 한 잔 하시지요."

분위기가 무르익자 부기사단장 메키슨이 칼릭스에게 다가왔다. 아직 성년이 지나지 않은 탓에 칼릭스는 기사들의 술자리를 묵묵히 지켜보기만 했다.

그러자 파르판 남작이 냉큼 일어나 메키슨의 병을 빼앗아 들었다.

"이게 무슨 짓이야!"

"대공자님께서 준비하신 술을 우리끼리만 즐기는 건 좀 그렇지 않습니까?"

"그걸 누가 몰라?"

“……예?”

“첫 잔은 당연히 내가 따라야지!”

그렇지 않아도 칼릭스가 신경 쓰였던 파르판 남작이 취기를 핑계로 빈 잔에 술을 따랐다.

“자, 대공자님. 이 못난 기사의 술 한 잔 받아주십시오.”

파르판 남작이 두 손으로 술잔을 잡아 칼릭스에게 내밀었다. 이 사실이 라인하르트 공작의 귀에 들어간다면 큰 질책을 받겠지만 지금은 이렇게라도 자신의 마음을 전하고 싶었다.

저와 기사들을 잊지 않고 받아주셔서 정말 감사합니다.

턱밑까지 치민 말을 되삼키며 파르판 남작이 누런 이를 드러냈다. 차마 부끄러운 마음에 하지 못한 말을 보잘것없는 술 한 잔으로 대신하는 것이다.

그런 파르판 남작의 마음이 전해진 것일까. 웅성거리던 기사들이 입을 다물고 전부 칼릭스 쪽을 바라보았다. 파르판 남작이 쥔 술잔 위로 자신들의 마음까지 꾹꾹 담아 넣었다.

“이 잔을 마시면 다들 뒷감당을 해야 할 텐데 괜찮겠어?”

칼릭스가 잔을 받아 들며 말했다. 고작 술잔 하나로 자신과 평생 엮이기에는 아까운 자들이었다. 언젠가는 오늘의 일을 후회하게 될지도 몰랐다.

하지만 파르판 남작은 술잔을 든 채로 꿈쩍도 하지 않았다.

"그 어떤 뒷감당도 따르겠습니다."

오히려 겁도 없이 칼릭스의 꿈속에 크게 발을 디뎠다.

"좋아, 그렇다면 마시지. 단 못난 기사의 술은 이번이 마지막이야."

칼릭스가 그대로 술잔을 들이켰다. 알싸한 액체가 단숨에 목구멍을 찌르며 흘러내려 갔다.

"기대에 어긋나지 않겠습니다."

파르판 남작이 히죽 웃으며 다시 잔을 채웠다. 그를 따라 정규 기사들이 전부 술병을 들고 다가왔다.

"뭐하는 거야? 난 아직 열다섯이라고."

칼릭스가 질색하며 뒤로 물러났다. 하지만 정규 기사들이 어림없다는 듯 칼릭스의 퇴로를 막았다.

"흐흐, 대공자님."

"본래 술은 어릴 때 배우는 거랍니다."

오랜만에 합심한 정규 기사들은 그렇게 칼릭스를 술의 세계로 인도했다.

4

이른 새벽.

"으윽, 머리야."

술에 취해 쓰러졌던 칼릭스가 가장 먼저 자리에서 일어났다.

간이 침상 주변은 엉망진창이었다. 큼지막한 술통과 수많은 술잔들이 멋대로 굴러다니고 있었다.

밤새도록 술을 퍼마신 기사들은 말할 것도 없었다. 하나같이 취기를 이기지 못하고 그대로 곯아떨어져 있었다.

그렇다면 적당히 누워 자면 좋으련만.

"나 참."

기사들은 약속이나 한 것처럼 다른 곳은 놔두고 칼릭스의 침상 주변에 옹기종기 모여 뻗어 있었다. 술에 취한 와중에도 칼릭스만큼은 완벽하게 보호하려고 한 모양이었다.

"이래서는 날 지키는 의미가 없잖아?"

칼릭스가 피식 웃으며 간이 침상에 엉겨 붙은 기사들을 밀쳐냈다. 다들 깊은 잠에 빠진 듯 매정한 대공자의 행동을 누구 하나 눈치채지 못했다.

기사들의 밭을 지나 칼릭스는 힘겹게 천막을 빠져나왔다. 그를 시원한 새벽 공기가 감싸고돌았다.

후읍.

술기운을 털어버리기 위해 칼릭스가 크게 숨을 들이켰다. 여전히 머리는 지끈거렸지만 기분은 한결 나아졌다.

"그나저나 고작 그 정도에 정신을 잃다니. 체질 때문인가?"

불현듯 전날의 술자리가 떠올랐다. 열두 잔째까지 마신 이후로는 도통 아무런 기억이 나질 않았다.

아직 어린 나이라는 걸 감안하면 그 정도 버틴 것도 대단했지만 칼릭스는 기사들에게 얕보이고 싶지 않았다. 특히나 주량은 사내들에게 있어 자존심이나 마찬가지였다.

"틈틈이 마셔둬야겠어."

몇 차례 숨을 고른 뒤 칼릭스는 다시 천막 안으로 들어왔다.

그때까지도 기사들은 누구 하나 술에서 깨지 못했다. 반면 수련 기사들은 벌써부터 떠날 준비를 서두르고 있었다. 보다 높은 경지에 이르기 위해서 절제를 생활화하다 보니 알아서들 적당히 즐긴 모양이었다.

"파르판 남작, 언제까지 잘 거야?"

칼릭스가 크게 뻗어 누운 파르판 남작을 흔들어 깨웠다.

"음냥, 칼릭스 님. 저만 믿으…… 제가 꼭 지켜……."

무슨 꿈을 꾸는지 파르판 남작이 잠꼬대를 했다.

"그런 말은 멀쩡할 때 하라고."

가볍게 혀를 차던 칼릭스가 파르판 남작을 흘겨보았다. 솔직히 말해 아직까지는 썩 믿음직스럽지가 않았다. 하지만 왠지 모르게 마음에 들었다.

파르판 남작은 흔치 않은 유형의 기사였다. 일단 고리타분하지 않았다. 무뚝뚝한 성격도 아니었다. 무엇보다 눈치가 빠르고 임기응변이 좋았다. 가끔 지나친 욕심을 부리다가도 금세 자신의 위치를 파악했다.

　이런 부류는 능력에 맞는 일을 맡기면 기대에 어긋나는 법이 없다. 불가능을 기적으로 만들어내지는 못해도 할 수 있는 일만큼은 해내고 만다. 물론 그것을 능력이나 재능 부족이라고 볼 수도 있겠지만 어쨌든 부리는 입장에서는 확실히 편했다.

　다만 한 가지 아쉬운 것은 검술 경지였다.

　파르판 남작이 제4기사단의 기사단장이 된 것은 그의 실력이 출중해서가 아니었다. 단순히 검술 능력만으로 보자면 그는 공작가의 모든 정규 기사들 중에서도 중하위권에 속해 있었다.

　파르판 남작의 선친은 라인하르트 가문의 오랜 가신이었다. 본디 제1기사단의 부단장까지 역임했으나 게오르 백작을 따라 전쟁에 참여했다가 죽고 말았다.

　라인하르트 공작은 전 파르판 남작의 죽음을 아쉬워하며 젊은 아들에게 제4기사단을 맡겼다. 선친처럼 훌륭한 기사가 되어 라인하르트 가문의 든든한 기둥이 되어달라고 말이다.

　그것이 6년 전의 일이었다. 하지만 애석하게도 파르판 남작의 실력은 그때에 비해 크게 나아지지 않았다.

　오러 나이트 상급.

　오러가 조금 뚜렷해지긴 했지만 유형화가 될 정도는 아니었다. 이대로라면 40줄이 되어서야 겨우 블레이드 나이트의 문턱을 밟을 것 같았다.

하지만 파르판 남작의 재능만큼은 그렇게까지 평범하지 않았다. 6년 전만 하더라도 최연소로 제1기사단에 합류될 것이라는 기대를 한 몸에 받던 자였다.

무엇일까?

칼릭스는 파르판 남작의 머리 위로 손을 올렸다. 이어 조심스럽게 영력을 끌어올렸다.

후앗!

활짝 열린 둠 속으로 마나가 파고들었다.

파스 둠을 지나 사키 둠까지 솟구친 마나가 세르 둠의 문을 때리고는 고꾸라졌다.

후르르릉!

머지않아 열릴 세르 둠이 격하게 요동쳤다. 그 반발을 피해 영력을 잔뜩 머금은 마나가 다시 파스 둠을 지나 마나 홀 속으로 빨려 들어왔다.

칼릭스는 그 힘을 손끝으로 밀어 넣었다. 손바닥을 통해 파르판 남작의 영력을 살폈다.

칼릭스의 영력이 파고들자 파르판 남작의 마나들이 자연스럽게 반응하기 시작했다. 그러나 술에 취해 통제력을 상실해서인지 파르판 남작의 마나는 영력을 적대시하지 않았다. 무엇을 하려나 조용히 지켜보려는 모양이었다.

칼릭스는 천천히 영력을 움직여 파르판 남작의 둠을 살폈다.

둠이란 영력을 담는 그릇이다. 수련이나 각성에 따라 그 크기는 달라지지만 영혼을 가진 생명체들이라면 모두 둠을 갖추고 있었다.

파르판 남작도 마찬가지였다. 오랜 수련이 헛되지 않은 듯 단순히 형태만이 아닌 번듯한 파스 둠을 확보하고 있었다.

하지만 칼릭스가 밀어 넣은 영력은 사키 둠에서 막혀버렸다. 아직 사키 둠까지 열지는 못한 모양이었다.

'하기야 사키 둠이 열렸다면 이 모양일 리 없지.'

쓴웃음을 짓던 칼릭스가 영력을 마나 홀 쪽으로 인도했다. 그러자 적지 않은 마나가 일어나 영력을 막아섰다. 이제야 영력을 적으로 인식한 것이다.

순간 칼릭스의 눈빛이 달라졌다. 영력을 밀어내는 마나의 양은 결코 오러 나이트 수준이 아니었다.

'그렇다면 마나 익스핀의 문제인가?'

파르판 남작의 의식이 돌아오는 듯하자 칼릭스는 재빨리 영력을 거두어들였다. 체내의 마냐량은 물론 마나 반응을 봤을 때 확실히 지금의 경지는 납득이 되지 않았다.

그나마 다행인 것은 파르판 남작에게 다른 문제는 없어 보인다는 것이다. 만에 하나 둠이 막혀버렸거나 마나 홀에 손상이 갔다면 더 이상의 성장은 기대하기 어려웠다.

물론 마나 익스핀의 문제도 그에 못지않게 심각한 게 사실이었다. 하지만 단지 그뿐이라면 방법이 없는 건 아니었다.

칼릭스에게는 완성된 마나 익스핀을 통해 훼손된 기존의 마나 익스핀을 보완하는 것은 물론, 동시에 영력의 성장까지 불러일으킬 수 있는 방법이 있었다. 그것도 이렇다 할 부작용이 없는 안전하고 간편한 방법이었다.

"파르판 남작, 그 어떤 뒷감당도 따른다고 했지? 단단히 각오하는 게 좋을 거야."

칼릭스가 품속에서 약병 하나를 꺼내 들었다. 그 안에는 붉은색 가루가 가득 담겨 있었다.

칼릭스는 그것을 파르판 남작의 입속에 단숨에 털어 넣었다.

꿀꺽, 꿀꺽.

파르판 남작의 몸속으로 빨려 들어간 가루는 붉은 마나가 되어 마나 홀 속으로 스며들었다.

칼릭스가 기사로서 삶을 살던 첫 번째 환생의 깨달음과 힘이 그렇게 파르판 남작에게 전해졌다.

제8장

엘프의 숲에 들다

1

"아무래도 이상하단 말이야."

정신을 차린 파르판 남작은 연신 고개를 갸웃거렸다.

전날 마지막까지 이어진 술판에서 끝까지 버틴 게 바로 자신이었다. 기분 좋게 기절하면서도 다음 날 제대로 말을 타고 갈 수 있을까 걱정스러울 정도였다.

그러나 몸은 지나치게 멀쩡했다. 취기는커녕 울렁거림조차 없었다.

'혹시 술이 약했나?'

파르판 남작이 슬쩍 주변을 살폈다. 칼릭스가 구해온 술은 다 망해가는 펠로스 성의 주점에서 값싸게 사들인 것이라고

했다. 장사꾼들의 특성상 싼 만큼 물을 많이 탔을 수도 있었다.

하지만 그의 뒤를 따르는 정규 기사들의 몰골은 하나같이 말이 아니었다. 다들 내색하지 않았을 뿐 울렁거리는 속을 억지로 참는 표정이 역력했다.

'뭐야? 갑자기 술이 세진 건가?'

속상한 마음에 줄곧 술을 마셨다면 파르판 남작도 그러려니 했을 것이다. 그러나 그는 제4기사단의 단장이었다. 기사들에게 모범을 보이기 위해서라도 일부러 술을 멀리해왔다. 주량이 줄면 줄었지 늘어날 리 없었다.

'그렇다면……?'

파르판 남작이 나란히 말을 모는 칼릭스를 힐끔거렸다. 어쩌면 자신이 얼핏 보았던 게 꿈이 아닐지도 몰랐다.

'대공자님이 내게 뭘 먹이신 게 맞는 건가? 설마 술을 깨라고 귀한 포션을 먹이신 건 아니겠지?'

파르판 남작은 왠지 칼릭스가 의심스러웠다. 다른 기사들의 말에 따르면 대공자가 가장 먼저 깼다고 했으니 정황도 충분했다.

'한번 여쭤볼까?'

파르판 남작이 입술을 꿈틀거렸다. 분위기를 살피다 평소처럼 자연스럽게 말을 붙여볼 생각이었다.

하지만 어찌 된 영문인지 쉽게 입이 떨어지지 않았다.

고작 하루가 지났을 뿐인데 칼릭스를 편히 대하는 게 예전처럼 쉽지 않았다. 꼭 라인하르트 공작 곁을 호위하는 기분이었다. 그것이 단순히 기분 탓만은 아닌 듯 스치듯 지나는 칼릭스의 시선을 대할 때마다 긴장감으로 가슴이 콩닥거렸다. 자신도 모르게 움찔 놀라며 시선을 피하기 일쑤였다.

어째서일까. 전날 술자리에서 칼릭스에게 큰 무례라도 저지른 것일까? 아니면 앞으로 모실 어린 주인이 정말로 어려워진 것일까?

'역시 술이 덜 깬 거야.'

한참을 고심하던 파르판 남작은 고개를 흔들었다. 칼릭스가 먹인 무언가 때문에 취기는 사라졌지만 아직까지 들뜬 기분에 사로잡혀 있다고 여겼다.

"후우……."

파르판 남작은 가슴이 부풀어 오를 때까지 숨을 들이켠 뒤 길게 내쉬었다. 몸 안에 있는 술기운을 모조리 내뱉어 평상심으로 돌아갈 요량이었다.

그러자 칼릭스가 피식 웃으며 말을 건넸다.

"엘프의 숲에 가까워지니까 긴장돼?"

"예? 아, 아닙니다."

"아닌데 왜 그렇게 말을 더듬어?"

"그, 그게 그러니까……."

뭐라고 변명하려던 파르판 남작이 이내 앓는 소리를 냈다. 솔직히 말해 그 역시도 무엇 때문에 이리 허둥대는지 이유를 알지 못했다.

“웬만하면 좀 웃어봐. 남작의 험상궂은 얼굴 때문에 협상도 하기 전에 엘프들이 오해하겠어.”

파르판 남작의 긴장을 풀어줄 겸 칼릭스가 짓궂은 농담을 건넸다. 지휘관이 굳어 있으면 뒤따르는 기사들도 자연스럽게 위축될 수밖에 없었다.

“아, 알겠습니다.”

그러나 정작 파르판 남작은 좀처럼 평정심을 되찾지 못했다. 오히려 시간이 지날수록 두근거림이 심해졌다.

‘미치겠군.’

차라리 머리가 아프고 속이 울렁거렸다면 숙취 때문이라고 넘겼을 것이다. 하지만 아무리 숨을 골라도 기분은 나아지질 않았다. 그 갑갑함이 자신도 모르게 말을 재촉해버렸다.

다각, 다각.

파르판 남작의 말발굽 소리가 튀기 시작했다. 그러자 칼릭스가 제지하듯 파르판 남작을 붙들었다.

“파르판 남작.”

“예, 옛?”

“어디까지 갈 거야? 이쯤이었잖아?”

칼릭스가 경계 어린 눈으로 주변을 둘러보았다. 확실히 숲의 분위기가 조금 달라져 있었다.

“아……!”

뒤늦게 숲을 살핀 파르판 남작이 어쩔 줄을 몰라했다. 대공자를 호위하며 길을 안내해야 할 기사가 정신을 놓고 있다니.
망신도 이런 망신이 없었다.

그러나 칼릭스는 파르판 남작의 실수를 나무라지 않았다.
오히려 그럴 줄 알았다는 듯 친절하게 다음 지시를 내렸다.

"활을 잘 쏘는 기사를 보내 이 서신을 전달해."

칼릭스가 품속에서 서신을 꺼냈다.

"아, 알겠습니다."

마치 큰 죄라도 지은 듯 파르판 남작이 납작 엎드려 서신을
받아 들었다.

그 모습이 우스워 보였을까. 뒤따르던 정규 기사들이 동시
에 쿡쿡거리기 시작했다.

'시끄러, 이놈들아!'

얼굴이 벌게진 파르판 남작은 복수하듯 가장 크게 웃음소리
를 냈던 정규 기사 둘을 호명했다. 그리고 그들에게 주의사항
을 일러준다며 한가득 잔소리를 늘어놓았다.

2

인간이 엘프의 숲에 들어가는 건 쉬운 일이 아니었다.

엘프들은 인간들이 생각하는 것 이상으로 폐쇄적인 종족이
었다. 영역에 대한 보호 의지가 확실해 초대받지 않은 자들의

침범을 결코 용납하지 않았다.

정령사로 살면서 엘프들의 사회를 경험했던 칼릭스는 누구보다 그 사실을 잘 알고 있었다. 엘프들의 특성은 물론 어떻게 대해야 하는지에 대해서도 나름의 요령이 있었다.

엘프들의 습성을 모르는 자라면 자신의 권위를 내세워 숲 안으로 들어가려 했을 것이다. 대륙의 귀족들 중 상당수가 인간을 엘프보다 우월한 종이라 믿고 있었다.

하지만 칼릭스는 그런 무모한 방법을 선택하지 않았다. 엘프들과의 분란은 게오르 백작이 바라던 것이다. 그보다는 서신에 뜻을 적어 엘프들의 허락을 구하는 편이 나았다. 혼자라면 모르겠지만 600명의 기사들이 뒤따르고 있다. 원활한 협상을 위해서라도 엘프들을 자극하지 않는 편이 나았다.

"이쯤이면 됐겠지?"

칼릭스의 서신을 품에 안은 채 숲 안쪽으로 들어갔던 정규 기사 네일이 조심스럽게 말을 멈춰 세웠다.

"맞아, 지난번에도 대충 이 정도에서 멈췄던 것 같아."

2년 전을 떠올리며 뒤따르던 정규 기사 얀센도 고개를 끄덕거렸다.

인간들과는 달리 엘프들은 확실한 영역을 표시하지 않는다. 눈에 띄는 초소 같은 것도 없었다. 그렇다 보니 엘프의 숲을 정확하게 파악하기가 쉽지 않았다. 엘프의 숲 주변에서 느껴진다는 위화감과 나름의 직감으로 가늠하는 게 유일한 방법이었다.

"호위를 부탁해."

"걱정 마."

얀센이 검을 뽑아들고 주변을 경계하는 사이 네일은 말에서 내려 조심스럽게 화살을 꺼내 들었다. 그 끝에 칼릭스의 서신을 잘 묶은 뒤 숲 안쪽으로 있는 힘껏 쏘아 올렸다.

팍!

제법 멀리 날아간 화살이 눈에 잘 보이는 큼지막한 나무에 박혔다.

잠시 후.

파밧.

수풀 소리와 함께 화살이 감쪽같이 사라졌다.

"또 뭐지?"

입구를 경계하던 엘프 전사 하나가 화살 끝에 매달린 칼릭스의 서신을 살폈다. 인간들이 사용하는 대륙어는 모르지만 만약을 대비해 일단 확인해보려 했다.

그러나 놀랍게도 서신은 엘프어로 적혀져 있었다.

'엘프들의 친구를 대신해 새로운 약속을 하기 위해 찾아왔다……고?'

빠르게 내용을 훑은 엘프 전사가 즉시 숲 안쪽으로 내달렸다. 다른 때 같았으면 대륙어를 아는 바르퀴스에게 보고를 했겠지만 내용이 파악된 만큼 직접 대장로에게 전달할 생각이었다.

"흠, 평화 협상이라."

서신을 전해 받은 대장로는 즉시 임시 장로 회의를 소집했다. 숲의 대소사를 결정하는 권한을 가진 고위 장로 대다수를 회의장으로 불러들였다.

그렇게 잠시간의 논의를 거친 끝에 대장로와 엘프 장로들은 칼릭스와 기사들을 숲 안으로 받아들이기로 결론을 내렸다.

생각보다 의견이 쉽게 모아진 것에는 칼릭스의 서신이 큰 역할을 했다.

칼릭스는 엘프들이 좋아할 만한 미사여구와 함께 자극적인 단어와 표현들을 최대한 피하면서 완곡하게 뜻을 전했다. 또한 600명의 기사들도 토레를 잡기 위한 병력으로 포장했다.

대장로는 칼릭스가 2년 전 카일의 약속을 이행하기 위해 온 것이라고 생각했다. 당연히 앞장서서 다른 장로들을 설득했고 어렵지 않게 다수의 승낙을 받아냈다.

"혹시 모르니 일단 숲 안쪽으로 들여 조심스럽게 관찰해보게."

대장로의 명을 받은 젊은 장로 하나가 직접 숲의 입구까지 나와 칼릭스 일행을 맞았다. 인간들의 언어를 할 줄 아는 바르퀴스에게는 따로 엘프를 보내 이 사실을 알렸다.

"인간들이라니!"

소식을 접한 바르퀴스가 재빨리 숲의 입구를 향해 내달렸다. 하지만 그때는 이미 화기애애한 분위기 속에서 칼릭스 일행이 엘프의 숲 안으로 들어선 상황이었다.

"이, 이게 어떻게 된 일입니까?"

바르퀴스가 당혹스런 얼굴로 소리쳤다. 숲의 입구를 지키는 자신에게는 양해조차 구하지 않고 인간을 함부로 들이다니. 결코 있을 수 없는 일이었다.

그러자 장로 테이네르가 가볍게 손을 들어올렸다.

"흥분하지 말게, 바르퀴스. 아히나스 님께서 이미 허락하셨다네."

"아히나스 님이…… 말입니까?"

바르퀴스가 믿을 수 없다는 듯 눈을 껌뻑였다. 다급히 달려온 탓에 임시 장로 회의가 소집되었다는 말은 듣지 못한 모양이었다.

바로 그때 둘 사이로 칼릭스가 다가갔다.

"테이네르 님, 괜찮으시다면 누구인지 제게 소개를 시켜주시겠습니까?"

칼릭스가 테이네르를 향해 눈짓을 줬다. 인간인 자신을 두고 엘프들끼리 쑥덕거리는 건 오해를 불러일으킬 수 있었다.

"아, 칼릭스 님, 소개가 늦었습니다. 이쪽은 바르퀴스라고 합니다. 엘프의 숲 입구의 경계를 책임지고 있지요."

테이네르가 미안한 얼굴로 바르퀴스를 소개했다. 그러자 칼릭스가 황금빛 눈동자를 반짝이며 바르퀴스에게 바짝 다가섰다.

“바르…… 뭐라고 하셨죠?”

칼릭스가 일부러 바르퀴스를 도발했다.

“바르퀴스다.”

바르퀴스가 신경질적인 목소리로 으르렁거렸다.

테이네르가 화들짝 놀라며 눈총을 줬지만 바르퀴스의 적의
는 사라지지 않았다. 오히려 보란 듯이 칼릭스를 노려보았다.

그러나 칼릭스는 아직 바르퀴스와 싸우고 싶은 마음이 없었다.

“만나서 반갑습니다, 바르퀴스 님.”

칼릭스가 웃으며 손을 내밀었다. 악수는 오래전부터 내려온
가장 평화로운 인사법이었다.

“흥!”

그것을 모르지 않던지 바르퀴스가 코웃음을 치며 손을 내밀
었다. 바로 그 순간,

‘잡았다!’

칼릭스가 바르퀴스의 손아귀를 단단히 움켜쥐었다.

카일의 죽음과 관련된 파란 머리카락의 엘프.

그가 바로 눈앞에 있었다.

3

“저기, 단장님.”

"왜 불러?"

"대공자님이 엘프들과 대화를 하시는 게 맞죠?"

"그럼? 못 알아듣는데 연기라도 하신단 말이냐?"

"그게 아니라…… 대공자님이 언제 엘프어를 배우셨는가 궁금해서 말이죠."

"그걸 내가 어찌 알아?"

엘프의 숲에 들어온 이후 파르판 남작은 심기가 불편해졌다. 자신은 쏙 빼놓고 엘프들과만 대화를 주고받는 칼릭스 때문이었다.

칼릭스 입장에서는 기사들을 챙기는 것보다 엘프들에게 호감을 사는 게 우선이었다.

카일의 전례를 보더라도 평화 협상이 하루 이틀 만에 이루어지지는 않을 것이다. 칼릭스도 엘프의 숲의 분위기를 살피고 올바른 협상 대상을 파악하려면 많은 시간이 걸릴 것이다. 그때까지 엘프의 숲에 머물러야 한다는 것을 감안한다면 최대한 우호적인 관계를 유지해야 했다. 그 과정에서 유용한 정보를 얻을 수 있다면 더욱 좋았다.

하지만 칼릭스의 호위를 책임진 파르판 남작은 그저 서운하기만 했다. 무슨 일을 벌이려는 것인지 최소한 자신에게 언질이라도 해줬으면 좋았겠지만 섭섭하게도 대공자는 이렇다 할 말이 없었다. 심지어 자신들을 안내하는 엘프가 누구인지조차 소개해주지 않았다. 그렇다 보니 쏟아지는 기사들의 질문과 궁금증을 감당해내기가 버겁기만 했다.

　그 와중에도 파르판 남작은 엘프들과 불미스러운 일이 일어나지 않도록 기사들을 통제하는 것을 잊지 않았다.

　"다들 엘프들에게 함부로 눈길 주지 마. 특히 여자 엘프들 쪽은 쳐다보지도 마."

　"알겠습니다."

　"제이크! 너 말이야 너! 영지에 애인도 있는 놈이 자꾸 눈알 굴릴 거야?"

　"아, 아닙니다!"

　"농담이 아냐. 만에 하나 네놈들이 사고를 쳐서 대공자님의 임무가 틀어지기라도 하는 날에는 평생 4기사단에서 벗어나지 못한다는 사실을 명심해. 알겠지?"

　"명심하겠습니다!"

　파르판 남작의 경고는 유효적절했다. 아리따운 엘프 여인들에게 눈이 돌아가던 수련 기사들은 황급히 앞사람의 뒤통수에 시선을 고정했다. 정규 기사들도 엘프 사내들의 경계 어린 눈빛에 일일이 대응하지 않았다.

　엘프들도 기사들에 대한 경계심을 조금 누그러뜨렸다. 가깝지만 낯선 이종족을 바라보는 엘프들의 눈에 조금씩 호기심이 번지기 시작했다.

　이 같은 사실은 대장로 아히나스에게도 전해졌다.

　"그래, 어떻던가?"

"숫자는 서신의 내용처럼 600명이 맞습니다. 다들 두꺼운 갑옷을 갖춰 입고 있었으며 그중에 100명은 말을 타고 있었습니다."

"말을 탄 자가 100명이라면 나머지 500명은 일반 병사들이란 말인가?"

"그건 아닌 것 같습니다. 말을 탄 자와 걷는 자가 입고 있던 갑옷이 크게 다르지 않았습니다."

엘프들이 가장 경계한 것은 무장한 기사단이었다. 마을에 들이기 전에 기사들의 숫자가 정확한지, 확실한 통제가 가능한지 먼저 확인해야 했다.

다행히도 제4기사단은 파르판 남작의 지시를 완벽하게 따르고 있었다. 임무가 실패하면 기사를 그만둬야 할지도 모른다는 불안감이 그들을 더욱 단결하게 만들었다.

"유심히 관찰한 결과 엘프들과 분란을 일으킬 것 같지는 않습니다만 어떻게 할까요?"

"흐음, 그렇다면 일단 베나하로 안내하게."

"알겠습니다."

대장로 아히나스의 뜻이 칼릭스 일행을 안내하던 장로 테이네르에게 전해졌다.

"칼릭스 님, 이제부터는 절 잘 따라오셔야 합니다. 발을 잘못 디디면 길을 잃어버리실 수도 있습니다."

테이네르가 갑자기 신중해진 목소리로 칼릭스에게 주의를

주었다.

'대장로의 최종 허락이 떨어진 모양이군.'

칼릭스가 걱정 말라며 가볍게 고개를 끄덕였다.

"뭔가 이상한 기분이 들더라도 절대 주변을 만지지 마십시오. 앞사람만 따라서 들어오시면 됩니다."

테이네르는 앞장서서 엘프들만이 기억하는 지름길로 칼릭스 일행을 인도했다. 하지만 그것은 일반적으로 말하는 지름길과는 그 궤를 달리했다.

엘프들은 이 길을 진실의 문이라고 부른다. 엘프들처럼 진실한 마음을 가진 이들만이 들어올 수 있다고 해서 붙여진 이름이었다.

실제로 진실의 문은 마법과 정령마법진이 결합되어 이루어진 왜곡된 공간의 입구였다. 자연에 가려진 진실의 문들을 정해진 순서대로 지나면 원하는 목적지에 갈 수 있었다.

칼릭스 일행도 무려 여섯 개의 진실의 문을 통과한 끝에 엘프들의 마을에 도착할 수 있었다.

멀찍이 보이는 마을의 규모는 상당했다. 이종족들의 터전을 우습게 알았던 기사들의 눈이 절로 휘둥그레질 정도였다.

그때 바람 소리와 함께 하늘색 머리카락의 엘프가 나타났다.

"베나하에 오신 여러분을 환영해요. 여기서부터는 제가 안내해드리고 싶은데 괜찮으시죠?"

엘프 여인이 배시시 웃으며 말했다. 그 모습이 어찌나 예뻐 보이던지 긴장이 가득했던 기사들의 얼굴에 절로 미소가 번졌다.

"칼릭스 님, 저는 먼저 가서 귀한 손님을 맞을 준비를 하겠습니다."

그 사이 테이네르가 칼릭스에게 다가와 양해를 구했다.

"그렇게 하십시오."

칼릭스가 상관없다는 듯 가볍게 고개를 끄덕였다. 어차피 마을까지 들어선 이상 누가 길 안내를 하든 중요치 않았다.

"실로하, 귀한 손님들이니 너무 버릇없이 굴면 안 된다. 알았지?"

테이네르가 엘프 여인에게 신신당부를 했다. 엘프들을 찾아온 귀한 손님이라는 사실을 몇 번이고 주지시켰다.

"저만 믿으세요."

엘프 여인 실로하가 활짝 눈웃음을 흘렸다. 하지만 그녀의 눈빛만큼은 더없이 차갑게 느껴졌다.

4

"엘프들의 마을은 처음이시죠?"

장로들이 의견을 모을 시간을 벌기 위해 실로하는 부단히도 노력했다. 마을 구석구석을 안내하면서 굳이 몰라도 되는 유례들까지 구구절절 설명을 늘어놓았다.

　다른 때 같았으면 기사들은 진즉 하품을 하거나 불평을 늘어놓았을 것이다. 그러나 말로만 듣던 엘프 미녀와 함께라서일까. 오히려 한마디도 놓치지 않기 위해 귀를 쫑긋 세웠다.

　'역시 인간들은 똑같다니까.'

　실로하의 눈동자를 타고 얼핏 경멸감이 스쳐 지났다. 대장로로부터 인간들을 안내하고 감시하라는 명을 받기는 했지만 솔직히 내키지가 않았다.

　실로하가 가지고 있는 인간에 대한 편견은 대단했다. 그녀는 엘프를 선으로, 인간을 악으로 구분하는 극단적인 사고방식을 가지고 있었다. 그렇다 보니 자신의 외모에 홀린 기사들의 모습이 구역질나고 역겹기만 했다.

　하지만 모든 기사들이 전부 실로하에게 빠진 것은 아니었다. 가장 가까이서 실로하를 대하면서도 칼릭스는 단 한 번도 그녀에게 시선을 빼앗기지 않았다.

　지금도 마찬가지였다.

　"마을 구경은 충분히 했으니 이제 하인 에르더께 안내해주시면 고맙겠습니다."

　칼릭스는 좀 더 시간을 끌려는 실로하에게 정중히 요청했다. 아름다운 엘프 여인과 함께 할 수 있는 흔치 않은 기회를 먼저 박차버렸다.

　"괜찮으시다면 조금 더 안내를 해드리고 싶은걸요?"

　실로하가 특유의 매혹적인 눈웃음을 흘리며 칼릭스를 유혹

했다. 그 치명적인 마력에 뒤따르던 대부분의 기사들이 반쯤 넋을 잃을 정도였다.

그러나 칼릭스는 꿈쩍도 하지 않았다.

'얼음의 마녀에게는 어울리지 않은 웃음이군.'

애석하게도 실로하는 칼릭스의 정체를 알지 못했다. 그저 인간이라는 것과 이웃하는 공작가의 대공자라는 사실만 들었을 뿐이다.

반면 칼릭스는 실로하를 잘 알고 있었다. 얼음의 마녀라 불리던, 엘프들 중에서도 손꼽히는 정령사라는 사실을 말이다.

전생 속에 스쳐 지난 실로하는 엘프들이 사악할 수 있다는 것을 알려준 산증인이었다. 그녀와 물의 고위 정령이 힘을 합치면 어지간한 마스터들조차 꼬리를 말기 일쑤였다.

게다가 그녀는 영악하게도 자신의 아름다운 외모를 무기로 삼을 줄 알았다. 특히 인간들을 상대할 때에는 지금처럼 눈웃음을 쳐서 방심하게 만든 뒤에 정령술 못지않은 체술로 목을 꺾어버리곤 했다.

전생을 생각한다면 미리부터 실로하를 경계하는 편이 나았다. 그러나 아직 그녀는 얼음의 마녀가 아니었다. 인간을 끔찍이도 싫어하는 엘프에 불과했다.

실로하가 눈보라를 흩날리며 대륙을 종횡하기까지는 아직 10년이란 시간이 남아 있었다. 그 외에도 몇 가지 조건들이 따라야 했다.

오크들의 준동으로 인해 남부가 대혼란에 빠질 것, 인간과 오크들의 전쟁에 끼어 엘프들이 학살당할 것, 그 과정에서 인간들에게 겁간을 당할 것.

시간과 이 세 가지 조건들이 맞아떨어지지 않는 한 실로하의 몸속에 잠재된 살육의 의지는 아마도 발현되지 않을 것이다.

칼릭스는 가능하다면 실로하를 이대로 놔두고 싶었다. 언제고 휘몰아칠 그녀의 얼음파편들이 인간이 아닌 다른 대상에게 향하길 바랐다.

그러기 위해서라도 인간에 대한 실로하의 부정적인 인식부터 바꿔놓아야 했다.

"마음은 고맙지만 먼 길을 오느라 다들 피곤한 상태입니다. 좀 쉬었으면 좋겠습니다."

칼릭스가 웃으며 실로하의 청을 완곡하게 거절했다. 파란 보석처럼 빛나는 그녀의 눈을 마주하면서도 한 치의 흐트러짐조차 보이지 않았다.

그런 모습이 실로하에게는 신선한 충격으로 다가왔다. 엘프를 상대로 이렇게 평정심을 유지하는 인간이 있다는 사실이 놀랍기만 했다.

한편으로는 자존심이 상했다. 엘프들 중에서도 손꼽히는 미모를 지닌 자신에게 눈길조차 주지 않다니. 왠지 분한 마음이 들었다.

"그렇다면 어쩔 수 없지요."

살짝 눈매를 굳힌 실로하가 이내 몸을 돌렸다. 그녀를 따라 살랑거리던 바람이 싸늘하게 변해버렸다.

5

칼릭스 일행이 실로하의 안내를 받을 무렵,

"알아보았나?"

중무장한 인간들이 숲으로 들어온다는 소식에 장로들은 부산스럽게 상황 파악에 나섰다.

의결권을 지닌 고위 장로들이 장로 회의를 통해 내린 결정은 절대적이었다. 이제 와 그 결정을 뒤엎을 수는 없었다. 하지만 모든 장로들이 그 의견을 존중하는 것은 아니었다. 목적과 세력에 따라 생각들이 달라질 수밖에 없었다.

외부와 단절된 삶을 사는 엘프들이 바깥소식을 듣는 방법은 크게 두 가지였다.

하나는 인근의 야수족들에게 정보를 얻는 경우다. 야수족은 엘프들과는 달리 인간들과 직접적인 교류가 잦은 편이었다. 야수족에게 상품을 팔기 위해 넘어오는 인간들의 상단도 적지 않았다.

다른 하나는 하프 엘프들을 이용하는 방법이었다.

하프 엘프의 특성상 인간과 엘프들 사이에서 존재 가치를 찾아야 했다. 어느 한쪽에서도 평생을 살지 못했다. 그들을 숲의 바깥쪽에 머물도록 하는 대신 주변의 소식들을 전해 들을 수 있었다. 때로는 원하는 정보를 얻기 위해 엘프들이 하프 엘프들에게 먼저 도움을 청하기도 했다.

물론 어느 쪽이든 정확한 정보를 얻는 건 불가능했다. 그저 단편적인 사실 관계나 뜬소문을 전해 듣는 게 전부였다. 그러나 그것만으로도 어느 정도 상황 판단은 가능했다.

"그러니까 4년 전에 왔던 카일 님이 죽었단 말이냐?"

"그렇습니다."

"허허, 어찌 그런 일이."

뒤늦게 카일의 소식을 접한 대부분의 장로들은 표정이 굳어졌다. 설마하니 엘프들의 친구로 불렸던 라인하르트 공작가의 전 대공자가 엘프의 숲을 나가기가 무섭게 봉변을 당했을 줄은 생각지도 못했다.

"그럼 이번에 온 인간은? 설마 카일을 죽인 게 엘프라고 생각하는 것이냐?"

장로들은 자연스럽게 칼릭스의 접근 의도를 경계했다. 오크들만큼이나 호전적인 인간들이 복수를 핑계로 엘프들을 해치려는 것은 아닐까 의심했다.

하지만 다행스럽게도 사전에 퍼진 소문 덕분에 장로들의 오해는 쉽게 풀렸다.

"지금의 대공자가 전 대공자에 대한 복수를 하려는 것은 틀림없어 보입니다. 하지만 그 대상이 엘프들은 아닌 것 같습니다.”

“엘프들이 아니라면? 정말 토레를 잡으러 왔단 말이냐?”

“소문은 그렇게 돌고 있습니다.”

“허! 토레라니? 설마 토레가 얼마나 무서운 존재인지 모른단 말이냐?”

“토레는 전설 속의 존재로 여겨지고 있습니다. 인간들이 쉽게 여기는 것도 무리는 아닙니다. 또한 지금의 대공자는 가문에서 입지가 약합니다. 어쩌면 토레를 잡아서 힘을 과시하려는 것인지도 모릅니다.”

엘프의 숲은 물론 다른 이종족들의 터전까지 넘보는 토레는 큰 골칫거리 중 하나였다. 지금껏 녀석들이 해쳤다고 여겨지는 엘프들만 해도 수백을 넘어서고 있었다.

토레만 사라져준다면 숲이 평화를 되찾을 것이라는 데 이견을 제시할 장로들은 아무도 없었다. 당연히 토레를 잡으러 왔다는 기사들에게 기대를 갖기 시작했다.

솔직히 토레를 죽이는 것까지는 바라지도 않았다. 어느 정도 피해를 감수하고라도 녀석을 엘프들의 영역권 밖으로 쫓아내 준다면 그것만으로도 충분했다.

“흐음…….”

“정말 그런 생각이라면…….”

장로들의 머릿속이 복잡해졌다. 카일을 대하면서 어느 정도

편견이 사라졌다곤 해도 인간에 대한 부정적인 감정만큼은 어쩔 수가 없었다.

하지만 이번에 숲으로 들어온 인간들이 정말 토레를 제거할 힘을 가지고 있다면 단지 감정적으로 치부할 문제가 아니었다. 숲의 평화를 위해서라도 인간들의 힘을 빌리는 편이 나았다.

그러나 같은 정보를 가지고 모든 장로들이 같은 생각을 하는 것은 아니었다. 여전히 일부 장로들에게 있어서 인간이란 결코 함께 할 수 없는 주적이었다.

그중에서도 대장로와 입장이 다른 장로들은 잔뜩 신경이 곤두서 있었다. 인간들의 간섭으로 인해 자신들의 계획이 실패할까 봐 두려워진 것이다.

"갑자기 인간이라니요?"

"아무래도 수상합니다. 인간들에 대한 경계를 늦춰서는 안 될 것 같습니다."

장로들은 은밀히 의견을 주고받았다. 어쩌면 이번 일에 대장로가 얽혀 있을지도 모르는 일이었다.

고위 장로의 상당수가 대장로를 따르는 만큼 인간들을 들이는 것을 막지는 못하더라도 만약의 사태에 대비해야 했다. 엘프들의 미래를 결정하는 일에 인간들이 끼어들도록 놔둘 수는 없는 노릇이었다.

제9장
눈치 보기

1

　베나하의 구조는 꽤나 복잡했다. 거대한 미로처럼 얽혀 있어서 잠깐만 한눈을 팔아도 길을 잃기 십상이었다.

　엘프들은 인간들처럼 대로를 중심으로 집을 세우지 않는다. 대신 방만하게 옮겨 심은 나무들을 뼈대 삼아 불규칙적인 주거 공간을 마련했다. 그렇다 보니 단순히 육안만으로는 길을 확보하기가 무척이나 어려웠다.

　"이쪽이에요."

　칼릭스 일행은 실로하의 안내를 받으면서도 한참을 두리번거리고서야 마을의 중심부에 도착했다. 인간들의 영지라면 우뚝 솟은 성채가 세워져 있을 그곳에는 수많은 나무들과 넝쿨

들로 이루어진 거대한 정원이 들어서 있었다.

"호오, 이제 오는군요."

"엘프들의 땅에 온 걸 환영합니다."

엘프들을 대표해 마중을 나왔던 장로들이 칼릭스 일행을 반 갑게 맞았다.

"라인하르트 공작가에서 온 칼릭스라고 합니다."

"라인하르트 공작가 제4기사단장 보일입니다."

일행을 대신해 칼릭스와 파르판 남작이 나섰다. 나머지 기 사들은 엘프 전사의 안내를 받으며 쉴 곳으로 향했다.

"자, 안으로 들어가시지요."

장로들과 함께 칼릭스와 파르판 남작은 정원 안으로 들어섰 다. 그 안에는 더 많은 엘프 장로들이 앉아서 그들을 기다리고 있었다.

"대공자님, 수가 너무 많은데요?"

파르판 남작의 얼굴을 타고 얼핏 긴장감이 번졌다. 제아무 리 평화 협상을 위한 자리라고는 하지만 장로들이 우르르 몰 려 있다는 게 왠지 모르게 불안했다.

인간들과는 달리 이종족들은 나이가 많다고 해서 무조건 장 로가 될 수 없었다. 나이는 물론 일족을 바르게 이끌어갈 지혜 와 힘도 갖춰야 했다.

약간의 차이는 있겠지만 의사결정권을 지닌 고위 장로가 되 기 위해서는 블레이드 나이트급의 검술이나 4레벨 이상의 마법 실력, 혹은 상급 정령술 중 하나를 갖추고 있어야 했다.

그런 장로들이 족히 100명은 되어 보였다. 칼릭스를 호위해야 하는 입장에서 본다면 솔직히 부담스러울 수밖에 없었다.

하지만 칼릭스는 장로들의 수를 크게 신경 쓰지 않았다. 이곳 '평화의 정원' 안에 들어온 이상 목숨이 위험해지는 일은 없을 것이라는 사실을 잘 알고 있었다.

칼릭스는 차분한 얼굴로 장로들 하나하나와 눈을 마주쳤다. 자신들에게 우호적인 엘프들을 찾기 위해 시선을 움직였다.

예상했던 것보다 많은 엘프들이 칼릭스에게 관심을 보여왔다. 그중에서도 칼릭스 일행을 처음 마중했던 장로 테이네르가 가장 적극적이었다.

"칼릭스 님, 이분이 바로 하인 에르더이십니다."

칼릭스와 눈이 마주치기가 무섭게 테이네르가 은발의 엘프를 소개했다.

"반갑습니다. 아히나스라고 합니다."

은발의 엘프, 아히나스가 가볍게 미소를 지었다.

"만나 뵙고 싶었습니다, 하인 에르더."

칼릭스가 유창한 엘프어로 마음을 전했다. 이어 눈만 멀뚱거리고 있는 파르판 남작에게 아히나스를 일러주었다.

"남작, 기억해. 은발의 엘프가 바로 대장로야."

"대, 대장로요?"

순간 파르판 남작의 눈이 똥그랗게 떠졌다. 청년으로밖에 보이지 않는 은발의 엘프가 대장로라니. 아무리 수백 년을 사는 엘프라지만 좀처럼 믿기지가 않았다.

파르판 남작의 갑작스런 표정 변화에 장로들의 눈빛이 달라졌다. 말이 통하지 않는 만큼 드러나는 감정들에 민감해질 수밖에 없었다.

이런 상황에서 통역을 하는 누군가가 실수라도 한다면 큰 사단이 날 수 있다. 그러나 다행히도 칼릭스는 하프 엘프라 해도 믿을 만큼 엘프어를 완벽하게 구사했다.

"이해하십시오. 남작은 숲의 언어를 모른답니다. 하인 에르더를 소개했더니 너무 젊어 보이셔서 놀란 모양입니다."

칼릭스가 가볍게 웃으며 상황을 설명했다.

흔히들 엘프는 늙지 않는다고 알려져 있다. 그러나 사실은 다르다. 인간들의 눈에는 그 차이가 보이지 않지만 엘프들은 스스로 미세한 세월의 흔적을 느낀다.

그 흔적들은 수많은 경험과 지혜의 부산물이다. 그것을 알아보지 못한다는 건 일종의 모욕으로 비춰질 수도 있는 일이었다. 하지만 대장로 아히나스는 크게 기분 나빠하지 않았다.

"하하, 젊게 봐주셔서 고맙습니다."

파르판 남작의 실수를 너그럽게 용서하는 분위기였다.

아히나스에 대해 모르는 자들이라면 관용이 넘친다고 착각할 수도 있었다. 그러나 칼릭스의 기억 속 아히나스는 그렇게까지 배려심이 깊은 자가 아니었다.

다른 장로들도 마찬가지였다. 체면상 대장로가 넘기더라도 충분히 불쾌함을 표시할 수 있는 그들 역시 대부분 이해한다는 듯 고개를 끄덕거렸다.

'무슨 꿍꿍이지?'

칼릭스는 장로들의 지나친 호의가 결코 달갑지 않았다. 단순히 골칫거리인 토레 때문이라고 여기기에는 저들의 눈빛이 너무나 끈적거렸다.

'좀 더 알아봐야겠어.'

칼릭스는 일부러 긴장을 늦췄다. 마치 엘프들의 환대에 몸이 녹은 것처럼 굴었다. 그러자 서로 눈빛을 교환하던 엘프들이 조금씩 속내를 드러내기 시작했다.

"……그래서 허락해주신다면 토레를 죽일 때까지 이 마을에 머물렀으면 합니다."

엘프의 숲을 찾은 이유와 목적을 설명한 뒤 칼릭스는 베나하에 머물고 싶다는 뜻을 밝혔다. 라인하르트 공작가와 가깝다는 게 가장 큰 이유였다.

"허락이라니요, 편히 머무십시오. 토레를 없애주신다니 오히려 우리 엘프들이 감사할 일이지요."

사전에 대장로와 의견 조율을 끝낸 장로 테이네르가 문제없다는 반응을 보였다. 하지만 일부 장로들의 생각은 다른 모양이었다.

"칼릭스 님, 오실 때 보셔서 아시겠지만 베나하는 대단히

번잡한 곳입니다. 베나하보다는 밀로나에 머무시는 게 어떻겠습니까?"

스스로를 안다르프라 소개한 녹색 머리카락의 장로가 손을 들며 끼어들었다. 그것을 신호로 침묵을 지키던 장로들이 각기 다른 마을들의 이름을 꺼내들었다.

"토레에게 가장 큰 피해를 입은 곳은 토리아입니다. 당연히 그곳으로 가야지요."

"무슨 말씀이십니까. 최근에 토레가 파로나에서 엘프들을 잡아갔다는 사실을 잊으셨습니까?"

"그렇다면 제니하가 낫지요. 한가운데 있으니 어느 마을에 일이 생기든 움직이기 편하지 않겠습니까?"

밀로나, 토리아, 파로나, 제니하.

거론된 마을들은 엘프들의 주요 거주지였다. 하나같이 베나하와 엇비슷한 크기를 자랑하고 있었다.

솔직히 말해 진실의 문이 있는 이상 어느 마을에 머무르든 큰 의미는 없었다. 하지만 논지를 펼치는 장로들은 한 치의 물러섬조차 없었다.

"이럴 거면 차라리 라포나에 머물도록 하는 게 낫겠습니다."

보다 못한 장로 하나가 혀를 차며 말했다. 라포나는 20년 전에 세워진 새로운 마을이었다. 다른 마을에 비해 규모는 작지만 정치적으로 중립적인 곳이었다.

그러자 각자의 마을을 고집하던 장로들이 동시에 말도 안 된다며 반발했다. 라포나는 끝도 없이 세력을 넓히는 인간들이 베나하까지 침범해올 경우를 대비해 만든 마을이다. 일종의 최종 도피처나 마찬가지였다. 그런 곳에 인간들을 들인다는 건 일족의 미래의 안전까지 포기하겠다는 것과 다르지 않았다.

"자, 자. 다들 흥분을 가라앉히십시오. 칼릭스 님이 오해하실까 봐 걱정입니다."

조용히 상황을 지켜보던 대장로 아히나스가 칼릭스를 들먹이며 자제를 요청했다. 평화를 사랑하는 일족이 인간 앞에서 볼썽사나운 모습을 보인다는 것 자체가 부끄러운 일이었다.

하지만 일부 장로들은 대장로의 말을 듣지 않았다. 오히려 중립을 지켜야 할 대장로가 일을 크게 만들고 있다며 언성을 높였다.

순식간에 회의장이 소란스러워졌다. 칼릭스가 빤히 보는 상황에서도 좀처럼 잠잠해질 기미가 보이지 않았다.

"칼릭스 님, 오늘은 이만 돌아가셔서 쉬시는 게 좋을 것 같습니다."

보다 못한 테이네르가 칼릭스에게 권했다. 다른 인간들은 모르겠지만 엘프어를 잘 알고 있는 칼릭스를 이 자리에 두는 건 여러모로 부담스러웠다.

"알겠습니다."

칼릭스도 군소리 없이 자리에서 일어났다. 그를 따라 눈만 끔뻑이던 파르판 남작도 엉거주춤 엉덩이를 들어올렸다.

2

엘프들이 칼릭스 일행에게 마련해준 숙소는 좁았다. 나뭇가지와 나뭇잎을 넝쿨로 엮어 만든 방 안에 있는 것이라고는 그물 침대가 전부였다.

"나 참."

"여기서 어떻게 지내라는 거야?"

호화스러운 숙소까진 아니더라도 최소한 제대로 쉴 수 있는 잠자리를 원했던 기사들의 입에서 절로 불평이 터져 나왔다. 생소한 그물 침대는 둘째치고 구석에 갑옷을 놔둘 공간조차 없어 보였다.

"대공자님, 이건 좀 심한 것 같습니다."

칼릭스와 파르판 남작이 숙소로 돌아오자 부기사단장 메키슨이 나서서 기사들의 불만을 전했다. 솔직히 돈 몇 푼에 움직이는 하급 용병들도 이런 대접을 받지는 않았다. 하물며 숲의 평화를 위해 찾아온 자신들에게 이럴 수는 없는 일이었다.

"엘프들이 저희를 경계하는 것일까요?"

회의장의 분위기를 오해한 파르판 남작도 은근한 목소리를 냈다. 배타적인 성향의 엘프들이 자신들을 박대한다고 받아들인 것이다.

하지만 그것은 단순히 인간 우월주의가 낳은 편견에 지나지 않았다.

"호들갑 떨지 마, 남작. 대장로도 이런 집에서 산다고."

"예에?"

"엘프들 중에서 특별 대접을 받는 건 신분 자체가 다른 하이 엘프들뿐이야. 그 외 모든 엘프들은 평등하지. 장로라고 해서 예외는 없어."

"하지만 이건 좀……."

"엘프들에 비해 기사들이 덩치가 큰 것뿐이야. 나나 엘프들에게는 꽤나 안락한 구조라고."

"끄응."

자신에게 배정된 나무집을 꽤나 마음에 들어 하는 칼릭스를 보며 파르판 남작이 앓는 소리를 냈다. 기사들 중에서도 특히나 키가 큰 파르판 남작은 나무집에 들어가는 것 자체가 고역이나 마찬가지였다.

그러자 칼릭스가 피식 웃으며 몇 가지 유용한 정보들을 일러주었다. 정령사로 살면서 자연스럽게 체득한 생활의 지혜들이었다.

"기사들이 그물 침대를 쓰는 건 불편할 테니까 바닥에 낙엽을 충분히 깔고 그 위에 모포를 깔아서 침대 대용으로 사용하도록 해. 괜히 침상을 만들겠다고 살아 있는 나무에 도끼질을 했다간 마을에서 쫓겨나게 될 거야.”

“숲인데 바닥에서 자면 벌레들이 꼬이지 않을까요?”

파르판 남작을 대신해 메키슨이 끼어들었다.

“좋은 지적이야. 그러니까 꼭 포푸레 나무의 나뭇잎을 사용해. 모르겠거든 엘프들에게 부탁을 하고.”

“아, 예. 포푸레 나무요.”

메키슨이 종이쪽지를 꺼내서 칼릭스의 말을 옮겨 적었다. 그러자 이번에는 파르판 남작이 불편함을 늘어놓았다.

“그럼 볼일은 어떻게 합니까?”

“인간들의 배설물은 냄새가 고약한 편이니까 후각에 민감한 엘프들이 싫어할 거야. 그러니까 번거롭더라도 한곳에 구덩이를 파고 그곳을 이용하는 게 좋겠어.”

“세면은요? 식사 준비는 또 어쩝니까?”

“근처에 공동 우물이 있을 거야. 물은 거기에서 떠다 마시면 돼. 씻는 건 강물로 해결하고. 하지만 평소처럼 요리를 해서는 안 돼. 허락 없이 함부로 불을 피웠다간 곧장 화살이 날아들지도 모르니까 조심하라고.”

칼릭스가 짓궂게 웃음을 흘렸다. 그러나 정작 파르판 남작과 메키슨은 차마 따라 웃을 수가 없었다.

“그럼 뭘 먹어야 합니까?”

“가급적이면 엘프들처럼 나무 열매로 배를 채우는 게 좋겠지. 물론 그것만으로는 힘들 테니까 아마 엘프들이 빵을 준비해줄 거야.”

“엘프들이요?”

“엘프들은 하프 엘프들과 교류해. 그들에게 가끔씩 도움을 받기도 하지.”

엘프들은 본래 빵을 먹지 않는다. 당연히 빵을 굽지도 못한다. 하지만 인간들 사이에서 섞여 사는 하프 엘프들은 다르다. 육식을 기피하는 걸 제외한다면 그들의 식성은 인간과 크게 다를 게 없다.

“그렇다면 다행이지만…… 당분간 고기는 꿈도 못 꾸겠군요.”

파르판 남작이 아쉽다는 듯 입맛을 다셨다. 그러자 칼릭스가 피식 웃으며 위로의 말을 건넸다.

“가끔씩 마을 밖으로 갈 때 사냥을 하자고. 엘프들도 그것까지 뭐라고 하지는 않을 테니까.”

“그럼 술은 어떻습니까?”

“엘프들도 과일을 삭힌 술을 마셔. 단지 우리가 마시는 것보다 독하지 않을 뿐이지.”

“오오, 그렇다면……!”

“하지만 술은 자제하는 편이 좋겠어. 우리가 이곳에 온 목적을 잊지는 말라고.”

칼릭스가 정확하게 선을 그었다. 엘프들의 과일주가 순하다곤 해도 마시다 보면 취하게 된다. 그 모습이 엘프들에게 또 다른 편견으로 작용하는 것은 피해야 했다.

"그 외에 주의해야 할 것을 말씀해주십시오."

메키슨이 여전히 아쉬워하는 파르판 남작을 밀어내며 칼릭스의 옆으로 달라붙었다. 파르판 남작이 못마땅한 듯 이맛살을 찌푸렸지만 기사단의 엄마 노릇을 하는 메키슨은 조금도 신경 쓰지 않았다. 오히려 칼릭스에게 하나라도 더 얻어듣기 위해 눈을 반짝거렸다.

"수련장 외에 함부로 검을 뽑아들지 마. 덥더라도 웃옷을 벗고 돌아다니지 말고."

"알겠습니다."

"엘프들이 관심을 보인다고 해서 함부로 말을 걸거나 다가서지 마. 특히나 어린 엘프들은 더욱 조심해. 귀엽다고 만지려고 했다간 엘프들이 가만있지 않을 테니까."

"확실히 주지시키겠습니다."

"마지막으로 성욕을 억눌러야 해."

"그건 걱정하지 마십시오. 단단히 주의를 줬으니 엘프 여인들에게 집적거리는 녀석은 없을 겁니다."

"아니, 그것만으로는 안 돼. 엘프들은 인간들과 달리 성욕이 크지 않아. 하지만 외부 자극에 약해서 기사들의 사소한 행동에 자극을 받을 수 있어."

"그 말씀은……?"

"여성을 대상으로 한 그 어떤 불순한 말도 금지야. 따로 자위행위를 하는 것도 참아야 해."

칼릭스가 단호한 목소리로 말했다. 그러자 메키슨이 난색을 표했다.

"대공자님, 솔직히 말씀드려 그건 무리한 요구이십니다."

라인하르트 공작가는 명문 검가들과 마찬가지로 기사 육성이 체계적인 편이었다. 일단 12세 전후의 아이들 중 근골이 뛰어나고 기사를 희망하는 이들에게 기초적인 검술을 가르친다. 이후 가능성이 보이는 아이들을 추려 견습 기사로 삼고 엄격하게 훈련시킨다. 그들 중 원하는 성취를 이룬 자들만 선별해 성년을 전후로 수련 기사로 삼는다. 정규 기사 100명과 수련 기사 500명으로 이루어진 제4기사단도 전부 성년을 넘긴 상태였다.

성년이 지난 사내는 어른이다. 자연히 여성과의 잠자리를 경험한 경우가 많았다.

특히나 기사들은 평민들에게 상당히 인기가 높았다. 외모적으로 못난 사내라도 수많은 여인들의 육탄 공세를 경험하기 일쑤였다.

사방에 미녀들이 득실거리는 숲 속에서 성경험이 있는 기사들에게 자위행위마저 금지시키는 건 어렵고도 위험한 발상이었다. 하루 이틀 머물다 가는 것도 아니고 체류가 장기화될 경우 욕정이 폭발해 더 큰일이 벌어질 수도 있었다.

하지만 칼릭스도 무턱대고 무리한 지시를 내린 것은 아니었다. 말은 하지 않았지만 모든 기사들이 여자를 잊고 수련에 몰두할 수 있게 만드는 방법이 있었다.

3

파르판 남작과 메키슨이 자신의 처소로 돌아가자 기다렸다는 듯이 장로 테이네르가 찾아왔다. 그는 칼릭스에게 베나하에 머무르게 되었다는 회의 결과를 일러주었다. 2년 전 카일도 이곳에서 지냈다며 잘된 일이라고 덧붙였다.

"그렇군요."

칼릭스는 덤덤하게 결정을 받아들였다. 이렇다 할 반응을 기대했던 테이네르가 머쓱해할 정도였다.

그러나 사실 칼릭스의 속마음은 달랐다. 쉽게 끝나지 않을 것 같았던 주둔지가 베나하로 결정된 것은 테이네르가 포함된 세력의 힘이 우위에 있다는 뜻이었다. 그럼에도 회의장에서 보았듯이 다른 장로들을 확실하게 제압하지 못하는 것은 나름의 속사정이 있다는 의미이기도 했다.

"머무실 곳이 불편하지는 않으십니까?"

테이네르가 슬쩍 화제를 돌렸다. 칼릭스의 표정이 굳은 게 인간들에게는 좁을 집 때문일지 모른다고 여겼다.

그러자 칼릭스가 괜찮다며 가볍게 웃어 보였다.

"집은 마음에 듭니다. 걱정하지 마십시오."

"그러시다면 다행입니다."

테이네르가 안도의 한숨을 내쉬었다. 하지만 칼릭스의 말은 아직 끝난 게 아니었다.

"대신 몇 가지 부탁드리고 싶은 게 있습니다."

"부탁……이요?"

"힘든 일은 아닙니다."

"일단 말씀해보십시오."

칼릭스의 요구사항은 대단할 게 없었다.

하나는 남동쪽 공터를 수련장으로 삼아 기사들을 훈련시키 겠다는 것, 다른 하나는 기사들의 숙소나 수련장에 엘프들이 접근하지 못하게 해달라는 것, 마지막으로 적정량의 트렌실 나무 열매를 꾸준히 구해달라는 것.

앞의 두 가지는 어렵지 않은 부탁이었다. 아니, 먼저 기사들 을 청한 입장에서는 당연히 들어줘야 할 사안이었다. 그러나 트렌실 나무의 열매를 왜 원하는지는 짐작이 가지 않았다.

"트렌실 나무 열매는 어디에 쓰시려는 것인지 물어봐도 되 겠습니까?"

테이네르가 조심스럽게 물었다.

"기사들에게 조금씩 먹일 생각입니다."

칼릭스가 숨김없이 말해주었다. 하지만 테이네르는 그 말을 곧이곧대로 믿지 않았다.

트렌실 나무는 다른 나무들에게까지 뿌리를 뻗어 양분을 흡수하는 이기적인 종이었다. 그 열매도 쓰고 독성이 있어 엘프들은 거들떠보지도 않았다.

그런 트렌실 나무 열매를 먹겠다는 건 솔직히 말이 되지 않았다. 그보다는 다른 용도로 사용할 가능성이 높았다.

그렇다고 자신들이 청해서 온 손님들에게 속사정까지 꼬치꼬치 캐물을 수는 없는 노릇이었다.

"알겠습니다."

테이네르가 떨떠름한 얼굴로 물러났다. 논의해야 할 이야기는 많았지만 일단은 인간들의 요구부터 들어주는 게 순서였다.

그날 저녁.

"말씀하신 열매입니다."

엘프 여인 하나가 큼지막한 열매 한 덩어리를 가져왔다.

"앞으로도 이 정도 크기면 좋겠습니다."

엘프가 보는 앞에서 칼릭스는 단검으로 열매 껍질을 갈라냈다. 그 안에는 새끼손톱만 한 속열매들이 수백여 개나 들어 있었다.

칼릭스는 즉시 메키슨을 불러들였다. 그에게 속열매 600개를 건네주며 말했다.

"저녁마다 기사들에게 이것을 먹여."

"이게 무엇입니까?"

"마나 축적에 도움이 되는 열매야."

"예에?"

순간 메키슨의 표정이 달라졌다. 대수롭지 않게 받아 들었던 속열매를 혹여 떨어뜨릴까 봐 바짝 몸을 굽히고 끌어안았다.

"물론 큰 도움은 되지 않을 거야. 그래도 마나를 쌓는 게 조금은 수월해지겠지. 참, 독성이 있어서 하루에 하나 이상 먹으면 밤이 닐 테니끼 괜한 욕심 부리지 마. 알았지?"

칼릭스는 대단한 효능을 바라지 말라고 충고했다. 그러나 메키슨은 전설 속에 나오는 영약이라도 되는 것처럼 눈시울을 글썽거렸다. 변변치 않은 자신들을 위해 이렇게 애써주는 칼릭스의 마음 씀씀이가 그저 고마울 따름이었다.

"대공자님, 조금만 기다려주십시오. 반드시 기대에 부응해 보이겠습니다."

몇 번이고 고개를 숙이던 메키슨이 속열매를 들고 기사들에게 달려갔다. 출출함을 참지 못하고 투덜대던 그들에게 불그스름한 속열매를 나눠주고 칼릭스의 말을 전했다.

"마, 마나요?"

"그게 정말이십니까?"

기사들이 잘못 들은 게 아닌가 싶어 몇 번이고 되물었다. 그때마다 메키슨은 대공자님의 은혜를 잊어서는 안 된다고 말했

다. 또한 이 사실을 누구에게도 발설해서는 안 된다고 덧붙였
다.

기사들은 즉시 자신의 처소로 돌아가 속열매를 삼켰다. 목
구멍을 타고 따끔한 느낌이 들자 즉시 마나 홀을 열고 마나 익
스핀을 시행했다.

라인하르트 공작가에서 기사들에게 가르쳐 준 마나 익스핀
은 마나 축적이 쉽지 않았다. 한때 마스터의 경지까지 이르렀
던 대기사가 사용하던 것이었지만 전승되는 과정에서 안타깝
게도 일부가 소실되어버렸다. 그 덕분에 마나를 축적하는 게
다른 마나 익스핀에 비해 몇 배나 오래 걸렸다.

하지만 오러의 효율성에서만큼은 일반적인 마나 익스핀을
앞섰다. 대륙의 주요 가문들에나 전해지는 특급 마나 익스핀
에 버금갈 정도였다.

실제로 라인하르트 공작가의 제1기사단의 실력은 왕실 근위
기사단과 비교해도 손색이 없었다. 마스터인 게오르 백작이
직접적으로 공작의 자리에 욕심내지 못하는 것도 제1기사단
을 완전히 압도할 만한 기사들을 양성하지 못했기 때문이라는
의견이 지배적이었다.

그런 상황에서 성취를 빠르게 올릴 수 있는 영약을 선물 받
았으니 기사들의 눈이 뒤집히는 것도 무리는 아니었다.

기사들은 잠자는 것조차 잊고 마나 익스핀을 운용했다. 미
약한 성취라도 보기 위해 최선을 다했다. 다들 라인하르트 공

작가의 정규 기사 자리를 노리던 인재들이었다. 성욕에 빠져 심력을 낭비하는 자는 아무도 없었다.

심지어는 파르판 남작과 메키슨까지 마나 익스핀에 빠져들었다. 활짝 열린 마나 홀 속에 엘프의 숲의 순수하고 정갈한 기운을 차곡차곡 채워 넣었다.

—칼릭스, 그거 정말이야?

밤늦게 찾아온 퓌도르가 궁금한 듯 물었다. 자신이 알지 못하는 것에 대한 정령들의 탐구 욕구는 끝이 없었다.

나른 때 같았으면 귀찮아했겠지만 칼릭스는 친절하게 퓌도르를 맞았다. 엘프의 숲에 들어온 이상 퓌도르의 도움이 더욱 필요했다.

"트렌실 나무가 어떻게 자라는지 알지?"

—물론이지, 못된 녀석이잖아.

"그렇다면 트렌실 나무의 열매가 이 정도까지 자라는 데 얼마나 걸릴 것 같아?"

칼릭스가 안이 텅 빈 트렌실 나무 열매의 껍질을 들어올렸다.

—글쎄, 한 5년 정도?

고개를 갸웃거리던 퓌도르가 자신 없는 목소리로 대답했다. 트렌실 나무에서는 늘 고약한 냄새가 나서 정령들도 크게 관심을 갖지 않았다.

"그 열 배야."

칼릭스가 웃으며 답을 말해주었다. 그것도 고대 문헌에 나온 내용일 뿐 실제로는 더 오랜 시간이 걸릴지도 모른다는 말도 덧붙였다.

"생각해봐. 다른 나무들의 양분까지 몽땅 흡수하는 녀석인데, 적어도 50년간 잘 키운 나무 열매 속에 얼마나 많은 양의 마나가 들어 있겠어?"

―그럼 정말 단숨에 마나가 늘어나는 거야?

"아니, 이것을 혼자 다 먹는다면 모를까 속열매 하나에 들어 있는 마나의 양은 그렇게까지 대단하진 않아."

―그럼 왜 먹이는 건데?

"먹게 되면 마나의 움직임을 활성화시키는 역할을 해주거든."

―마나의…… 움직임?

마나 익스핀을 통해 호흡하다 보면 자연스럽게 마나 홀에 마나가 쌓인다. 하지만 그 마나들이 시전자의 의지대로 움직여주는 것은 아니었다.

기사들은 오러 레벨에 들어서야만 마나를 감지할 수 있다. 그것을 체내에 쌓고 다스리기까지는 상당한 시간이 걸린다.

수련 기사들은 대부분 마나 활성화에 애를 먹는다. 특히나 라인하르트 공작가의 마나 익스핀으로 수련한 기사들은 그 현상이 더 심했다.

정적인 마나를 동적으로 바꾸기 위해서는 꽤나 오랫동안 마나 익스핀을 운용해야 했다. 외부 마나의 유입을 통해 자극하고 반발하게 만들어야 했다.

그렇게 활성화된 마나들도 수련 기사들은 체력과 집중력의 문제로 오랫동안 움직여보지 못한다. 그 점에 대해서는 제4기 사단의 정규 기사들도 큰 차이가 없었다. 이제 갓 정규 기사에 들어선 탓에 마나 활용 능력과 경험이 많이 부족한 것이다.

칼릭스의 경우 마나를 활성화시키는 데 영력을 이용한다. 둠을 여는 순간 강력한 흡입력이 생겨 마나 홀 속의 마나가 빨려 올라가는 것이다.

그러나 둠을 활용하지 못한 기사들에게는 요원한 일이었다. 운 좋게 둠이 활성화되더라도 특별한 소울 익스핀을 익히지 못할 경우 제대로 이용할 수 없었다.

그런 이유로 칼릭스는 트렌실 나무를 선택했다.

영력의 효과에 비할 바는 아니지만 트렌실 나무의 열매를 먹으면 몸 안의 마나가 순식간에 활성화된다. 오랜 세월 동안 응축된 열매의 마나들이 체내의 마나와 섞이며 강렬한 반발을 일으키는 것이다.

덕분에 기사들은 평소보다 훨씬 오랫동안 활성화된 마나를 운용할 수 있었다. 별것 아닌 변화일 수도 있지만 그 차이가 평생을 수련하고 정진해야 하는 기사들에게는 큰 도움이 될 것이다.

하지만 이것은 기사들에게나 이해할 수 있는 설명이었다.

정령인 퓌도르는 여전히 아리송한 표정이었다.

—그러니까 기사들이 엄청 강해진다는 건 맞는 거지?

퓌도르가 헷갈린 얼굴로 물었다. 그가 알고 싶은 건 명확한 답이었다. 자신만 알고 있었던 것처럼 다른 정령들에게 자신 있게 자랑하기만 하면 된다.

그러나 칼릭스도 확답을 해줄 수는 없었다. 기사들이 얼마나 노력하느냐에 따라 그 결과는 달라질 테니까.

"지켜봐. 기사들이 어떻게 달라지는지."

과연 어떤 답이 나올 것인가.

칼릭스의 입가를 타고 얄궂은 웃음이 번져 나갔다.

제10장
수련이 필요해

1

“합!”

“하압!”

이른 아침부터 기사들의 기합 소리가 숲을 소란스럽게 만들었다.

“살살 해. 그러다 엘프들 다 깨우겠어.”

소리를 듣고 수련장에 찾아온 칼릭스가 살짝 눈가를 찌푸렸다. 하지만 그의 표정만큼은 더없이 밝았다. 제4기사단 전원이 한 사람의 낙오자도 없이 열정적으로 아침 수련을 한다는 사실이 내심 흐뭇하기만 했다.

“오셨습니까, 대공자님.”

칼릭스를 발견한 파르판 남작이 냉큼 뛰어왔다. 훈련 때문에 마지못해 자리를 지키는 기사들의 시선도 자연스럽게 칼릭스에게 향했다.

차마 말하진 못했지만 기사들은 밤새도록 느꼈던 강렬함을 칼릭스에게 전해주고 싶었다. 가슴을 꽉꽉 채운 고마운 마음을 보여주고 싶었다.

그러나 칼릭스는 공치사나 하려고 훈련장에 나온 게 아니었다. 그랬다면 기사들을 줄 세우고 직접 트렌실 나무의 속열매를 나누어주었을 것이다.

"왜 다들 멈춘 거야? 어서 훈련들 해. 이러다 또 근신 처분 받으면 책임질 거야?"

칼릭스가 피식 웃으며 손사래를 쳤다. 솔직히 말해 버려진 나무 열매로 인해 성취를 얻는다면 모두 기사들의 노력 덕분이다. 자신에게 감사할 것까지는 없었다.

하지만 트렌실 나무 열매를 영약이라고 철석같이 믿고 있는 기사들의 입장은 달랐다.

"대공자님 말씀 못 들었어? 다시 검을 휘둘러! 어서!"

메키슨이 파르판 남작을 대신해 기사들의 훈련을 지휘했다. 그러자 기사들도 다시 절도 있게 검을 휘둘렀다.

"합! 합!"

"하압! 하압!"

기사들의 기합 소리가 더욱 높아졌다. 허공을 가르는 검 끝이 더욱 날카롭게 움직였다.

"다들 힘이 나나 봅니다."

파르판 남작이 크게 웃으며 말했다. 얼마 전까지만 해도 공작가에서 배척받던 제4기사단이 다시 활기를 되찾았다는 사실이 그저 기쁘기만 했다.

그러나 아직 들뜨기에는 일렀다. 칼릭스의 눈에는 이제 겨우 제자리를 찾아가는 것처럼 보였다.

제4기사단에게 좀 더 기대를 하기 위해서는 지금보다 훨씬 강해져야 했다. 그 전에 먼지 단장인 파르판 남작부터 정신을 바짝 차려야 했다.

"참, 남작."

"예, 공자님."

"요새 기분은 어때?"

"……예?"

예상치 못한 칼릭스의 물음에 파르판 남작이 눈을 깜빡였다. 갑작스럽게 기분이라니. 무엇을 물어보려는 것인지 도무지 알 수가 없었다.

"뭘 복잡하게 생각해? 기분이 어떠냐니까."

칼릭스가 답답하다는 듯 미간을 찌푸렸다.

"아, 예. 그러니까…… 크게 나쁘진 않은 것 같습니다."

파르판 남작이 칼릭스만큼이나 두루뭉술한 대답을 했다. 설명하기 복잡한 근래를 놓고 봤을 때는 가장 정확한 대답이기도 했다.

"꿈은 잘 꾸고?"

잠시 고개를 끄덕이던 칼릭스가 다른 질문을 던졌다.

"예?"

"꿈 말이야, 꿈. 잠 잘 때 꿈을 꾸냔 말이야."

"아, 예. 그러고 보면 요새 들어서 검을 휘두르는 꿈을 자주 꿉니다."

파르판 남작이 멋쩍은 듯 웃었다.

"그렇단 말이지?"

칼릭스가 이번에도 고개를 끄덕거렸다.

파르판 남작의 말을 종합해봤을 때 '첫 번째 포션'의 힘이 제대로 자리를 잡은 것 같았다. 둠이 활성화되었다면 좀 더 빠르게 각성했겠지만 그렇지 못한 탓에 조금씩 변화가 느껴지는 것이다.

그것은 파르판 남작을 위해서도 나쁘지 않은 상황이었다. 감당할 수 없는 힘에 끌려다니다 보면 종국에는 절제력을 잃고 만다. 차라리 모든 힘을 흡수하지 못한다 하더라도 체계적으로 자신의 것으로 만드는 편이 나았다.

문제는 파르판 남작이 칼릭스가 전해준 포션의 힘을 어떻게 받아들이는가 하는 점이다.

파르판 남작의 성격으로 봤을 때 의심하면서도 직접적으로 체득하려 하지는 않을 것이다. 어렵게 용기를 내더라도 혹시나 하는 불안감에 다시 주저앉아 버릴 것이다.

칼릭스가 걱정하는 것도 바로 그 점이었다. 강해지는 길을 제시하는데 따라오지 못한다면 애써 준비한 첫 번째 포션은 쓸모가 없어지고 말 것이다.

"남작, 지금부터 내가 하는 이야기 잘 들어."

칼릭스는 파르판 남작을 바짝 끌어당겼다. 파르판 남작도 자연스럽게 고개를 숙이고 귀를 가져다 댔다.

그때부터 둘만 아는 비밀스러운 이야기들이 시작되었다.

"가끔 미릿속에 새로운 마나 익스퍼이 떠오를지도 몰라. 새로운 방식의 수련법이 생각날지도 모르고."

"……!"

"꿈에 나온 검술이 잊혀 지지 않을 수도 있어. 남작은 선친에게서 따로 마나 익스핀을 전수받았다지? 어쩌면 그 마나 익스핀의 부족했던 뭔가가 채워질 수도 있다는 느낌이 들지도 몰라."

"그, 그것을 어떻게……!"

"쉿, 어쨌든 내 말 잘 들어. 내가 어떻게 알았는지는 언제고 알게 될 거야. 지금은 머릿속에 빙빙 도는 깨달음들을 자신의 것으로 만드는 게 중요하다고."

"……?"

파르판 남작의 표정이 복잡하게 변했다. 자신의 말 못 할 고민을 꿰뚫어 보고 흔들리는 마음의 갈 길까지 잡아주다니. 정말 자신이 알고 있는 대공자가 맞나 싶을 정도였다.

파르판 남작의 의문에 찬 시선 앞에서도 칼릭스는 얼굴색 하나 바뀌지 않았다. 자신의 비밀을 온전히 털어놓지 못하는 이상 파르판 남작을 속 시원히 납득시킬 수 있는 방법은 없었다. 아니, 그렇다 하더라도 자신을 믿어줄지는 미지수였다.

또한 파르판 남작이 자신을 믿고 따라주기를 기다릴 수도 없었다.

이미 첫 번째 포션의 힘은 파르판 남작에게 주어졌다. 파르판 남작이 제대로 된 성장을 이루도록 돕는 게 주인 된 자의 몫이었다.

"평생 내 곁을 지키겠다는 게 진심이라면 내 말을 믿고 따라줘. 결코 후회할 일은 생기지 않을 테니까."

칼릭스가 흔들리는 파르판 남작의 마음을 움켜잡았다. 다른 곳으로 새지 않도록 단단히 주의를 주었다.

"아, 알겠습니다."

잠시 망설이던 파르판 남작이 이내 고개를 끄덕거렸다.

기사의 맹세는 목숨과 같은 것. 어리지만 주인의 명을 따르는 게 기사 된 자의 도리였다.

"아, 그리고 기사들의 훈련을 봐주면서 특성에 맞는 기술 같은 것도 가르쳐봐."

파르판 남작의 신념을 확인한 칼릭스가 화제를 돌렸다. 그는 고작 파르판 남작 하나를 성장시키기 위해서 첫 번째 포션을 사용한 게 아니었다.

"제, 제가요?"

"억지로 머리를 싸매라는 게 아냐. 기사들의 훈련 모습을 보다 보면 무엇이 부족한지, 아쉬운지 보이게 될 거야. 그때 머뭇거리지 말고 조언을 해주라는 말이지."

파르판 남작의 시선이 슬그머니 기사들에게 향했다. 칼릭스의 말처럼 기사들이 검을 휘두르는 모습을 보고 있자면 왠지 모를 답답함이 느껴졌다.

하지만 칼릭스의 말치럼 자신이 나서서 조언해줄 수 있는 처지가 아니었다.

파르판 남작이 제4기사단이 된 것은 선친의 공과 젊은 시절의 재능 덕분이었다. 그 재능이란 것도 선친으로부터 마나 축적이 좀 더 쉬웠던 마나 익스핀을 익힌 게 전부였다. 지금은 마스터는커녕 블레이드 나이트조차 아득한 그저 그런 기사에 불과했다.

'내 주제에 무슨.'

파르판 남작의 입가를 타고 쓴웃음이 번졌다. 따지고 보면 자신과 정규 기사들의 수준은 엇비슷했다. 남작이라는 작위마저 없었다면 단장의 대접조차 받지 못했을 것이다.

하물며 블레이드 나이트의 경지에도 오르지 못한 자신이 기사들을 가르친다면 남들이 비웃을 게 틀림없었다.

파르판 남작이 이내 고개를 돌려버렸다. 칼릭스의 명이라고는 하지만 이번 일은 능력 밖이었다.

바로 그때 칼릭스의 목소리가 귓가를 파고들었다.

"안 될지도 모른다는 생각에 머뭇거리면 평생 제자리걸음이야. 그건 비겁한 놈들의 사고방식이라고. 사내라면 되든 안 되든 해봐야지. 안 그래?"

"큭……!"

순간 파르판 남작이 주먹을 질끈 움켜쥐었다. 비겁한 놈이란 한마디가 그의 자존심을 깊이 긁어놓았다.

2

수련장에서 몸을 돌린 칼릭스는 곧장 처소로 돌아왔다. 그를 장로 테이네르가 초조한 얼굴로 기다리고 있었다.

"이른 아침부터 어딜 다녀오십니까?"

테이네르가 칼릭스를 붙잡고 물었다.

"기사들이 훈련하는 것을 보고 왔습니다."

칼릭스가 대수롭지 않은 얼굴로 대답했다.

하지만 테이네르는 쉽게 의심을 거두지 않았다.

"혹시 칼릭스 님께 접근해오는 에르더는 없었습니까?"

"없었습니다."

"정말입니까?"

"그렇습니다."

테이네르는 칼릭스에게 몇 번이고 확인하고서야 안도하듯 가슴을 쓸어내렸다.

"무슨 일이 있습니까?"

칼릭스가 의아한 얼굴로 물었다. 그러자 테이네르가 재빨리 고개를 흔들었다.

"아닙니다, 아무 일도 없었습니다. 다만 지난 결정에 불만을 품고 칼릭스 님을 귀찮게 하는 장로들이 있을까 봐 걱정이 되어 한 말입니다. 신경 쓰지 마십시오."

테이네르의 입가를 타고 어색한 웃음이 번졌다. 그의 표정도 처음 만났던 그때처럼 서글서글하게 변해 있었다.

"알겠습니다."

칼릭스도 이내 가볍게 웃어넘겼다. 여러모로 수상한 구석이 많았지만 굳이 테이네르에게 확인하려 할 필요는 없었다. 아니, 좀 더 확실한 상황을 파악하기 위해서라도 테이네르와는 적당히 거리를 두는 편이 나았다.

"그런데 무슨 일로 찾아오셨습니까?"

칼릭스가 자연스럽게 화제를 바꿨다.

"하인 에르더께서 움직이실 때를 궁금해하고 계십니다."

잠시 주변을 살피던 테이네르가 은근한 목소리를 냈다. 마치 남이 들어서는 안 된다는 것처럼 신중함을 보였다.

"움직일…… 때요?"

칼릭스가 의아한 눈으로 테이네르를 바라보았다.

제4기사단이 엘프의 숲에 도착한 지 고작 하루가 지났다. 숲에 적응하기는커녕 여독을 풀기에도 부족한 시간이었다. 하루 만에 움직인다는 것은 솔직히 무리한 요구였다.

정작 테이네르의 눈빛도 토레 사냥을 언급하는 것 같지는 않았다. 그렇다면 이른 아침부터 자신을 조용히 찾아올 필요도 없었다.

'역시, 기사단을 요청한 게 토레 때문만은 아니란 말이로군.'

칼릭스의 눈빛이 한결 날카로워졌다. 주어진 정보만 놓고 본다면 죽은 카일과 대장로 사이에 모종의 거래가 있었을 가능성이 높아 보였다.

아니나 다를까.

"설마…… 카일 님께 아무 말도 듣지 못하셨습니까?"

칼릭스의 눈빛을 읽은 테이네르의 입에서 다급성이 터져 나왔다. 칼릭스를 카일의 대리인쯤으로 이해했던 것일까. 그의 얼굴이 당혹스럽게 변했다.

하지만 그것은 대장로를 추종하는 엘프들의 입장일 뿐이다. 어떤 상황인지도 모르고 카일의 약속을 그대로 이행할 만큼 인간이란 종족은 순진하지 않았다.

"형님의 죽음에 대해 들으셨습니까?"

"들었습니다."

“제가 기사들과 함께 온 이유는 형님의 복수를 하기 위해서
입니다.”

칼릭스가 냉정한 목소리로 선을 그었다. 죽은 카일과 엘프
들이 어찌 지냈는지는 솔직히 알 바 아니었다. 확실한 진실을
알고 나서 움직여도 늦지 않았다.

“하지만…… 카일 님께서는 저희를 도와주시겠다고 약속을
해주셨습니다.”

다급해진 테이네르가 카일과의 약속을 걸고 넘어졌다. 카일
이 엘프들의 친구였음을 강조했다.

그러나 칼릭스는 꿈쩍도 하지 않았다.

“형님과 무슨 말씀을 나누셨는지 모르겠지만 형님은 형님이
고 저는 저입니다. 그리고 제가 원하는 것은 엘프들과 새로운
평화 협정을 맺는 것뿐입니다.”

오히려 더욱 매정한 말로 테이네르를 몰아붙였다.

어떤 일을 판가름하는 데 가장 중요한 것이 바로 명분이다.
일이 앞으로 어떻게 진행되든 간에 라인하르트 공작가를 떠나
올 때의 목적이 달라져서는 안 되는 것이다.

“어쨌든 나서려면 조금 더 준비해야 할 것 같습니다.”

칼릭스가 단호하게 입장을 정리했다. 그를 복잡한 시선으로
바라보던 테이네르가 마지못해 걸음을 되돌렸다.

3

엘프 여인이 가져다준 빵과 과일로 끼니를 때운 뒤 칼릭스는 퓌도르가 찾아놓았던 바람이 모이는 장소로 향했다. 기사들이 훈련하는 공터에서 멀지 않은 곳에 위치한 덕분에 불필요한 오해는 일어나지 않았다.

"저기가 좋겠군."

칼릭스가 적당한 곳을 찾아 걸음을 옮겼다. 그 순간,

후아아앙.

요란한 바람 소리가 나더니 퓌도르가 모습을 드러냈다.

―칼릭스! 칼릭스!

퓌도르가 호들갑을 떨며 칼릭스의 주변을 빙빙 맴돌았다. 다행히 수많은 바람들이 모여드는 공간이다 보니 퓌도르의 행동은 크게 눈에 띄지 않았다.

"알아보라는 것은 알아봤어?"

칼릭스가 공터 중앙, 우뚝 선 나무 둥치 밑에 엉덩이를 붙이며 물었다.

―당연하지!

퓌도르가 기다렸다는 듯이 이야기를 풀어냈다.

현재 엘프들은 큰 변화를 앞두고 있었다. 100년이 넘도록 부재중이었던 지도자(하인 로야드)를 세울 때가 가까워진 것이다.

바람의 숲에 터전을 잡은 엘프들은 본디 알케인 산맥 깊숙한 곳에 살고 있었다. 그러나 120여 년 전 오크들의 침공으로 인해 전 지도자가 죽고 터전까지 빼앗기는 비극을 겪게 되었다.

이후 20년간 엘프들은 잃어버린 터전을 되찾기 위해 노력했다. 하지만 강력한 왕이 지배하는 오크의 힘은 강했다. 그 과정에서 일곱 명의 하이 엘프(로야드)와 3만이 넘는 엘프 전사들만 애꿎게 희생되었다.

더 이상은 희망이 없다고 판단한 전대 대장로는 어린 하이 엘프들과 일족들을 보호하기 위해 바람의 숲으로 터전을 옮겼다. 이후 100년간 엘프 일족은 대장로와 의결권을 지닌 고위 장로들에 의해 다스려졌다.

하지만 어렸던 하이 엘프들이 성년을 앞두면서 엘프들 사이에서도 지도자를 세워야 한다는 목소리가 높아졌다. 잃어버린 터전을 수복하기 위해서라도 전사들을 이끌고 나가 싸워줄 지도자가 필요했다.

문제는 지도자가 될 후보가 넷이나 된다는 점이다.

일반적으로 엘프들은 여성이 지도자가 되는 경우가 많았다. 때문에 인간들의 역사에도 엘프 여왕이란 기록들이 고유 명사처럼 남아 있었다. 엘프들의 신으로 불리는 라아가 여성이라는 점이 가장 큰 이유였다. 여성이 남성에 비해 정령술에 능하다는 점도 이점으로 작용했다.

네 명의 하이 엘프들 중 셋이 여성이었다. 세대교체 시기를 제외하고는 남성이 지도자가 된 경우가 거의 없다는 점을 봤을 때 지도자는 세 명의 여성 하이 엘프 중 한 사람이 될 가능성이 높았다.

만일 전대 지도자가 살아 있었다면 셋 중 가장 자질이 뛰어나고 성품이 바른 하이 엘프를 후계자로 삼았을 것이다. 그 뜻에 모든 엘프들은 군말 없이 따랐을 것이다.

하지만 무려 100년간 지도자 없이 생활해온 지금은 장로들이 의견을 조율해 지도자를 세울 수밖에 없었다.

"그러니까 자신이 지지하는 하이 엘프를 여왕으로 세우기 위해 서로 대립한단 말이지?"

—응, 세이하라를 지지하는 하인 에르더의 세력이 가장 크긴 하지만 다른 로야드들도 만만치 않은 것 같아.

거의 비슷한 시기에 성년이 된 만큼 하이 엘프들 간의 나이 서열은 의미가 없었다. 결국은 실력과 성품인데 여기서 장로들의 의견이 갈렸다.

7년 전 성년을 맞이한 세이하라는 마음이 고왔다. 평소에도 하이 엘프로서 가장 모범적인 모습만 보여왔다. 덕분에 일족들 사이에서 가장 지지자가 많았지만 애석하게도 실력이 떨어졌다. 하이 엘프인데도 불구하고 아직 고위 정령밖에 소환해

내질 못했다.

반면 뒤늦게 성년이 된 베르나다와 다이니엘은 벌써부터 땅과 불의 대정령을 부려 장로들을 놀라게 만들었다. 그러나 각기 성격이 표독스럽고 고집이 세다는 점이 단점으로 지적되었다.

대장로와 그를 따르는 장로들은 세이하라를 등에 업어 기존의 질서를 이어갈 생각을 가지고 있었다. 세이하라의 능력이 부족한 만큼 자신들의 발언권을 유지할 수 있다고 판단한 것이다.

반면 옛 터전의 회복을 주장하는 강경파 장로들은 베르나다와 다이니엘을 옹호했다. 의결권을 지닌 고위 장로들의 지지는 적었지만 전사들 상당수가 둘을 따르고 있었다.

단순히 세력만 놓고 본다면 대장로와 고위 장로 상당수가 뒤를 받쳐주는 세이하라가 가장 유력한 후보였다. 베르나다와 다이니엘을 밀어주는 고위 장로는 다 합쳐봐야 고작 20명에 지나지 않았다.

그러나 최근 돌아가는 분위기로 봤을 때 지도자 선출이 평화적인 방법으로 진행되지는 않을 것 같았다. 그 이면에는 잠자코 힘을 키우던 하이 엘프 라피엘이 있었다.

남성이라는 이유로 차별받긴 했지만 라피엘도 지도자가 되기에 부족함이 없었다. 수려한 외모와 힘 있는 언변 덕분에 일족 내에서도 인기가 상당했다. 게다가 검술은 물론 마법과 정령술까지 두루 익히고 있었다.

엘프들 사이에서도 차기 총사령관(하인 제노드)은 라피엘이

될 것이라는 소문이 자자했다. 그러나 정작 라피엘은 총사령
관 그 이상을 노리는 것 같았다.

"라피엘이 베르나다와 손을 잡았단 말야?"

─그렇다는 소문을 들었어.

"페럴 로야드라도 노리는 모양인가?"

─페럴 로야드?

"하인 로야드의 짝을 부르는 말이야."

─우아! 넌 인간인데 어떻게 그런 걸 다 알아?

"어쨌든, 라피엘 쪽을 좀 더 살펴봐. 들키지 않게 조심하
고."

칼릭스는 라피엘의 동향이 미심쩍었다. 어쩌면 그가 바르퀴
스의 배후에 있는 존재일지 모른다는 의심이 들었다.

─알았어. 그런데 또 언제 올 거야?

"별일이 없는 이상 항상 이 시간에 올 거야. 앞으로 여기서
수련을 할 생각이거든."

─수련? 무슨 수련?

"그건 다음에 알려줄 테니까 이만 가봐."

─쳇, 아무튼 못됐다니까.

볼멘 목소리로 한참을 투덜거리던 퓌도르가 바람과 함께 사
라졌다.

4

퓌도르를 보낸 뒤 칼릭스는 천천히 숨을 골랐다. 생각 이상으로 복잡한 엘프 내부 문제가 신경 쓰였지만 지금은 일단 수련에 집중할 때였다.

칼릭스가 라인하르트 공작가를 벗어나 이곳 엘프의 터전까지 온 것은 단지 카일의 복수 때문만은 아니었다. 그것이 표면적인 이유이긴 하지만 토레를 주인다고 해서 진정한 의미의 복수가 실현되는 것은 아니었다.

어찌 본다면 토레는 핑계에 지나지 않았다. 그보다는 게오르 백작과 엘프와의 관계를 파악하는 게 더 중요했다. 장기적인 관점에서 엘프들이 그에게 협력할 가치가 있는지 두 눈으로 확인할 필요도 있었다.

그뿐만이 아니다. 라인하르트 공작의 도움 없이도 게오르 백작과 맞설 수 있는 힘도 필요했다.

파르판 남작에게 첫 번째 포션을 먹인 것과 버림받은 제4기사단을 거둬들인 것으로 첫 번째 단추는 꿰어졌다. 그들이 원하는 대로만 성장해준다면 게오르 백작과의 싸움은 물론, 추후에 대륙으로 진출하는 데 큰 도움이 될 수 있을 것이다.

이제는 자신의 차례였다. 바람의 숲을 나서기 전까지 세 번째 둠을 완성하고 필요한 전생의 힘들을 자신의 것으로 만들어야 했다.

라인하르트 공작가에서는 홀로 수련하는 데 제약이 많았다. 게오르 백작이 언제 어떻게 손을 쓸지 모르기 때문에 칼릭스의 곁에는 항상 정규 기사들이 따라다녔다.

그러나 지금은 달랐다. 라인하르트 공작가에서처럼 눈치를 볼 필요가 없었다.

파르판 남작은 하루에 네 차례 제4기사단을 훈련시키겠다고 했다. 칼릭스도 그 틈을 이용해 가급적 개인 수련에 몰두할 생각이었다.

일단 성장을 위한 선행과제는 세르 둠을 여는 것이다. 세르 둠을 확보해야 근력강화술을 시작할 수 있다.

라인하르트 공작가를 나설 무렵부터 세르 둠의 입구는 반쯤 열려 있었다. 둠을 여는 과정에서 벌어지는 영력 방출이 신경 쓰여서 마저 열지 못하고 꾹 참고 있었지만 더 이상은 기다릴 필요가 없었다.

마음을 진정시킨 칼릭스가 재빨리 둠을 열고 마나 홀을 비틀었다.

후아앗!

마나 홀을 비집고 나온 순수한 마나가 그대로 둠 속으로 빨려 올라갔다.

파스 둠! 사키 둠!

완벽하게 장악한 두 개의 둠을 타고 오르던 마나가 세르 둠의 입구에 강하게 부딪쳤다.

콰아앙!

거대한 충돌음이 머릿속을 강하게 울렸다.

영력을 머금고 고꾸라진 마나가 마나 홀 속으로 들어갔다. 칼릭스는 그것을 다시 끄집어내 둠으로 빨려 올렸다.

파스 둠! 사키 둠! 그리고 세르 둠!

세르 둠의 열린 틈을 비집고 들어가려던 마나가 짜증을 내며 곤두박질쳤다.

"후우."

칼릭스는 천천히 숨을 골랐다.

조바심을 낼 필요는 없었다. 마나와 충돌할 때마다 세르 둠의 벽은 약해지고 있었다. 계속 두드리다 보면 결국 열릴 수밖에 없었다.

콰직!

열세 번째 충돌과 함께 입구 전체에 균열이 가기 시작했다.

다시 열네 번째! 열다섯 번째!

연거푸 마나로 두드리자 세르 둠의 입구가 버티지 못하고 무너져 내렸다.

후아아앗!

파스 둠과 사키 둠을 지난 마나가 순식간에 세르 둠 속으로 빨려 들어갔다. 사키 둠과는 비교조차 할 수 없을 만큼 넓은 공간을 휘돌던 마나가 강력한 영력을 머금고 마나 홀을 가득 채웠다.

　그와 동시에 칼릭스는 마나 홀 속에 잠자고 있던 또 다른 힘을 깨웠다.

　파앗!

　영력과 접촉한 갈색의 마나가 산산이 부서졌다.

　오직 야수족들에게만 전해진다는 근력강화의 술!

　그 강렬한 힘이 어린 인간의 온몸 구석구석으로 퍼져 나갔다.

제11장
하이 엘프 세이히리

1

"인간들은 어떻게 지내고 있습니까?"

"후우, 여전합니다."

"계속 수련만 하고 있다는 말입니까?"

"그렇습니다, 하인 에르더."

"흐음……."

대장로 아히나스의 입가를 타고 무거운 한숨이 흘러나왔다.

칼릭스와 제4기사단이 엘프의 숲에 머무른 지도 벌써 두 달이 지났다. 그러나 지금까지도 준비가 덜 끝났다는 이유로 수련에만 열중하고 있었다.

"다른 쪽 장로들의 반응은 어떻습니까?"

“아직까지는 조용한 편입니다.”

“하기야 그들은 인간들이 하인 로야드 선출에 관여하지 않길 바라겠지요.”

“하지만 정작 그들은 이미 외부에서 단단한 갑옷과 날카로운 무기들을 구했다고 합니다. 만에 하나 힘 싸움이 된다면 우리 쪽이 많이 불리해집니다.”

장로 테이네르가 우려를 드러냈다. 엘프들보다 앞선 금속 제련술을 갖춘 인간들이 만든 무기는 살상력이 무척이나 높다. 금속을 대충 두드리다 만 몬스터들의 무기와는 차원이 달랐다.

“흐음…….”

아히나스가 다시 한숨을 내쉬었다. 이럴 줄 알았으면 처음부터 인간들을 끌어들이지 않는 편이 나았다. 카일과의 약속만을 믿고 무작정 받아들인 덕분에 다른 세력들을 자극하는 꼴만 되고 말았다.

그렇다고 이제 와 인간들을 내보낼 수도 없었다. 그나마 완전 무장한 인간들이 머물고 있기 때문에 다른 세력들도 섣불리 움직이지 않는 것이다.

하지만 이 균형이 언제까지 유지될지는 누구도 장담하기 어려웠다.

“하인 에르더, 이대로는 어렵습니다.”

테이네르가 재차 우려의 목소리를 냈다. 더 이상 상황을 관

망해봤자 나아질 건 없을 것 같았다.

"그럼 어찌하면 좋겠습니까?"

아히나스가 어렵게 입을 뗐다.

"일단 칼릭스 님이 원하는 것을 들어주는 게 좋겠습니다."

테이네르가 조심스럽게 대안을 내놓았다.

"원하는 것이라니요?"

"카일 님의 복수와 평화 협상을 원한다고 했습니다."

"복수는 그렇다 쳐도 다시 평화 협상을 할 수는 없습니다. 다른 징로들이 가만있지 않을 것입니다."

아히나스가 난색을 표했다. 2년 전 자신이 일족의 대표로서 카일과의 평화 협상을 체결할 수 있었던 것은 성년이 된 하이 엘프가 세이하라와 라피엘뿐이었기 때문이다. 하지만 이제는 불가능한 일이었다. 올해 초 베르나다와 다이니엘마저 성년 의식을 치르면서 대장로로서의 권한도 많이 약화되어 있었다.

그 사실을 테이네르도 모르지는 않았다. 그러나 아예 방법이 없는 것은 아니었다.

"세이하라 님께 부탁을 드리면 어떨까요?"

"세이하라 님께요?"

"다른 일도 아니고 엘프와 인간들의 공존을 위한 평화 협약이라면 세이하라 님도 도와주실 것입니다."

"흐음, 그러고 보면 세이하라 님이 예전에 카일 님과 자주 어울리곤 하셨지요."

　지도자 선출을 앞둔 시점에서 엘프를 대표할 수 있는 것은 네 명의 하이 엘프들뿐이었다. 능력은 부족하지만 일족을 사랑하는 마음만큼은 누구보다 큰 세이하라라면 평화 협상을 체결할 자격이 충분했다.

　만에 하나 세이하라와 손을 잡는다면 인간들도 평화 협상을 위해서라도 그녀를 지도자의 자리에 앉히려 할 것이다. 600명의 기사들이 유혈사태를 막아준다고 가정했을 때 세이하라가 지도자가 되는 것은 결코 어려운 일이 아니었다.

　"그렇게 하십시오."

　아히나스가 이내 결단을 내렸다. 자신들에 대해 탐탁지 않게 생각하는 세이하라도 이번만큼은 도움을 줄 것이라 여겼다.

　다행히도 그의 예상은 틀리지 않았다.

　"일족을 위한 일이라면…… 알겠어요."

　인간들이 숲 안으로 들어온 이후 처소에서 한 발자국도 나가지 않았던 하이 엘프 세이하라가 칼릭스를 만나기 위해 직접 움직였다.

2

　"세이하라라고 해요. 잠깐 들어가도 될까요?"

칼릭스의 좁은 나무집 안으로 여인의 목소리가 스며들었다.

"어서 오십시오, 로야드."

날이 어두워지기 전에 검을 휘둘러보려 했던 칼릭스가 가만히 무기를 내려놓았다. 그 사이 파란색 머리카락이 너무나 잘 어울리는 아름다운 엘프 여인이 방 안으로 들어섰다.

"칼릭스라고 합니다."

세이하라의 시선을 받은 칼릭스가 가볍게 고개를 숙였다. 그의 표정은 더없이 차분했다. 하지만 속으로는 다짜고짜 하이 엘프를 보낸 대징로의 치사가 마음에 들지 않았다.

"제가 찾아와서 화가 나셨나 보군요."

세이하라가 가볍게 웃음을 보였다. 하이 엘프들에게만 존재한다는 진실의 눈이 표정 너머에 가려진 칼릭스의 감정을 읽어낸 것이다.

"솔직히 말씀드리자면 하인 에르더께서 직접 오실 줄 알았습니다."

칼릭스가 마지못해 수긍했다. 크게 내색하지 않았지만 진실의 눈을 가진 하이 엘프와 마주한다는 것 자체가 상당한 부담으로 작용했다.

협상이란 본디 자신의 속내를 적당히 감추고 속이며 시작하는 게 일반적이다. 물론 상대의 말이 진실인지 거짓인지 허풍인지 판별해내는 것도 협상의 능력 중 하나이지만 진실의 눈은 이야기가 다르다.

"제 능력이 신경 쓰이시나요?"

세이하라가 칼릭스의 경계심을 읽었다.

"인간들은 엘프처럼 선한 존재가 아닙니다. 설사 선한 인간이 있다 하더라도 상대적일 뿐입니다. 태어날 때부터 선한 엘프들과는 다르지요."

칼릭스는 진실의 눈을 통한 판단에 우려를 제기했다.

진실의 눈을 가지고 있다고 해서 정말로 진실과 거짓을 볼 수 있는 게 아니다. 상대의 표정 뒤에 숨겨진 감정 변화를 통해 훨씬 더 높은 확률로 진실을 판단하는 것이다.

인간들은 엘프들에 비해 탁한 감정을 가지고 있다. 칼릭스처럼 야심이 클수록 감정은 더욱 혼탁해진다. 그것을 있는 그대로 받아들인다면 칼릭스는 악으로 느껴질 수밖에 없었다.

그러나 다행히도 세이하라는 칼릭스에 대해 선입견을 갖지 않았다.

"엘프들도 모두 선한 것은 아니에요. 그리고 전 카일과도 친하게 지냈답니다."

세이하라가 인간들을 대한 것은 이번이 처음이 아니다. 4년 전 숲에 들어온 카일과는 2년 가까이 친구로 지냈다. 그를 통해 인간들에 대한 편견을 어느 정도 깨트린 뒤였다.

"그렇다면 다행입니다."

카일의 이야기가 나오자 칼릭스의 표정이 살짝 풀어졌다. 하지만 그뿐이다. 그의 감정은 여전히 날이 서 있었다.

"저를 믿지 못하시나요?"

세이하라의 얼굴에 서운한 빛이 보였다. 하이 엘프의 말이 진실로 통하는 엘프 사회에서 칼릭스가 보인 경계는 솔직히 당혹스럽기까지 했다.

"인간은 누구나 쉽게 믿지 않습니다."

칼릭스는 종의 차이를 들어 변명했다. 그러면서도 가급적이면 일관된 감정을 보이려 노력했다.

"카일과는 많이 다르네요."

세이하라가 불만스러운 듯 실찍 입술을 내밀었다. 그녀의 선천적인 선함이 칼릭스를 두르고 있는 감정의 틈 사이를 비집으려 했다.

하지만 칼릭스는 쉽게 당하지 않았다.

"형님은 형님이고 저는 저입니다."

그는 더 이상의 비교는 원치 않는다는 뜻을 단호하게 밝히며 세이하라를 밀어냈다.

"좋아요. 그럼 용건부터 이야기해요. 그 전에 몇 가지 확인할 게 있어요."

칼릭스가 카일과는 다르다는 사실을 인지한 세이하라가 비로소 협상 의지를 드러냈다.

"말씀하십시오."

칼릭스의 태도도 진지해졌다. 상대가 하이 엘프인 만큼 정신을 바짝 차려야 했다.

"카일은 이미 아히나스 님과 평화 협약을 맺은 것으로 알고 있어요. 그것이 잘못되었나요?"

"형님은 숲에서 나오시기 전에 토레의 습격을 받아 죽었습니다."

"카일이 죽었다는 건 들었어요. 그런데 정말 토레의 습격을 받았나요?"

"그렇습니다."

"그럼 협약이 공작께 전달되지 않은 것인가요?"

"그렇습니다. 제가 숲으로 온 이유도 그것 때문입니다."

"하아, 그래요."

세이하라의 표정이 살짝 어두워졌다. 자신을 위해, 엘프를 위해 도움을 주겠다던 카일의 약속이 이루어지지 못했다는 사실이 내심 가슴 아팠다.

그러나 더 이상은 카일에게 기댈 수 없었다. 협상의 대상은 이제 카일이 아니었다.

"엘프들과 평화를 원하는 것은 공작의 뜻인가요?"

세이하라가 다시 입을 열었다.

"아버님의 뜻이기도 하고 제 의지이기도 합니다."

칼릭스는 타의에 의해 엘프의 숲에 들어온 게 아님을 밝혔다.

"카일은 오크들과 인간들의 욕심으로부터 위협받는 엘프들을 돕겠다고 했어요. 칼릭스 님도 같은 생각인가요?"

세이하라는 좀 더 마음속의 말을 끄집어냈다. 카일처럼 엘프들을 도와주겠느냐고 물었다.

그러자 칼릭스가 슬쩍 입가를 비틀었다.

"그것은 동등한 의미의 평화 협약이 아닙니다. 엘프들만 편한 일방적인 것이지요."

"일방적인…… 것이라니요?"

"그럼 묻겠습니다. 엘프들은 스스로를 인간들의 보호를 받아야 하는 약한 존재라고 생각하는 것입니까?"

칼릭스의 날카로운 질문에 세이하라는 말문이 막혔다. 솔직히 말해 엘프들 중 누구도 인간들의 보호를 받아야 한다고 생각하지 않았다. 그러나 현실적으로 봤을 때 인간들의 영향력을 무시할 수는 없었다.

"엘프들의 삶을 혼란스럽게 만든 것은 인간들이었어요."

세이하라가 힘겹게 반박했다.

"인정합니다. 하지만 터전에서 쫓겨나 인간들의 영역 근처까지 내려온 것은 엘프입니다."

칼릭스가 짓궂게 옛 일을 들춰냈다.

"쫓겨나다니요!"

세이하라의 벽안이 격하게 흔들렸다. 계속 이런 식으로 자신과 엘프들을 모욕한다면 협상을 할 이유가 없었다.

하지만 칼릭스는 이번에도 능청스럽게 상황을 넘겼다.

"특별한 의도로 한 말이 아닙니다. 그저 인간적인 표현일 뿐입니다."

엘프어에 능통하다 하더라도 칼릭스는 인간이다. 엘프들의 입장을 이해하지 못한다고 해서 비난받을 이유는 없었다.

"그래서 하고 싶은 말이 뭔가요? 엘프가 인간들보다 약하다는 걸 인정하라는 말인가요?"

애써 분을 삼킨 세이하라의 목소리가 파르르 떨렸다. 고결한 존재로 알려진 하이 엘프라 해서 감정이나 자존심이 없는 것은 아니었다.

세이하라는 칼릭스가 협상의 우위에 서기 위해 자신을 자극한다고 여겼다. 그러나 칼릭스가 원하는 것은 단순한 기선 제압이 아니었다.

"그 반대입니다. 저는 엘프와 인간이 서로 도움이 될 수 있는 동등한 입장이 되길 바랍니다."

"동등한…… 입장이라니요?"

"누구든 하인 로야드의 일로 인간들의 도움을 받는다면 그 대가를 치르게 될 것이라는 뜻입니다."

"……!"

순간 세이하라는 정신이 퍼뜩 들었다. 카일과의 인연만 믿고 상대가 인간이라는 사실을 간과해버린 것이다.

"말씀드렸다시피 저와 기사들이 엘프의 숲에 들어온 목적은 두 가지입니다. 첫째는 엘프들과 평화 협약을 맺는 것, 둘째는 죽은 형님의 복수를 하는 것. 그 이외의 행동을 하기 위해서는 확실한 명분이 필요합니다. 또한 그 행동이 가문에 이익이 되어야 합니다.”

칼릭스가 세이하라와 대장로의 착각을 친절히 일깨워주었다.

“그, 그럼 엘프들을 도와주지 않겠다는 말인가요?”

세이하라가 다급히 물었다.

“전 돕지 않겠다고 말씀드린 적이 없습니다. 단지 엘프들의 입장만 생각하지 말고 저와 기사들의 입장도 고려해달라고 부탁드린 것입니다.”

칼릭스가 얄궂게 웃었다.

세이하라는 머릿속이 복잡해졌다. 엘프들을 위해 인간들의 도움을 받아야 한다는 생각만 해왔지 그 대가로 무엇을 내줘야 하는지는 전혀 고려하지 않고 있었다.

그나마 다행인 것은 칼릭스가 엘프들에게 우호적이라는 점이다. 만일 칼릭스가 평화 협상의 의지가 없었다면 이런 조언 자체를 해주지 않았을 것이다. 일단 도움을 준 뒤 나중에 지나친 대가를 요구했을 수도 있었다.

‘동등한 입장.’

세이하라는 칼릭스의 말을 곱씹었다. 칼릭스가 말한 동등한 협력관계란 서로 필요한 도움을 주고받는 것이다. 어느 한쪽이 일방적으로 도움을 주거나 그것을 빌미로 지나친 요구를 하지 않는 것이다.

그러기 위해서는 이번 일에 인간들을 끌어들여서는 안 된다. 엘프들 스스로 자립하지 못한다면 결코 인간들과 동등해질 수 없는 것이다.

하지만…… 현실은 녹록지가 않았다. 이미 인간들의 욕심으로 인해 적지 않은 엘프들이 물든 상황이었다.

"그럼 인간들이 일부 엘프들을 은밀히 돕는 것은 어떻게 설명할 건가요? 그들은 공작가와 뜻이 다른가요? 아니면 칼릭스 님과 상관이 없다고 변명할 참인가요?"

세이하라가 이내 답답함을 터트렸다. 그러자 칼릭스가 기다렸다는 듯이 눈을 빛냈다.

"공작가는 공식적으로 엘프들의 내부 문제에 관여할 뜻이 없습니다. 저 역시 마찬가지고요. 그렇다고 해서 인간들의 잘못까지 모른 척할 생각은 없습니다. 그것이 엘프들은 물론 가문에 해가 된다면 말이죠."

순간 세이하라의 눈빛이 달라졌다. 기존의 입장을 고수하는 것 같은 칼릭스의 말 속에 숨겨진 진의를 깨달은 것이다.

"그러니까 엘프들과 가문에 해가 되는 일에는 나서줄 수 있단 말이에요?"

세이하라가 칼릭스의 속내를 다시 확인했다.

"물론입니다. 그것 또한 가문의 명예와 이익을 지키는 일이니까요."

칼릭스의 눈가를 타고 다시 짓궂은 웃음이 번졌다.

3

처소로 돌아온 세이하라는 머릿속이 복잡했다. 왠지 무척이나 간단한 길을 어렵게 돌아온 기분이었다.

카일은 언제나 엘프들의 입장에서 생각하고 이해하려 노력했다. 통역을 거치긴 했지만 엘프들에게 서운할 만한 말은 하지 않았다. 그렇다 보니 서로의 뜻을 나누기가 편했다.

반대로 엘프들만큼이나 숲의 언어에 능한 칼릭스는 인간의 입장만을 고집했다. 덕분에 생각을 정리하는 데 오랜 시간이 걸렸다.

"결국 인간들이 원하는 건 명분이야. 엘프들을 돕더라도 문제가 생기지 않을 확실한 이유가 필요한 거야."

칼릭스의 요구 사항은 간단했다. 자신들의 힘이 필요하다면 그만한 대가를 치르거나 혹은 그래야만 하는 명분을 제시하라는 것이다.

어찌 보면 당연한 주장이었다. 엘프들의 바람처럼 카일과의 약속은 더 이상 유효할 수가 없었다. 라인하르트 공작의 허락을 받은 것도 아니고 의견 조율 단계에서 깨진 사안이다. 이후에 벌어지는 모든 일들에 대한 책임을 무덤 속에 누워 있는 카일에게 지울 수도 없는 노릇이었다.

그러면서도 칼릭스는 이번 일에 자신들을 끌어들이지 말라고 경고했다. 인간들의 힘을 빌려 하인 로야드에 올라봐야 일족들의 밝은 미래가 보장되는 것은 아니라고 충고했다.

그 말에 세이하라는 전적으로 동감했다.

만일 친자매처럼 지냈던 베르나다와 다이니엘이 외부의 힘을 끌어들이지 않았다면 세이하라는 그녀들을 위해 하인 로야드의 자리를 포기했을 것이다. 일족의 터전을 되찾기 위해서라도 자신보다는 강한 지도자가 필요한 게 사실이었다.

그러나 대장로와 대다수의 고위 장로들은 기존의 질서가 유지되길 원했다. 힘이 약한 자신을 차기 하인 로야드로 내세우며 베르나다와 다이니엘을 자극했다. 그것으로도 모자라 이제는 엘프들의 문제에 인간들을 끌어들여 싸우려 하고 있었다.

"하아……."

세이하라가 무겁게 한숨을 내쉬었다. 결국 이 모든 일은 서로의 욕심 때문에 벌어졌다.

이 상황에서 하인 로야드가 되어봐야 일족들을 제대로 이끌 수는 없었다. 대장로와 고위 장로들의 뜻에 따라 휘둘리는 꼭두각시가 될 뿐이었다.

"그럴 순 없어."

세이하라가 세차게 고개를 흔들었다. 불현듯 칼릭스의 목소리가 귓가를 스쳐 지났다.

"강함은 강해질 수 있다는 신념에서부터 나옵니다."

칼릭스는 자신과 동등한 관계가 되기 위해서는 일단 마음가
짐부터 바꿔야 한다고 조언했다. 안 될지도 모른다는 생각에
머뭇거려 평생 제자리걸음을 하는 것은 어리석은 자들의 사고
방식일 뿐이라며 진정으로 하인 로야드가 될 생각이 있다면
다시 자신을 찾아오라고 말했다.

"나부터 달라져야 해."

세이하라는 입술을 꼭 깨물었다. 칼릭스의 말이 옳았다. 자
격이 없다는 이유만으로 더 이상 주저해봐야 아무것도 달라지
지 않는다.

"이젠 네가 일족을 이끌어야 해, 세이하라."

비로소 하이 엘프로서 각성한 세이하라가 당당히 처소 밖으
로 나섰다.

그녀의 변화를 느낀 것일까.

후아앙.

바람이 시원하게 나부꼈다.

제12장
숲을 나서다

1

다음 날 아침, 칼릭스는 정규 기사들을 소집했다. 그들에게 숲을 벗어날 때가 왔음을 알렸다.

"그게 정말입니까?"

정규 기사들의 반응은 더없이 뜨거웠다. 수련도 좋지만 2개월 간 검만 휘두르다 보니 정신적으로 조금씩 지쳐가던 차였다.

소식을 전해 들은 수련 기사들도 마찬가지였다.

"크흐, 이제야 맘 놓고 검을 휘둘러보겠군."

"웃기지 마. 토레인지 뭔지 하는 놈은 내가 벨 테니까."

그들은 이번 기회에 자신들의 성취를 확인해보겠다며 호들 갑을 떨어댔다.

제한되고 반복되어온 일상에서 잠시나마 벗어날 수 있다는 사실만으로도 기사들의 표정은 밝았다. 그러나 모든 이들이 신이 난 것은 아니었다. 기사들을 이끌어야 하는 파르판 남작의 표정은 살짝 굳어 있었다.

"단장님, 다들 열심히 훈련했으니 별문제는 없을 겁니다."

부기사단장 메키슨이 웃으며 파르판 남작을 달랬다. 평소에도 생각이 많은 파르판 남작이 토레라는 미지의 몬스터를 지나치게 신경 쓰는 것이라 여겼다.

하지만 파르판 남작이 긴장한 것은 그 때문이 아니었다. 자신이 예상했던 것보다 훨씬 빨리, 그것도 갑작스럽게 칼릭스가 출전 명령을 내린 게 문제였다.

토레가 오우거보다도 훨씬 강한 몬스터라는 걸 감안했을 때 지금의 전력으로 사냥하기에는 무리가 따랐다. 성체인 오우거를 상대하기 위해서는 강화된 오러를 다룰 줄 알아야 했다. 마스터의 오러 블레이드라면 더할 나위 없이 좋겠지만 어렵다면 최소한 블레이드 나이트 상급의 기사 셋이 오우거의 공격을 받아주어야 했다. 그 외에 길목을 막고 오우거의 집중력을 흐트러뜨릴 기사들과 병사들도 필요했다.

지난번 칼릭스의 말에 따르면 토레라는 몬스터는 오우거보다 족히 열 배는 강하게 느껴졌다. 단순하게 생각하면 오우거 열을 상대해야 한다는 뜻이었다.

제4기사단의 수는 600명. 그중 오러를 다룰 줄 아는 것은 정규 기사 100명뿐이다. 그마저도 블레이드 나이트의 경지에 들어선 자는 없었다.

정말 토레를 잡겠다면 자신은 물론 정규 기사들의 검 끝이 훨씬 더 날카로워져야 했다. 지금 움직여봐야 승산은커녕 큰 피해를 입을 게 뻔했다.

그 사실을 칼릭스가 모를 리 없었다. 그럼에도 굳이 숲을 나서겠다는 것은 다른 이유가 있다는 뜻이다.

"무슨 일이 생긴 것입니까?"

파르판 남작이 심각한 얼굴로 칼릭스에게 다가갔다. 혹시 기사들에게 미처 설명하지 못한 다급한 일이라도 벌어진 것이라면 자신이라도 미리 대비할 필요가 있었다.

그러자 칼릭스가 가볍게 웃음을 흘렸다.

"남작, 너무 심각하게 굴지 마. 다들 답답할 것 같아서 바람을 쐬러 가는 것이니까."

"단순히 바람만 쐬는 겁니까?"

"물론이야. 참, 숲에는 몬스터들이 많다며? 돌아다니다 기사들의 훈련 상대로 적당한 몬스터들을 만나면 재밌지 않겠어?"

"몬스터라…… 알겠습니다."

칼릭스의 짓궂은 표정에도 파르판 남작은 진지하게 끄덕거렸다. 예전이라면 모르겠지만 지금은 대공자의 말은 하나도 흘려들을 수가 없었다.

기사들에게 돌아간 파르판 남작은 즉시 메키슨을 비롯한 부기사단장들을 불렀다. 그들에게 몬스터들과의 싸움이 벌어질 수 있으니 다른 기사들을 주지시키라고 일렀다.

최근 들어 실력이 부쩍 늘면서 파르판 남작은 조금씩 단장으로서 발언권을 높여 나갔다. 예전부터 합리적으로 기사단을 이끈 덕분에 기사들도 그의 결정을 군말 없이 믿고 따랐다.

파르판 남작의 주의 사항이 전달되면서 기사들의 표정도 달라졌다. 들뜬 기분을 감추고 라인하르트 공작가의 기사로서 평정심을 유지하려 애썼다.

뒤늦게 세이하라가 도착했을 때 제4기사단은 제법 잘 벼려진 600자루의 검이 되어 있었다.

"이쪽이에요."

칼릭스와 눈을 마주친 세이하라가 앞장서서 길을 안내했다.

"가자."

그녀를 따라 칼릭스가 부드럽게 말고삐를 잡아 틀었다.

2

"괜찮을까요?"

숲 밖으로 나서는 칼릭스와 기사들을 바라보는 장로 테이네르의 표정은 밝지가 않았다. 어제까지만 해도 잠잠하던 인간들이 갑작스럽게 움직이는 게 적지 않게 신경 쓰였다. 그렇게 떠난 인간들이 다시 숲으로 돌아오지 않을까 봐 걱정스럽기도 했다.

그러나 대장로 아히나스의 표정은 더없이 여유로웠다.

"세이하라 님께서 함께 가셨으니 별일 없을 겁니다."

인간들이 돌아올 생각이 없었다면 세이하라와 동행하지 않았을 것이다. 인간들의 낌새가 이상했다면 세이하라가 따라나서지도 않았을 것이다.

어차피 인간들이 숲에 온 주된 목적 중 하나는 엘프들과 평화 협상을 맺는 것이다. 아히나스는 이번 기회에 칼릭스와 세이하라가 좀 더 가까워지길 바랐다. 카일처럼 칼릭스가 세이하라에게 푹 빠져준다면 더 좋았다.

하지만 그런 대장로의 기대와 달리 칼릭스는 세이하라를 수많은 동료들 중 하나로 여겼다. 여성이라는 이유로 특별히 대우하지도 않았다.

"세이하라 님, 활은 잘 다루십니까?"

엘프 특유의 장궁을 메고 온 세이하라를 바라보며 칼릭스가 물었다.

"물론이에요. 정령술은 몰라도 활 솜씨만큼은 누구에게도 지지 않아요."

세이하라가 당당히 고개를 끄덕였다. 타고난 궁수라 알려진 엘프들보다도 집중력이 뛰어난 하이 엘프는 태생적으로 궁술에 능했다.

"그렇다면 다행입니다. 언제 어디서 몬스터가 튀어나올지 모르니 단단히 준비해주십시오."

칼릭스는 세이하라에게 호위를 맡겼다. 두터운 갑옷을 갖춰 입었다고는 하지만 혼자서 막을 수 있는 적은 한정되어 있었다. 이런 때에 뛰어난 궁사가 뒤를 받쳐준다면 마음 편히 움직일 수 있다.

"알겠어요. 그런데 길은 알고 있나요?"

세이하라가 활대를 손에 옮겨 쥐며 물었다.

엘프의 숲을 벗어난 이후부터 칼릭스는 앞장서서 일행을 이끌고 있었다. 자신이 길 안내를 핑계로 따라나서긴 했지만 제대로 길을 가고 있는지 조금 불안한 마음이 들었다.

"바람을 따라가다 보면 어떻게든 되겠지요."

칼릭스가 피식 웃었다. 처음부터 목적지를 정해놓고 나선 길이 아니다. 최종 목적지에 조금 더 가까워지기 위해 한 발 나아가는 것이다.

게다가 길을 안내해줄 최고의 적임자는 따로 있었다.

후아앗.

앞서 가던 퓌도르가 가벼운 바람을 흘려보냈다.

—아직은 아무것도 안 보여.

바람을 따라 퓌도르의 속삭임이 귓가에 스며들었다.

"이럇!"

칼릭스가 여유롭게 말고삐를 흔들었다.

3

초겨울은 몬스터들이 가장 극성을 부리는 시기다. 녀석들은 한겨울이 되면 먹이를 구하기 어렵다는 사실을 본능적으로 알고 있었다. 더 추워질 때를 대비해 조금이라도 먹이를 비축해 놓아야 했나.

"크르르."

큰 귀 부족의 오크들도 먹이를 찾아 숲을 어슬렁거렸다. 마을에 돌아가 큰소리를 떵떵 치기 위해서라도 가급적이면 큼지막한 녀석을 사냥해야 했다.

때마침 바람을 타고 묘한 냄새가 풍겼다.

"킁킁."

"인간, 인간이다."

잔뜩 굶주려 있던 오크 두 마리가 냄새를 확인했다.

녀석들이 조심스럽게 숲을 헤쳤다. 눈에 잔뜩 힘을 주자 저만치 말을 탄 인간이 다가오는 게 보였다.

"인간! 말!"

"크흐."

오크들이 누런 송곳니를 드러내며 히죽거렸다. 인간 하나면 모르겠지만 말까지 사냥해 부족으로 돌아가면 큰 칭찬을 받을 것 같았다.

하지만 그 기대감은 이내 절망감으로 바뀌어갔다.

"이, 인간이……!"

"너무 많다!"

칼릭스의 뒤를 따르는 제4기사단을 발견한 오크들의 얼굴이 점차 하얗게 질려버렸다.

"알려야 해!"

오크 중 하나가 재빨리 몸을 돌렸다. 갑작스럽게 많은 인간들이 나타났다는 건 아둔한 녀석의 머리로도 쉽게 납득할 수 없는 사실이었다.

남은 오크는 한 걸음 더 나아가 인간들의 움직임을 주시했다. 인간들이 노리는 게 자신들의 부족이 아니길 바랐다.

바로 그 순간,

쐐애액!

날카로운 바람 소리와 함께 화살 한 대가 오크의 이마를 꿰뚫었다.

"끄아아!"

오크가 비명과 함께 넘어졌다. 그 소리가 도망치던 오크의 귀에도 들려왔다.

"으아아!"

겁을 먹은 오크가 미친 듯이 발을 놀렸다.

'인간이다. 인간이 쳐들어왔다!'
차마 내뱉지 못한 말이 녀석을 더욱 두렵게 만들었다.

4

"많은 인간?"
허겁지겁 달려온 오크에게서 소식을 전해 들은 족장 바우카
가 즉시 부족의 대전사를 불렀다.
"그게 정말입니까?"
대전사 파투는 다시 부족의 모든 전사들을 호출하고 발이
빠른 자에게 상황을 알아보라고 지시했다.
그러나 정탐을 떠난 전사는 한참이 지나도록 돌아오지 않았
다. 뒤이어 보낸 전사도 마찬가지였다. 조금이라도 기척을 내
보이면 세이하라의 매서운 화살이 여지없이 날아들었다.
답답해진 파투는 두 명의 전사를 함께 보냈다. 함께 움직이
지 말고 거리를 두라고 일렀다.
다행히도 이번에는 전사 하나가 살아 돌아왔다.
"엘프입니다."
"엘프?"
"이것, 엘프 화살입니다."
전사가 죽은 동료의 가슴에서 뽑아온 화살을 내밀었다. 뾰

족하게 다듬은 화살 끝이 촉을 대신하고 있었다.

"크으! 엘프, 인간들을 끌어들였다!"

파투는 분노했다. 엘프가 인간들과 함께 부족을 공격하는 것이라고 확신했다.

"용서할 수 없다!"

파투가 이를 갈았다.

"인간들을 막아라!"

바우카도 파투의 뜻에 동조했다. 그는 부족의 모든 전사들을 파투에게 맡기고 여성과 아이들과 함께 마을을 지킬 준비를 했다.

잠시 후 출전 준비를 끝낸 파투와 250명의 오크들이 무기를 들고 모였다. 전사들뿐만 아니라 부족에서 싸울 수 있는 자들은 하나도 빠지지 않았다.

파투는 그중에서 나이가 어린 몇몇 오크들을 제외시켰다. 인간들이 아무리 많다고 해도 자신들만으로 충분히 상대할 수 있을 것이라 여겼다.

"가자!"

파투는 직접 추린 200명의 오크들과 함께 칼릭스 일행을 기다렸다. 그리고 무장한 기사들 앞에 당당하게 모습을 드러냈다.

그러나 기사들은 조금도 당황하지 않았다. 오히려 몬스터가 나타날 것이라는 것을 알고 있었다는 듯 발 빠르게 대처했다.

"오크들이다!"

"겁먹지 말고 훈련했던 대로 움직여!"

정규 기사들이 앞으로 나서며 소리쳤다. 수련 기사들도 다섯씩 짝을 이뤄 오크들의 공격에 대비했다.

중형 몬스터이긴 하지만 오크는 오우거 못지않게 곤란한 상대였다. 성인 오크는 어지간한 수련 기사들보다 힘이 셌다. 전사로 불리는 녀석들은 정규 기사들조차 승부를 장담하기 어려웠다.

그나마 다행인 것은 숫자였다.

600명 대 200명.

개별적인 능력은 오크들이 우위에 있다 하더라도 수는 기사들 쪽이 월등히 많았다. 게다가 기사단에는 든든한 조력자도 있었다.

쐐애액!

기사들이 준비할 시간을 벌어주려는 듯 세이하라는 빠르게 화살을 쏘아냈다. 엘프의 숲에서 가지고 나온 50대의 화살이 전부 사라질 때까지 그녀는 손을 멈추지 않았다.

"컥!"

"크악!"

순식간에 30명이 넘는 오크들의 이마가 꿰뚫렸다. 운 좋게 목숨을 구한 녀석들도 중상을 피하지 못했다.

"크으윽! 엘프!"

세이하라를 발견한 파투의 눈에서 불똥이 튀었다. 가뜩이나 인간들도 많은데 감히 엘프 따위가 끼어들다니. 당장 세이하라를 붙잡아 갈기갈기 찢어발길 태세였다.

바로 그때 칼릭스가 슬그머니 세이하라의 앞을 가로막았다. 잔뜩 흥분한 파투에게 마치 싸움이라도 걸듯 싸늘한 시선을 내던졌다.

“인간!”

결국 파투가 분을 참지 못하고 앞으로 뛰쳐나갔다. 그것을 신호로 오크들이 요란한 괴성을 내지르며 전진했다.

“막아라!”

파르판 남작도 검을 뽑아들며 앞으로 내달렸다. 방패병이 없는 상태에서 오크들의 돌진을 기다려 몸으로 막는 것은 자살행위였다. 오크들이 달라붙어 연신 도끼질을 해대기 전에 기선을 제압해야 했다.

“와아아!”

“이놈들!”

파르판 남작과 정규 기사들을 필두로 제4기사단이 오크와 충돌했다.

깡! 까강!

사방에서 날카로운 충돌음이 터져 나왔다. 오크들의 완력은 상상 이상이었지만 마나 활용이 능숙해진 정규 기사들도 쉽게 밀리지 않았다.

그 틈을 노려 파투는 칼릭스에게 달려들었다. 한번 목표를 정하면 쉽게 바꾸지 않는 오크 특유의 습성이 발동한 것이다.

파투는 정규 기사의 검에 맞아 쓰러지는 오크의 등을 밟아 허공으로 몸을 날렸다. 순식간에 기사 둘을 뛰어넘은 뒤 칼릭스를 향해 있는 힘껏 도끼를 내질렀다.

"대공자님!"

"피하십시오!"

뒤늦게 그 사실을 확인한 기사들의 입에서 비명이 터져 나왔다. 파투의 움직임은 우락부락한 오크답지 않은, 실로 민활했다. 칼릭스가 아무리 열다섯 살에 오러를 만들어낸 천재라 하더라도 저토록 날카로운 공격은 막아내지 못할 것 같았다.

그러나 칼릭스는 제자리에서 꿈쩍도 하지 않았다. 되려 파투와 정면 승부라도 벌이겠다는 듯 가볍게 말을 물리며 검을 쳐올렸다.

그와 동시에 둠이 열렸다. 온몸에 영력이 퍼지며 감각들이 깨어났다. 위기를 느낀 근육들도 머금었던 마나들을 쥐어짜내기 시작했다.

그 힘들이 검날에 집중되는 순간!

까가강!

모두의 눈앞에서 파투의 도끼와 칼릭스의 검이 충돌했다.

대다수의 기사들은 눈을 질끈 감았다. 오크의 도끼가 검을 부수고 칼릭스의 가슴을 짓이기는 듯한 잔상을 차마 떨쳐내지 못했다.

하지만 다시 눈을 떴을 때 펼쳐진 그림은 달랐다.

“크아악!”

오우거의 도끼를 통째로 얻어맞기라도 한 것처럼 비명과 함께 뒤로 튕겨 나가는 파투.

“후우…….”

마치 아무 일도 없었다는 듯 흥분한 말을 진정시키며 숨을 고르는 칼릭스.

누가 봐도 결과는 명백했다. 놀랍게도 아직 어린 칼릭스가 파투의 공격을 막아낸 것이다.

“와아아!”

기사들이 자신도 모르게 함성을 내질렀다. 마치 태산처럼 우뚝 선 칼릭스의 모습이 엄청난 용기로 작용했다.

더 이상 칼릭스는 어린 대공자가 아니었다. 칼릭스와 함께라면 그 어떤 싸움도 이길 수 있을 것이라는 착각마저 들었다.

반면 오크들은 달랐다. 부족장 다음으로 강한 대전사를 단숨에 튕겨내는 인간이 오우거보다도 더 무섭게 느껴졌다.

제13장
충돌

1

전투의 승패는 주로 사기가 좌우한다. 어느 쪽이든 사기가 꺾이면 결코 적을 이길 수가 없었다.

인간들에게는 몬스터라 불리는 오크지만 그 정도 상식은 본능적으로 알고 있었다.

"크아아!"

볼썽사납게 나가떨어진 파투는 몸을 일으키기가 무섭게 다시 악을 내지르며 칼릭스에게 덤벼들었다. 실추된 자존심을 회복하고 오크들의 사기를 다시 끌어올리기 위해서라도 어떻게든 오만한 인간을 고꾸라뜨려야 했다.

그러나 칼릭스는 여유가 넘쳤다. 이번에도 가볍게 말을 물리는 것으로 파투에 대한 대비를 마쳤다.

'인간! 죽인다!'

파투는 이를 악물었다.

하찮은 인간 따위가 감히 숲의 대전사인 자신을 농락하다니. 도저히 용납할 수가 없었다.

파투가 다시 일어서자 오크들의 눈빛이 달라졌다.

반면 기사들의 얼굴에는 불안함이 번졌다. 그들조차 조금 전의 결과가 어느 정도 운이 따랐다고 여기는 듯했다.

그러나 칼릭스는 결코 우연찮게 파투를 막아낸 게 아니었다.

칼릭스가 새롭게 깨운 근력강화술은 수천 년에 걸쳐 야수족들이 터득해온 생존의 비법이다. 자신들보다 강력한 몬스터들과 맞서고 욕심 많은 인간들로부터 터전을 지켜가면서 얻어낸 처절함의 결과였다.

검술을 익힌 기사들이 마나 홀에서 마나를 끌어내는 것처럼, 단숨에 평소보다 수배에서 수십 배에 달하는 완력을 끌어내는 근력강화술의 비결은 바로 근육 쪼개기에 있었다. 힘을 끌어내는 근육의 단위를 쪼개고 쪼개어 필요한 순간에 강력한 근력을 공급받는 것이다.

아직 제대로 수련한 기간이 짧아서 그 성취가 크지 않았지만 현재 칼릭스가 순간적으로 폭발시킬 수 있는 근력은 어지간한 블레이드 나이트급 기사에 비견될 정도였다. 오크 전사와 잠깐의 힘겨루기를 벌여도 크게 밀리지 않을 정도였다.

물론 단순히 근력강화술만 믿기에는 파투의 도끼가 매서웠다. 타고난 완력에 도약과 가속이 더해진 대전사의 공격은 설사 소드 마스터라 할지라도 쉽게 상대하기 어려울 것 같았다.

그만큼 종의 차이란 쉽게 극복되지 않았다. 하지만 칼릭스에게는 힘을 극대화시키는 영력이 있었다.

라인하르트 공작가에 머물 때만 해도 칼릭스는 영력을 적극적으로 활용할 수 없었다. 워낙 자신에게 관심을 갖는 눈들이 많다 보니 밤미다 몰래 수련하는 것 자체가 조심스러웠다. 심지어 에토 백작은 한 달에 한 번씩 찾아와 마나의 흐름에 뮤제가 없는지 확인까지 했다.

하지만 지금은 달랐다. 적어도 오크들과 치열한 싸움이 벌어진 이 숲 속에서까지 자신을 간섭하거나 방해할 수 있는 자는 없었다. 그 간단한 차이가 칼릭스의 자가 제한을 없애버렸다.

파투와 충돌 직전, 칼릭스는 망설이지 않고 마나를 끌어올렸다. 파스 둠을 지나 사키 둠, 세르 둠까지 치솟은 마나가 영력을 머금고 온몸으로 퍼져 나갔다.

그 순간,

파아앗!

황금빛 눈동자를 찢고 붉은 눈동자가 모습을 드러냈다.

카르만의 눈!

세르 둠에 진입하고서야 비로소 사용이 가능해진 첫 번째 영안이 열린 것이다.

영안은 영력의 구현체다. 단순히 현상을 보는 또 다른 눈이 아니라 시전자에게 미세한 시간의 흐름과 공간의 움직임을 인지하고 감지하는 능력을 부여해주는 매개체다.

스아아앗.

카르만의 눈을 통해 파투의 움직임이 전해졌다. 녀석이 자신의 어디를 노리는지, 도끼는 어떤 궤적을 그릴지가 훤히 드러났다.

카르만의 눈은 영력의 소모가 극심해서 짧은 시간밖에 쓸 수 없다. 만일 상대가 인간이었다면, 고급 검술을 사용했다면 속내를 간파하는 데 조금 더 시간이 걸렸을 것이다. 카르만의 눈을 유지하는 짧은 시간 동안 완벽한 정보를 얻지 못했을 수도 있었다.

하지만 오로지 힘만 믿고 휘두르는 파투의 도끼술은 너무나 단순하고 투박했다.

파앗!

영력의 한계에 다다른 카르만의 눈이 다시 눈동자 속으로 빨려 들어갔다. 그와 함께 모든 감각들이 닫히고 어둠이 찾아왔다. 감각 기관이 원래대로 되돌아오는 과정에서 일시적인 부작용이 찾아온 것이다.

그러나 칼릭스는 조금도 당황하지 않았다. 카르만의 눈이 알려주었던 정보를 되새기며 남은 영력을 온몸으로 돌렸다. 근육강화술로 일깨운 근력과 들끓는 마나를 검에 실은 뒤, 제대로 가속하기 직전의 파투의 도끼를 올려 쳤다.

콰아앙!

날카로운 굉음이 전장을 울렸다.

"크아아!"

이번에도 파투가 비명과 함께 뒤로 나가떨어졌다.

"후우."

칼릭스는 천천히 숨을 골랐다. 들끓는 마나를 달래며 팔의 욱신거림이 멈추길 기다렸다.

또렷해진 두 눈으로는 쓰러진 파투를 노려보았다. 다시 한 번 덤벼보라며 무언의 도발을 서슴지 않았다.

하지만 안타깝게도 파투는 끝내 일어나지 못했다. 칼릭스의 강력한 반격에 큰 충격을 입고 그대로 혼절해버린 것이다.

"밀어붙여라!"

그 틈을 놓치지 않고 파르판 남작이 총공격을 명했다. 진열을 갖추며 수비적으로 싸우던 기사들이 기다렸다는 듯이 오크들을 몰아붙였다.

"커억!"

"크아악!"

사방에서 오크들의 비명 소리가 터져 나왔다. 파투라는 구심점을 잃고 우왕좌왕하는 오크들은 더 이상 두려운 상대가 아니었다.

"이놈!"

"죽어라!"

오크들의 수가 줄어들수록 기사들은 더욱 여유롭게 검을 휘둘렀다. 그렇게 숲에서의 첫 번째 전투가 마무리되어갔다.

2

“죽은 녀석은?”

“없습니다.”

“크게 다쳤거나 움직이기 힘든 녀석은?”

“없습니다.”

피해 상황을 보고받은 파르판 남작의 표정이 비로소 밝아졌다. 사전에 주의를 준 것도 있었지만 초반에 칼릭스가 파투를 상대해준 덕분에 완벽에 가까운 승리를 거두었다.

“주변을 정리하도록.”

“알겠습니다. 그런데 저 녀석은 어떻게 할까요?”

“저 녀석이라면…….”

흥분한 파르판 남작의 눈에 쓰러진 파투가 들어왔다. 도대체 얼마나 큰 충격을 받은 것인지 다른 오크들이 모조리 죽어버린 아직까지도 정신을 차리지 못하고 있었다.

“처리할까요?”

정규 기사가 물었다. 기사단의 규칙상 인간에게 위협이 되는 몬스터는 살려두지 않는 게 원칙이었다.

“아니. 깨지 않게 조심해서 끌고 와라.”

잠시 고심하던 파르판 남작이 칼릭스 쪽을 힐끔거렸다. 오크들과의 싸움이 끝난 상황에서도 칼릭스는 파투를 상대했던 그 자리에서 꿈쩍도 하지 않고 있었다.

“알겠습니다.”

정규 기사가 수련 기사 둘과 함께 파투를 끌고 왔다. 파르판 남작과 메키슨은 녀석을 다시 칼릭스 앞으로 옮겼다.

“대공자님.”

파르판 남작이 파투의 처분을 칼릭스에게 맡겼다.

욕심이 나긴 했지만 어린 주인의 첫 전공을 빼앗을 수는 없었다. 혼전 중에 충분히 죽일 수 있는 상황에서도 기사들이 가장 먹음직스러운 먹이를 놔뒀다는 것은 자신과 같은 생각을 가지고 있다는 뜻이었다.

“내가 처리해야 해?”

파투를 빤히 내려다보던 칼릭스가 입을 열었다.

“불편하시면 제가 하겠습니다.”

파르판 남작이 어색하게 웃었다. 어차피 파투는 죽은 목숨이나 마찬가지였다. 공과만 정리된다면 누가 죽여도 상관은 없었다. 다만 모든 기사들의 가슴에 어린 주인의 용맹함을 새겨 넣을 연출이 필요했을 뿐이다.

그런 파르판 남작의 뜻을 칼릭스도 모르지 않았다. 솔직히 마음만 먹으면 언제든지 세울 수 있는 공에 집착한다는 게 썩

내키지는 않았지만 필요하다면 마다하지 않을 생각이었다.

"목을 찌르면 피가 튀겠지?"

메키슨이 파투의 머리를 뒤로 젖혀 목을 드러내자 칼릭스가 살짝 이맛살을 찌푸렸다.

"수평으로 이쪽을 단숨에 찌르시면 괜찮을 겁니다."

메키슨이 웃으며 경험 어린 조언을 건넸다. 그 역시도 칼릭스가 오크의 더러운 피를 뒤집어쓰는 것은 원치 않았다.

"좋았어."

칼릭스가 다시 검을 뽑아들었다. 잘 벼린 검날이 파투의 목을 향해 빠르게 움직였다.

그때였다.

"칼릭스 님! 잠깐만요."

오크들의 피 냄새가 싫다며 멀찍이 피해 있던 세이하라가 다급히 달려왔다.

"아는 녀석입니까?"

파투의 목을 꿰뚫기 직전 칼릭스가 검을 멈춰 세웠다.

"아니요."

세이하라는 고개를 흔들었다. 숲 밖으로 자주 다닌 적이 없는 그녀에게 파투는 확실히 낯선 존재였다.

그러나 그녀의 시선은 파투에게서 떨어질 줄 몰랐다. 정확하게는 목이 들춰지면서 드러난 수많은 목걸이 중 하나에 고정되어 있었다.

“하지만 이 목걸이는 알아요.”

굳은 얼굴로 목걸이를 확인한 세이하라의 목소리가 파르르 떨렸다. 조금 때가 묻긴 했지만 이 목걸이는 분명 자신이 네르니아에게 선물했던 것이다. 숲에 사는 이들이라면 누구나 좋아하는 에르놀 원석 조각을 박아 넣은 것이었다.

“목걸이의 주인은 엘프입니까?”

칼릭스가 조심스럽게 물었다.

“네르니아라고 저와 가까이 지내던 엘프였어요. 올 봄에…… 갑자기 사라졌고요.”

세이하라가 힘겹게 입을 열었다. 실종된 네르니아의 목걸이를 이런 곳에서 발견할 것이라고는 조금도 생각지 못한 얼굴이었다.

칼릭스는 파투의 목에 걸린 목걸이를 뜯어 세이하라에게 돌려주었다. 그 과정에서 정신을 차린 파투의 뒤처리는 메키슨에게 맡기고 한적한 곳으로 파르판 남작을 끌고 갔다.

“무슨 일입니까? 세이하라 님은 왜 저러시는 것입니까?”

눈치 빠른 파르판 남작이 상황을 먼저 물었다.

칼릭스는 간단하게 네르니아에 대해 설명했다. 덧붙여 오크들의 마을을 뒤지면 실종된 네르니아를 찾을 수 있을지도 모른다고 말했다.

“오크들의 마을로 가시겠다니요. 위험합니다.”

파르판 남작은 부정적인 반응이었다. 오크들을 상대로 대승을 거두기는 했지만 그것만으로는 안심할 수 없었다. 마을에 더 많은 오크 전사들이 남아 있을지도 모를 일이었다.

그러나 칼릭스의 뜻은 완강했다.

"엘프들의 마음을 얻는 일이야. 일단 찾아보고 어려울 것 같으면 다음에 엘프들의 도움을 받아도 되잖아. 안 그래?"

"후우, 알겠습니다."

칼릭스를 설득할 수 없다고 판단한 파르판 남작이 마지못해 고개를 끄덕였다. 그러면서도 내심 넓은 숲에서 오크들의 마을을 찾아내는 건 쉽지 않을 것이라고 여겼다.

하지만 칼릭스에게는 퓌도르가 있었다.

—저쪽이야.

오크들의 냄새를 맡은 퓌도르가 바람을 흘려 신호를 보냈다.

"저쪽이 의심스러워."

칼릭스가 의미심장한 얼굴로 방향을 잡았다.

3

"허……!"

너무나 쉽게 발견된 오크들의 마을을 바라보며 파르판 남작은 헛웃음을 흘렸다. 칼릭스의 고집에 못 이겨 한번 움직인 것뿐인데 정말로 마을이 나타나버렸다.

"남작, 뭘 꾸물거려?"

칼릭스가 히죽 웃으며 파르판 남작을 보챘다.

"일단 마을 안을 살피고 와라."

파르판 남작이 입술을 질끈 깨물며 날랜 정규 기사 둘에게 정찰을 맡겼다. 마을이 발견되었더라도 경계 인원이 많다면 칼릭스의 발걸음을 되돌리게 만들 생각이었다.

그러나 애석하게도 그 바람은 수포로 돌아갔다.

"여자와 아이들로 보이는 오크들이 대부분입니다."

"경계할 만한 전사들은 보이지 않습니다."

두 명의 정규 기사가 같은 보고를 했다. 파르판 남작도 더 이상은 어쩔 수가 없었다.

"어찌하실 생각이십니까?"

파르판 남작이 칼릭스에게 물었다.

"여자와 아이라고 해도 오크는 오크지?"

"그렇습니다."

"그렇다면 만약을 대비해 기사 일부를 남기고 나머지는 마을을 정리하는 게 좋겠어."

칼릭스가 제법 독한 명을 내렸다.

만일 마을 안의 대상이 인간이었다면 파르판 남작은 망설였을 것이다. 이종족인 엘프나 야수족이라 해도 조금은 꺼려졌을 것이다.

그러나 결코 공존할 수 없는 몬스터라서일까. 파르판 남작은 주저 없이 고개를 숙였다.

"메키슨은 이곳에서 세이하라 님을 보호하며 대기하라."

"알겠습니다."

"나머지는 나를 따라 마을을 정리한다."

파르판 남작의 명에 따라 80명의 정규 기사들과 300명의 수련 기사들이 마을 안으로 들어갔다. 메키슨은 세이하라와 함께 남은 병력을 이끌고 마을 밖을 지켰다.

"인간! 인간이다!"

"인간이 왔다!"

기사들을 발견한 오크 사내들이 다급히 무기를 들고 달려들었다. 하지만 통솔해줄 전사가 없는 상황에서 50여 명의 풋내기 오크들은 기사들의 적수가 되지 못했다.

"커억!"

"크아아!"

기사들의 검이 번뜩일 때마다 오크들은 비명과 함께 쓰러졌다. 수적 우세를 충분히 활용하는 기사단의 전술에 오크들은 이렇다 할 반격조차 하지 못했다.

피해를 줄여야 하는 제4기사단의 입장에서 협공은 당연한 선택이었다. 그러나 당하는 오크들에게는 비겁하고 악랄한 도살 행위에 불과했다.

"크으으! 인간!"

결국 누구도 살지 못할 것을 직감한 부족장 바우카가 분개하듯 몸을 일으켰다. 훗날을 기약할 수 없다면 침략자에 맞서 싸우다 죽는 게 옳았다.

"크아아아!"

바우카가 메마른 고함을 터트렸다. 쉽게 죽지는 않겠다며 의지를 불태웠다.

하지만 승기에 취한 기사들은 그런 바우카를 무시했다. 제대로 도끼조차 휘두르지 못할 만큼 늙어 보이는 부족장을 우습게 여긴 것이다.

만일 바우카가 정말 죽을 날만을 기다리고 있었다면 결코 부족장의 자리를 유지하지는 못했을 것이다. 오크 사회는 철저히 힘의 지배를 따른다. 부족장이나 대전사였다 할지라도 기력이 다하면 뒤로 물러날 수밖에 없었다.

그러나 지금 부족을 다스리는 건 누가 뭐래도 바우카였다. 대전사 파투조차 바우카의 명이라면 군말 없이 따랐다.

이유는 달리 있는 게 아니었다. 바우카가 그만큼 강하기 때문이었다.

"크으!"

싯누런 송곳니를 드러내며 바우카가 목에 걸린 목걸이를 움켜잡았다. 몸 안의 마나를 쥐어짜 내 목걸이에 담긴 힘을 일깨웠다.

그 순간,

우우웅!

목걸이가 진동하더니 검은 기운을 뿜어대기 시작했다. 그것이 마나로 변해 단숨에 바우카의 몸속으로 빨려 들어갔다.

4

“크아아아!”

이성을 잃은 바우카가 기사들을 향해 울부짖었다. 마치 광전사라도 된 것처럼 그가 휘두르는 도끼에는 시커먼 오러가 맺혀 있었다.

“위험해!”

“뒤로 물러서! 어서!”

뒤늦게 바우카의 기세를 느낀 정규 기사들이 수련 기사들 앞으로 나섰다. 오러를 구현해낼 수 없는 수련 기사들은 결코 바우카의 상대가 될 수 없었다.

“제길!”

“뭐가 어떻게 된 거야?”

수련 기사들이 입술을 깨물며 뒤쪽으로 피했다. 고작 미쳐버린 늙은 오크 때문에 싸움에서 빠져야 한다는 사실이 굴욕스럽기만 했다.

하지만 정규 기사들은 조금 전처럼 바우카를 우습게 여기지 못했다. 녀석의 도끼날에 맺힌 선명한 마나는 분명 하이 오러였다. 블레이드 나이트급 오크라면 풋내기 마스터는 상대조차 되지 않을 것이다.

“자리를 지킨다!”

“놈을 자극하지 마라!”

기사들을 지휘하던 부기사단장들이 대응책을 내놓았다. 지금으로서는 섣불리 덤벼드는 것보다 오크의 반응을 지켜보는 편이 나았다.

그러나 오히려 바우카는 기사들이 기다려주길 바라고 있었다.

“남작! 녀석에게 시간을 줘서는 안 돼!”

뒤늦게 바우카를 발견한 칼릭스가 다급성을 터트렸다.

지금 바우카는 검은 마나를 자신의 것으로 만들기 위해 시간을 끌고 있었다. 이대로 녀석이 검은 마나를 온전히 흡수한다면 모든 기사들이 전부 달려든다 해도 승리를 장담하기 어려웠다.

“움직여! 어서!”

다시 한 번 칼릭스의 목소리가 터져 나왔다.

“제길!”

입술을 질근 깨문 파르판 남작이 바우카를 향해 몸을 날렸다.

후아앗!

한가득 오러를 머금은 파르판 남작의 검이 바우카의 머리 위로 떨어졌다. 그 순간,

“크아아!”

바우카가 이를 악물며 도끼를 올려 쳤다.

까강!

요란한 충돌음과 함께 파르판 남작이 뒤로 밀려났다. 검은

마나의 절반밖에 흡수하지 못했지만 바우카의 힘은 파르판 남작을 압도할 정도였다.

만일 이것이 1대1의 대결이었다면 파르판 남작은 목숨을 잃었을지도 몰랐다. 하지만 그의 곁에는 수백 명의 기사들이 버티고 있었다.

"이놈!"

부기사단장 베로이가 검을 뽑아들며 바우카에게 달려들었다. 그것을 신호로 근처에 있던 세 명의 정규 기사들도 재빨리 싸움에 합류했다. 덕분에 파르판 남작도 한숨 돌릴 수 있었다.

"크으으!"

순식간에 다섯 명의 기사들에게 둘러싸인 바우카가 발광하듯 팔을 휘둘렀다. 누구라도 공격범위 안에 들어온다면 도끼로 머리통을 부숴버릴 기세였다.

후웅! 후우웅!

허공을 쪼개듯 휘날리는 도끼날의 위력은 실로 살벌했다. 도끼날이 검 끝에 닿을 때마다 손목이 비틀리는 듯한 충격이 전해졌다.

'골치 아프군.'

파르판 남작은 이맛살을 찌푸렸다. 지금으로서는 바우카를 압박하는 것도 쉽지가 않았다. 그조차도 바우카의 도끼를 받아낼 자신이 없었다.

그렇다고 이대로 머뭇거릴 수도 없는 일이었다. 솔직히 정규 기사 다섯이 덤벼서 늙은 오크 하나 어쩌지 못한다는 건 자존심 문제였다.

어떻게 해야 하나.

고심하던 파르판 남작의 눈에 바우카의 뒤쪽으로 접근하는 칼릭스의 모습이 들어왔다.

'대공자님!'

파르판 남작의 동공이 커졌다. 지금 상황에서 바우카에게 덤벼드는 것은 자살 행위나 마찬가지였다.

'안 됩니다! 위험합니다!'

차마 내뱉지 못한 말을 되삼키며 파르판 남자이 이를 악물었다. 지금이라도 안전한 곳으로 물러나 주기를 바랐다.

하지만 칼릭스는 걸음을 멈추지 않았다. 마치 바우카를 죽일 자신이라도 있는 것처럼 머뭇거리거나 망설이지도 않았다. 게다가 무슨 이유 때문인지 바우카는 칼릭스의 움직임을 전혀 눈치채지 못하고 있었다.

'만일 내가 틈을 만들어드린다면……'

불가능할 것 같던 일에 약간의 희망이 보이자 파르판 남작의 생각도 달라졌다. 자신이 부상을 각오하고 바우카의 시선을 잡아끈다면 칼릭스의 기습이 성공할지도 몰랐다.

쿵쾅거리는 심장 박동이 빨라질수록 파르판 남작은 욕심이 생겼다.

문제는 칼릭스의 대응. 만에 하나 칼릭스가 너무 빨리 움직인다면 바우카에게 들키고 말 것이다. 반대로 움직이는 게 조금만 늦어져도 자신의 목숨이 위험해질 수 있다.

어린 주인을 믿기에는 확실히 위험도가 컸다. 하지만 칼릭스는 파르판 남작이 흔들리는 것을 허락하지 않았다.

남작! 날 믿어!

스치듯 마주친 칼릭스의 눈동자가 소리쳤다. 그 말에 홀리듯 파르판 남작이 오러를 끌어내어 바우카에게 달려들었다.

"크아아!"

파르판 남작의 살기를 느낀 바우카가 한 발 뒤로 물러서며 사선으로 도끼를 내리치려 했다.

바로 그때,

"하아압!"

영력으로 기운을 감췄던 칼릭스가 바우카의 뒤쪽으로 뛰어올랐다.

『파천의 군주』 2권에서 계속

다음카페 : cafe.daum.net/withTeajea

네이버카페 : cafe.naver.com/tajeapan

블로그 : blog.daum.net/withteajea

부록1
라이나프 part 1

부록 감상에 앞서…….

1. 본 부록은 라이나프에 갇혀 환생을 거듭한 주인공의 이야기입니다. 프롤로그 후반부 라이나프에 갇힌 순간부터 빠져나오기 직전(본문 내용 이전)의 상황을 그리고 있습니다.

2. 라이나프 속 환생의 배경, 사건, 인물은 현실을 바탕으로 구성됩니다. 단, 라이나프의 상황이 현실(본문)에서 똑같이 적용되지는 않습니다.

1

신이 되고 싶은가?

카뤼안 전기의 마지막 장을 넘겼을 때 황당한 글귀가 눈에 들어왔다.

"신이라니?"

카빌론은 고개를 갸웃거렸다. 갑작스럽게 왜 이런 내용이 튀어나왔는지 이해가 가질 않았다.

바로 앞장에는 카뤼안 대제가 천족을 통해 신이 되고 싶다는 소원을 빌었다는 내용이 적혀 있었다. 천족이 몇 번이고 만류했지만 카뤼안 대제는 끝내 뜻을 꺾지 않았다. 천족도 마지막에는 소원을 받아들이겠다는 말을 남겼다.

그렇다면 자연히 이후의 일들이 설명되어야 옳았다. 하지만 누렇게 변색된 종이 위에는 고작 뜬금없는 물음만이 덩그러니 적혀 있었다.

"중간에 내용을 빼먹었나?"

카빌론은 다시 앞 장의 내용을 살폈다. 종이끼리 서로 붙어 있지는 않은지, 찢긴 부분은 없는지 확인했다. 그러나 책에는 아무런 이상도 없었다. 혹시나 싶어 햇빛에 비춰보기까지 했지만 다른 내용은 나타나지 않았다.

"허허."

카빌론은 허탈한 듯 웃음을 흘렸다. 카퀴안 대제의 마지막에 대한 기대감에 부풀어 있었는데 김이 새버렸다.

만일 이 책이 단순한 영웅전기에 불과했다면 화를 내며 집어던졌을 것이다. 뻔한 이야기에 괜한 시간 낭비를 했다며 자책했을 것이다.

그러나 이 카퀴안 전기는 단순한 이야기가 아니었다. 이 책을 통해 카빌론은 수많은 경험과 깨달음을 얻게 되었다. 그리고 강해졌다.

"정말 이게 끝일까?"

카빌론은 차마 책을 덮지 못했다. 가슴을 가득 채웠던 기대감이 자꾸 미련을 갖게 만들었다.

"설마 저 질문이 마법 같은 것일까?"

한참을 망설이던 카빌론이 다시 문제의 글귀로 시선을 돌렸

다. 신이 되고 싶느냐는 말. 그것은 어쩌면 카퓌안 대제의 의
지를 확인하기 위한 천족의 마지막 질문이었을지도 몰랐다.

"신이 되고 싶소."

카빌론이 호기심 삼아 나직이 중얼거렸다. 하지만 한참이
지나도록 책은 아무런 변화가 없었다.

"쳇."

아쉬움을 달래며 카빌론이 책을 덮었다.

쿠웅.

나직한 울림이 공간을 울렸다.

바로 그 순간,

후아아앗!

책에서 눈부신 빛이 뿜어져 나오더니 그대로 카빌론을 집어
삼켜 버렸다.

2

카빌론이 다시 눈을 떴을 때 주변은 완전히 달라져 있었다.

낯선 방, 낯선 사물들, 낯선 목소리들.

마치 누군가가 자신이 쓰러진 틈을 이용해 어딘가로 납치라
도 한 것처럼 느껴졌다.

'이놈들!'

카빌론은 질근 입술을 깨물었다. 손발만 자유롭다면 당장 이곳을 빠져나간 뒤에 근위기사들을 끌고 와 모조리 쓸어버릴 생각이었다.

다행히도 손발은 묶여 있지 않았다. 특별히 정신을 잃거나 마나를 제약하는 약을 먹인 것 같지도 않았다.

하지만 카빌론은 계획대로 움직이지 못했다. 아니, 움직일 수가 없었다.

'이게…… 어떻게 된 거야!'

뒤늦게 자신의 상태를 확인한 카빌론이 몸을 부들부들 떨었다.

놀랍게도…… 그는 아이가 되어 있었다.

3

꿈이라면 깨길 바랐다. 누군가의 장난이라면 이쯤에서 그만두길 원했다.

그러나 그는 더 이상 카빌론이 아니었다. 그 누구도 그를 가리켜 전하라 부르지 않았다.

베이크 폰 이에로.

카빌론은 어린아이로 5년을 지내면서 어쩔 수 없이 베이크로서의 삶을 받아들였다.

'그러니까 내가 이에로 백작의 장남이 됐단 말인가?'

카빌론은 쓴웃음이 났다. 자신이 다른 사람으로 태어났다는 것도 우스웠지만 하필이면 그 대상이 베이크라는 사실은 당혹스럽기까지 했다.

카빌론이 알기로 이에로 백작은 세 명의 자식을 두었다. 그중 백작가의 후계자가 되는 것은 둘째다. 첫째인 베이크는 열다섯 살에 말에서 떨어져 죽었다.

낙마가 아니더라도 베이크는 오래 살지 못할 것이라는 이야기가 나돌았다. 그는 태어날 때부터 몸이 약했다. 그를 낳다가 죽은 어미의 병이 이어졌다는 소문도 들렸다.

이에로 백작가는 가이안 왕국에서도 손꼽히는 검가였다. 이에로 가문의 피를 이어받은 사내는 통과의례처럼 손에 검을 쥐어야 했다.

베이크도 예외일 수는 없었다. 일곱 살에 검을 쥐어 더 이상 가망이 없다고 판단된 열 살 때까지 하루도 쉬지 않고 검술에 매달렸다.

수련 과정에서 몸이 건강해졌다면 좋았겠지만 불행히도 그 반대였다. 지나친 혹사는 병을 키웠다. 종국에는 왕국의 대신관조차 고개를 흔들고 말았다.

어쩌면 베이크의 죽음은 소문처럼 사고를 가장한 타살일지도 몰랐다. 이에로 백작가의 장남이 가전검술조차 잇지 못하고 죽을 날만 기다리고 있다는 소문이 나도니 차라리 낙마를 가장해 처리해버린 것이다.

귀족들은 이에로 백작 앞에서는 베이크의 죽음을 애도하면서도 뒤에서는 자신들끼리 쑥덕거렸다. 분명 가문의 명예를 위해 아들을 죽인 것이라며 혀를 찼다.

그 당시 카빌론도 같은 생각을 했다. 가문의 명예를 그 무엇보다 소중히 여기는 이에로 백작이라면…… 충분히 그러고도 남았다.

문제는 자신이 그 베이크가 되어 있다는 사실이다.

'이럴 때가 아니야.'

기억대로라면 2년 뒤 자신도 검을 쥐게 될 것이다. 가문의 기대에 미치지 못한다면 낙오되어 사고로 위장된 죽음을 맞게 될 것이다.

카빌론은 정신이 퍼뜩 들었다. 지금은 갑작스런 환생에 푸념이나 늘어놓을 때가 아니었다. 어떻게든 살아남기 위해 발버둥쳐야 했다.

4

카빌론에게 주어진 시간은 2년이 전부였다. 검술을 익히는 게 예정보다 조금 늦어질 수도 있지만, 반대로 빨라질 수 있다는 걸 감안한다면 맘 편히 수련할 수 있는 시간은 고작 1년이 전부였다.

고작 5살 소년이 1년 만에 약해빠진 몸을 검술에 적합하게 바꾼다는 것은 솔직히 불가능한 일이었다. 온몸의 병을 낮게

하고 체질까지 개선해준다는 최고급 성수나 영약을 먹지 않는 한 방법이 없었다.

그러나 카빌론은 포기하지 않았다. 그에게는 카퓌안 대제가 남겨준 지식들이 있었다.

카빌론은 가장 먼저 자신의 몸을 살폈다. 아직 검 한 번 잡아보지 못한 어린아이라서일까. 제대로 된 마나 홀이 만들어지지 않았다.

그럼에도 불구하고 몸 안에는 제법 많은 양의 마나들이 움직이고 있었다.

"선천적으로 마나가 많은 것일까? 아니면 다른 이유가 있는 것일까?"

모든 생명체는 마나를 가지고 태어난다. 그 양은 체질과 혈통에 따라 달라지지만 보통 평범한 마나 익스핀으로 3년 정도 수련해서 얻는 것과 맞먹을 정도였다.

문제는 어려서부터 마나 익스핀을 사용하지 못하면 선천적인 마나들이 전부 사라진다는 것이다. 실제로 이름 있는 검가에서 근골이 갖춰지기 시작한 7세 정도에 무리해서 검술을 가르치는 것도 선천적 마나를 최대한 이용하기 위해서였다.

하지만 베이크의 경우, 단지 선천적인 마나로 보기에는 마나량이 지나쳤다. 게다가 어딘지 모르게 이질적인 느낌이 강했다.

"독이군."

카빌론은 어렵지 않게 마나의 정체를 단숨에 알아챘다. 당장 목숨을 잃거나 하지는 않지만 결과적으로 신체 기능을 저하시켜 죽음에 이르게 하는 독이 분명했다.

"골치 아프군."

카빌론은 나직이 한숨을 내쉬었다. 그야말로 산 넘어 산이었다. 하지만 그럴수록 오기가 생겼다. 자신이 죽기를 원하는 운명에 맞서고 싶다는 욕심이 생겼다.

"어찌한다."

가장 좋은 방법은 대신관을 불러 성수를 얻는 것이다. 모든 성수는 기본적으로 해독 능력을 가지고 있었다.

그러나 카빌론은 이내 고개를 흔들었다. 곰곰이 생각해봤을 때 자신에게 이 같은 독을 먹일 수 있는 것은 5일에 한 번씩 찾아와 성수라고 속인 약물을 먹이던 신관밖에 없었다.

자신이 중독되었다는 사실이 외부로 알려진다면 여러모로 시끄러워진다. 자신에게 독을 먹인 자들은 그 틈을 이용해 신관을 죽이고 일을 덮으려 할지 모른다. 자연스럽게 복수도 힘들어지고 말 것이다.

게다가 몸 안의 마나도 아까웠다. 비록 내 것이 아닌 이질적인 마나라 하더라도 마나 익스핀을 통해 정화시킨다면 성장에 큰 도움이 될 수 있었다.

"그렇다면……."

카빌론은 생각을 바꿨다. 쉽지 않겠지만 홀로 이겨내야 했다.

다행히 카뛰안 대제도 독에 중독되었다가 살아난 일이 있었다.

그때 그 역시도 외부의 도움 없이 혼자만의 힘으로 독을 흡수했다.

"분명 영혼의 그릇을 통해 독을 자신의 것으로 만들었다고 했지?"

카퓌안 전기의 내용을 떠올린 카빌론은 이질적인 마나를 억지로 움직였다. 그러면서 카퓌안 대제가 말한 영혼의 그릇이라는 곳을 찾아 몸을 관조했다.

마나를 축적하고 움직이기 위해서는 마나 익스핀을 익혀야 했다. 그러나 카빌론은 베이크로 태어나 지금까지 제대로 된 마나 익스핀을 익힌 적이 없었다. 그럼에도 이질적인 마나는 마나의 길을 따라 자연스럽게 몸 안을 움직였다. 어린 나이에 음식의 대부분을 성수에 의존해온 생활이 선천적인 마나의 길을 유지시킨 것이다.

나이가 어린 덕을 본 것은 마나의 길뿐만이 아니었다.

'이것은!'

머리 쪽으로 마나를 움직이면서 카빌론은 거대한 무언가를 발견했다.

그것은 바로 둠! 카퓌안 대제가 언급했던 바로 그 영혼의 그릇이었다.

인간은 누구나 선천적인 마나와 마나의 길을 가지고 태어난다. 또한 첫 번째 둠이 열린 상태로 태어난다.

첫 번째 둠은 어린 생명체가 강해지도록 스스로 마나를 움직여 몸을 보호하고 생명력을 북돋는다. 그러다 의식이 싹트고 자아가 커지면서 슬그머니 문을 닫아버린다.

다행히도 카빌론의 몸은 아직 첫 번째 둠이 닫히지 않은 상태였다.

'좋았어!'

카빌론은 재빨리 둠 안으로 마나를 밀어 넣었다. 정해진 방식이 아니라 무작정 마나를 끌어올리는 게 전부였지만 제법 효과가 있었다.

우우웅!

둠을 거치면서 이질적인 마나들이 조금씩 정화되기 시작했다. 그렇게 반년이 지나자 몸 안의 독성들은 전부 사라졌다. 그 어떤 마나도 몸을 배척하거나 약하게 만들지 않았다.

이후에 꾸준히 복용한 독성 성수도 마찬가지였다.

"드십시오. 건강해지실 겁니다."

카빌론에게 성수를 내밀 때마다 신관의 표정은 어두워졌다. 자신으로 인해 고귀한 생명이 죽어간다는 사실에 자책하는 것 같았다.

하지만 실제로 카빌론은 신관의 말처럼 건강해졌다. 문제의 성수를 전부 자신의 것으로 만들어버렸다.

그 과정에서 카빌론은 둠을 사용하는 법도 깨우쳤다. 둠 안의 힘, 즉 영력을 활용하는 소울 익스핀의 길을 발견한 것이다.

"좋았어."

여섯 번째 생일을 앞둔 카빌론의 입가로 웃음이 번졌다. 일단은 한 고비를 넘긴 것 같았다.

5

"다행이군."

태어나서 지금까지 좀처럼 방을 벗어나지 못했던 베이크가 조금씩 건강해지고 있다는 소식을 전해 들은 이에로 백작은 안도의 한숨을 내쉬었다.

전 부인의 자식이라고는 하지만 어쨌든 자신의 피를 이어받은 장남이다. 가급적이면 장남이 장성하여 가문을 잇는 게 여러모로 좋았다.

하지만 새롭게 백작가의 안주인이 된 실란은 결코 웃을 수가 없었다.

"건강해지다니요? 그게 무슨 말이에요?"

실란은 사람을 시켜 베이크의 몸 상태를 몇 번이고 확인했다. 조금씩 주입해놓았던 독기가 거의 사라졌다는 신관의 말을 듣고는 말도 안 된다며 몸서리를 쳤다.

베이크가 이대로 건강을 되찾고 가문의 후계자가 된다면 자신이 낳은 베론의 미래는 암울해질 수밖에 없다. 뱃속의 아이도 마찬가지다. 둘은 결국 베이크의 그늘에 가려 자신의 인생을 원망하게 될 것이다.

"그렇게 놔둘 수는 없어!"

실란이 입술을 꼭 깨물었다. 이렇게 된 이상 다른 수를 써서

라도 베이크를 고꾸라뜨려야 했다. 그러나 애석하게도 베이크
는 더 이상 유약한 아이가 아니었다.

6

"검술을 배우고 싶어요."

여섯 번째 생일날, 카빌론(베이크)은 이에로 백작에게 당당
히 요구했다. 아직은 이르다는 이유로 몇 번 고개를 흔들던 이
에로 백작은 어린 아들의 고집에 너털웃음을 터트렸다.

이후로 카빌론은 유능한 정규 기사들 밑에서 착실하게 검술을
쌓아 나갔다. 계모 실란이 자신을 해치지 못해 발을 동동 구르는
사이 수련에 수련을 거듭해 열두 살이 됐을 때 오러를 만들어냈다.

"그게 정말인가!"

소식을 접한 이에로 백작은 몇 번을 놀라더니 그 사실을 비
밀에 붙였다. 혹여 소문이 왜곡되어 왕실과 다른 고위 귀족들
에게 쓸데없는 오해를 살까 봐 걱정한 것이다.

그러면서도 이에로 백작은 카빌론에게 더 큰 기대를 가졌
다. 왕국 역사상 가장 어린 나이에 오러를 느낀 만큼 마스터의
경지에 오르는 것도 더 빠를 것이라 여겼다.

카빌론은 그런 이에로 백작의 기대에 부응했다. 가문의 마
나 익스핀과 가이안 왕실의 마나 익스핀을 적절하게 조합해

고효율의 마나 익스핀을 만든 뒤, 그것을 바탕으로 빠른 성장을 이끌어냈다.

3년 후 카빌론은 블레이드 마스터의 경지에 올랐다. 다시 3년 후 성년이 지났을 때 그의 검날에서는 오러 블레이드가 피어올랐다.

왕국 최연소 소드 마스터!

이에로 백작은 그제야 이 사실을 왕실에 알렸다.

왕실은 급히 회의에 들어갔다. 왕실 회의장에서는 온갖 말들이 떠돌았지만 다행히도 이에로 백작가의 충성심을 의심하지는 않았다. 대신 왕국의 천재가 왕실을 위해 일을 할 수 있도록 합당한 기회를 주어야 한다는 결정을 내렸다.

베이크 폰 이에로를 왕실 근위기사단의 네 번째 부기
사단장에 임명한다.

왕실의 발표가 전해지자 왕국 전역이 떠들썩해졌다.

왕실 근위 기사단은 왕국에서도 내로라하는 기사들만이 들어갈 수 있는 곳이다. 그중 부기사단장은 50명의 기사들을 통솔하는, 자작위에 버금가는 중요한 자리였다. 그것이 이제 갓 성년을 지난 이에로 백작가의 장남에게 주어졌다는 사실이 퍼져 나가자 자연스럽게 세간의 관심이 집중되었다.

"싫다면 가지 않아도 된다."

이에로 백작은 아들의 의견을 최대한 존중해주고 싶었다. 내심 자신의 곁에 남아서 가문을 이끌어주었으면 하는 욕심도 들었다.

　한번 근위 기사단에 들어가면 쉽게 나오기가 어렵다. 게다가 처음부터 부기사단장으로 시작했으니 기사단장의 자리에 올라야만 이에로 가문의 체면이 설 수 있었다.

　베이크가 마스터의 경지에 오른 이상 때가 되면 근위 기사단장이 될 것이다. 그렇게 되면 평생을 국왕을 보호하며 살아야 한다. 정치적 중립을 강요받으면서도 죽을 때까지 왕실의 바람막이 노릇을 해야 한다.

　솔직히 근위 기사단장이 되는 것보다는 이에로 백작가의 가주로서 가문을 후작가로 이끄는 편이 백 번 나았다. 굳이 속박을 자처할 필요가 없었다.

　하지만 카빌론은 고개를 저었다.

　"가겠습니다."

　이에로 백작의 거듭된 만류에도 카빌론은 뜻을 꺾지 않았다.

　왕실에 들어가는 것은 단지 이에로 백작가를 위해서가 아니다. 개인적인 공명심 때문도 아니었다.

　가이안 왕실.

　카빌론은 그곳에서 또 다른 자신을 만나야 했다.

『라이나프』 part 2에서 계속

부록2
사이안 백과사전

1. 소설 속 기사들의 분류

갑옷을 갖춰 입고 마상에 우뚝 선 기사들을 보고 들은 사내들이라면 하나같이 검술을 배우고 싶어 한다. 그러나 검술에 뜻을 둔다고 해서 누구나 기사가 될 수 있는 것은 아니다.

기사 지망생들은 나이, 신분, 재능에 따라 기회가 주어진다. 그 과정에서 기사도를 실천할 만한 실력을 증명해야 하나의 기사로 인정받을 수 있다.

◈ 기사 계급

기사 계급은 다음과 같이 총 다섯 단계로 나눈다.

수련생 — 기사를 꿈꾸는 모든 이들을 가리킨다. 기초적인 검술과 체력 훈련을 통해 기사가 될 준비를 갖춘다.

견습 기사 — 수련생들 중 유저 이상의 실력을 갖춘 자들이 임명된다.

수련 기사 — 견습 기사들 중 오러 레벨에 들어선 자들이 임명된다.

정규 기사 — 수련 기사들 중 오러 나이트 이상의 경지에 들어선 기사들이 임명된다. 가끔 실력이 부족하더라도 오래도록 공헌한 기사에게 명예직으로 수여되기도 한다.

대기사 — 국왕으로부터 공식 작위를 받거나 마스터 레벨에 들어선 기사들을 지칭한다.

◈ 경지 구분

검의 경지는 크게 세 단계로 나뉘며 각기 노멀 레벨, 오러 레벨, 마스터 레벨로 분류한다.

각 레벨은 다시 세 단계로 세분화된다.

〈노멀 레벨〉

익스퍼트 — 기사로서의 소양을 갖추고 마나 레벨에 들어서기 위해 준비하는 단계.

유저 — 기초적인 훈련을 지나 기본적인 검술을 익히는 단계.

비기너 — 검술에 입문해 기초 검술과 체력 훈련을 시작하는 단계.

〈오러 레벨〉

블레이드 나이트 — 발산한 마나를 강화시킬 수 있는 단계. 하이 오러를 생성할 수 있다.

오러 나이트 — 축적된 마나를 발산할 수 있는 단계. 오러를 생성할 수 있다.

오러 유저 — 마나 익스핀을 통한 마나의 감지와 축적이 이루어지는 단계. 아직 마나를 체외로 발산하지는 못한다.

<마스터 레벨>

　로드 — 마나의 통제가 가능해지는 단계. 소울 블레이드를 구현할 수 있다고 알려져 있다.

　마에스트로 — 유형화된 마나를 집약해 강화시킬 수 있는 단계. 하이 오러 블레이드를 구현할 수 있다.

　마스터 — 마나의 유형화가 가능한 단계. 오러 블레이드를 구현할 수 있다.

◈ 작위 및 기사도

　일반적으로 정규 기사부터는 작위가 없더라도 귀족으로 인정받는다. 그 작위는 해당 기사가 백작 이상의 고위 귀족을 섬길 경우 단승 남작에 준하며, 자작 이하의 하위 귀족을 섬길 경우 준남작과 동일하게 인정받는다. 또한 왕실의 기사들은 퇴임 시 공헌 여부에 따라 계승 자작위를 수여받기도 한다.

　한번 주인을 선택한 기사는 다시 주인을 선택할 수 없는 게 관례이나 다음의 경우 예외로 규정된다.

1. 충성을 맹세한 주인이 사망했거나 기사도를 어겼을 경우.

2. 단기 계약을 통해 봉사한 경우.

3. 충성을 맹세한 주인의 가문이 사라졌거나 더 이상 기사를 둘 여유가 없어 계약 해지를 요구받은 경우.

아울러 기사도에 어긋난 행동으로 파면되었을 경우 기사로서의 모든 권리를 잃게 된다.

2. 익스핀

일반적으로 익스핀이라 하면 기사들이 마나를 축적하고 오러로 활용하게 해주는 마나 익스핀을 생각하기 마련이다. 그러나 영력을 다루는 소울 익스핀도 크게는 익스핀의 범주에 들어간다.

호흡법에서 출발한 마나 익스핀은 지역과 문화에 따라 세분화되었으며 현재 대륙 대부분의 가문에서는 독자적인 마나 익스핀을 보유하고 있다.

마나 익스핀은 마나 집약, 마나 활성화, 마나 제어, 안정성 등을 통해 등급이 나눠진다. 그러나 마나 익스핀을 익히는 기사의 자질과 상성에 따라 그 가치는 달라지기 마련이다.

소울 익스핀은 특별히 알려지거나 기록된 방식이 없다. 둠을 활성화시키고 영력을 다룰 줄 아는 자들 중 극소수만이 자신만의 방법으로 소울 익스핀을 활용해나간다.

3. 둠과 영력

둠은 모든 생명체들이 가지고 있는 생명과 영혼의 힘을 담은 그릇을 가리킨다. 환생의 흔적과도 같으며 그 크기와 활용도는 사람에 따라 다르다.

갓 태어난 생명체는 파스 둠이 열려 있다. 파스 둠의 영력을 통해 생존의 의지를 가지며 빠르게 성장해나간다. 그러다 자아가 싹트고 의식이 구현되기 시작하면 파스 둠이 다시 닫혀버리는데 다시 둠을 열기 위해서는 어느 한 분야에서의 집중적인 수련과 노력이 필요하다.

둠 안에 들어 있는 생명과 영혼의 힘을 영력이라고 한다.

신생아 때의 영력은 주로 생존 본능에 따라 움직인다. 그러나 이후 다시 열린 영력은 의시로 구현된다.

영력을 영혼과 연결 짓는 것은 환생과 관련이 있다. 환생은 다시 피조물이 완전해지는 각성과 관련되어 있는데 이에 대한 정확한 자료는 없다. 오직 신이라 불리는 완전체들과 그들을 따르는 신족들만이 비밀을 알 뿐이다.

다만 한 가지 확실한 것은 누구든지 둠에 있는 모든 영력을 자신의 것으로 만든다면 신이 될 수 있다는 것이다.

4. 둠의 구분

둠은 총 아홉 층으로 구분된다.

파스 둠 ― 둠의 가장 외부에 존재하는 층이다. 첫 번째 둠이라 불리며 가장 기본적인 둠으로 생명 활동을 북돋으며 외

부를 통해 들어온 마나를 몸에 가장 적합하게 순화시키는 역
할을 한다. 상위 둠으로 향하는 입구이기도 하다.

사키 둠 — 파스 둠의 위쪽에 존재하는 층이다. 두 번째 둠이
라 불리며 진정한 의미의 둠의 역할을 한다. 파스 둠보다 적게
는 두 배, 많게는 열 배까지 넓으며 그 안에는 상당량의 순수
한 영력이 담겨 있다. 이 영력을 사용하면 파스 둠을 타고 들
어온 마나를 강화시킬 수 있다.

세르 둠 — 사키 둠의 위쪽에 존재하는 층이다. 세 번째 둠이
라 불리며 사키 둠보다 적게는 두 배, 많게는 열 배까지 넓다.

포스 둠 — 세르 둠의 위쪽에 존재하는 층이다. 네 번째 둠이라
불리며 세르 둠보다 적게는 두 배, 많게는 수십 배까지 넓다.

피브 둠 — 포스 둠의 위쪽에 존재하는 층이다. 다섯 번째 둠
이라 불리며 포스 둠보다 적게는 두 배, 많게는 수십 배까지
넓다.

시스 둠 — 피브 둠의 위쪽에 존재하는 층이다. 여섯 번째 둠
이라 불리며 피브 둠보다 적게는 두 배, 많게는 수십 배까지
넓다.

시브 둠 — 시스 둠의 위쪽에 존재하는 층이다. 일곱 번째 둠
이라 불리며 시스 둠보다 적게는 두 배, 많게는 수백 배까지
넓다.

아히 둠 — 시브 둠의 위쪽에 존재하는 층이다. 여덟 번째 둠
이라 불리며 시브 둠보다 적게는 두 배, 많게는 수천 배까지

넓다.

　나이 둠 — 아히 둠의 위쪽에 존재하는 층이다. 아홉 번째 둠이라 불리며 아히 둠보다 적게는 두 배, 많게는 수만 배까지 넓다. 나이 둠을 완성하면 완전자가 될 수 있다고 한다.

건아성 판타지 장편소설
FANTASYSTORY & ADVENTURE
스페로 스페라
Spero Spera
『은거기인』, 『군림마도』, 『무명서생』의 작가!
건아성 판타지 장편소설
꼭 돌아가리라! 나를 기다릴 황제의 곁으로……
『스페로 스페라』
황제의 호위무사에서 적의 포로,
노예 다음엔 나이트,
그러나 나는 여전히 황제의 호위무사다!
dream books
드림북스

風雲江湖

천하에 협을 관철하고, 하늘에 천리를 묻는다!

진부동 신무협 장편소설

『풍운강호』

마교의 부활, 또다시 불어오는 혈풍의 비릿한 내음
난세를 종식시키기 위해 샌싸여탈의 판관이 되기로 다짐한 남자
협의지심, 이 한 마디만을 가슴에 품고 강호행에 나섰다!

『아독』, 『백발검신』의 작가!

이광섭 판타지 장편소설

전장의 신이 되어라!

『아이더』

천방지축 아이더의 대책 없는 영웅 서사시

새로운 영웅의 탄생을 기다리는 검술의 시대.
실전의 꽃, 전장검술을 들고 아이더가 강림했다!

dream
books
드림북스

백연 신무협 장편소설

종천지애

『이원연공』, 『벽력암전』, 『무애광검』으로
진한 무협의 향취와 잊지 못할 감동을 선사한
작가 백연의 신무협 장편소설

하늘도 슬퍼하는 도(刀)가 되어야 했던 한 남자의 이야기.

『종천지애』

사람(人)이 미치면 천하가 어지러워지고,
마(魔)가 미치면 강산이 피로 물들며,
선(仙)이 미치면 세상은 혼돈 그 자체가 되리라.

dream books 드림북스